GW01162452

Catena Fiorello

Tutte le volte
che ho pianto

GIUNTI

Questa è un'opera di fantasia. Ogni riferimento a fatti accaduti
e persone realmente esistite è puramente casuale.

www.giunti.it

© 2019 Giunti Editore S.p.A.
Via Bolognese 165 – 50139 Firenze – Italia
Piazza Virgilio 4 – 20123 Milano – Italia

Prima edizione: febbraio 2019

Published by arrangement with The Italian Literary Agency

A chi non nasconde le lacrime.

Veniamo al mondo piangendo. E piangendo ce ne andremo, se mai avremo il tempo di capire che è arrivata la fine.
E non è un caso se nel mezzo della nostra esistenza continueremo a farlo, ogni volta che proveremo una gioia intensa o un dolore.
Il pianto, in estrema sintesi, è l'unico momento di verità degli uomini.
C'è una bella canzone di Lucio Battisti che si intitola Fatti un pianto. La ascolto quando sono giù di corda, e ballo. Se sbatti un addio c'esce un'omelette... Geniale! Battisti è stato il più moderno e sofisticato fra tutti i cantautori di quegli anni, e anche di quelli a seguire. Ora, provate a immaginare un mondo senza note. Un film orfano della colonna sonora, un album fotografico non accompagnato da un sottofondo musicale, o il video del vostro matrimonio senza l'atmosfera della canzone che vi ha fatto innamorare. Sono i brani che più amate a dargli finalmente un'anima. La musica è senz'altro la carezza di cui tutti abbiamo bisogno, soprattutto quando siamo in balìa di sentimenti forti.

PRIMA PARTE

1

La prima volta che ho pianto è stato durante la mia nascita, nella sala parto di un ospedale della città dove vivo tuttora.

Mia madre affrontò il dolore con ragguardevole coraggio, preoccupata com'era di non dare fastidio all'ostetrica che le stava accanto, e intenta a tirarmi fuori, mentre mio padre aspettava al di là della porta per non sentirne le urla, e pregava. Pregava tanto che a sua moglie non accadesse nulla di grave, e affinché io nascessi sana e forte. Me lo racconta mamma quando è in vena di farmi rivivere dei bei ricordi, e mi dice pure che sembravo una lucertolina spaventata dalle voci che mi gracchiavano intorno, e dalle luci bianche e asettiche della sala parto.

Piango puntualmente quando rivedo quella foto di me protetta fra le sue braccia, e ancora pallida per il suo sforzo.

Dopo aver seppellito papà, tornando a casa, ho cercato la nostra storia familiare dentro un contenitore per scarpe nascosto nell'armadio, e ho pianto come una bambina. Quella scatola un po' *rétro* la tengo come una reliquia, perché l'aveva abbellita mia sorella con disegni e perline. Stringendola tra le mani, ogni volta, la sento più vicina.

Piango ancora adesso a ripensarci.

Non so se con gli anni sono diventata meno capace di far

fronte agli urti, però senza dubbio sono cambiata. Ci sono occasioni in cui non resisto e mi asciugo gli occhi con il dorso della mano, anche per un soffio di emozione, un nonnulla. Quando accade mi nascondo, non voglio essere compatita.

Il fatto di essere nata davanti al mare ha influenzato non poco la mia sensibilità.

Ma il mare è una puttana. Ci ammalia, ci fa immaginare chissà che, e poi senza spiegarci il motivo ci lascia in preda alle nostre incertezze, sputandoci in faccia quello che ci manca.

Solo gli innamorati sanno strappargli promesse gentili. Sotto un cielo di stelle, mano nella mano, con in sottofondo lo sciabordio dell'acqua, anche due cuori sconosciuti si sentono autorizzati a fidarsi l'uno dell'altro.

Al momento io non faccio parte della categoria. Voglio dire: io innamorata follemente lo sono già stata, e coinvolta in un amore coi fiocchi. Pendevo dalle labbra di un ragazzo che, dopo qualche anno di fidanzamento, è diventato mio marito. E nei nostri quindici anni di matrimonio, Antonio, si chiama così l'uomo che ho amato e che in qualche modo amo ancora, è riuscito a farmi provare ogni tipo di emozione estrema. Partendo dal paradiso, che è durato poco, mi ha fatta arrivare dritta all'inferno, e con il solo biglietto d'andata.

Tra noi lo spettro del tradimento era sempre in agguato, e la vittima di questo perverso meccanismo era sempre la sottoscritta. Sono rimasta prigioniera di un'esasperante gelosia. Inevitabile che a un certo punto facessimo il botto, e infatti siamo scoppiati, come due palloncini.

Bum.

La fine.

Ci siamo separati in seguito alla sua ultima e inaccettabile distrazione, anche se la crisi in me era cominciata da prima. Speravo di evitare inutili dispiaceri ai miei, lo ammetto, e invece ho sbagliato.

E forse il coraggio per mettere un punto e andare a capo mi è venuto in soccorso proprio al cimitero, mentre seppellivano l'unico uomo che mi abbia mai veramente amata: mio padre.

La rottura definitiva risale a una mattina cominciata come tante altre. Stavo seduta al tavolo in cucina e bevevo un caffè, amaro in tutti i sensi. Antonio era in piedi di spalle a trafficare con la moka. A un certo punto non ho più resistito e gli ho vomitato addosso una serie di accuse piene di rabbia. Alla fine ha dovuto confessare che sì, nel caso specifico avevo ragione.

Bugiardo!

Solo in quel caso?

Comunque sia, lui con la biondina che avevamo conosciuto a una festa, in casa di amici, c'era già andato a letto dopo una settimana.

– Ma è stata una semplice scopata – ha ammesso sbuffando, e ha alzato pure la voce. – E se mi amassi davvero, potresti pure passarci sopra. Oppure vuoi rovinare una famiglia per una cazzata?!

È stato a quel punto che ho smesso di odiare l'altra.

Anzi, le altre.

Perché di avventure, in questi anni trascorsi insieme, ce ne sono state tante. Le ho contate tutte, quelle venute in superficie, o meglio quelle che ho scovato con le mie armi segrete, facendo finta di nulla.

E la biondina a quel punto era più che altro una scusa.

Il difetto era solo nostro.

Una coppia arrivata al capolinea.

Credo di aver pianto per mesi e mesi.

Poi ho smesso di umiliarmi per lui.

Non potevo permettere che nostra figlia, Bianca, venisse coinvolta in quegli assurdi problemi di coppia, angosciata dalle continue e inconcludenti discussioni che c'erano in casa a qualunque ora, anche a notte fonda.

Ho tirato su col naso e ho cercato di riappropriarmi dell'orgoglio che mi ero fatta strappare da un uomo irrisolto.

Mi sono detta che il mio amato ex (io lo chiamo ex, ma ancora non abbiamo firmato alcun documento per il divorzio) era troppo giovane quando siamo convolati a nozze e, di certo, anche il fatto che io fossi incinta quando si è deciso per il sì eterno ha avuto il suo peso.

Per cui era arrivato il momento di dirsi addio.

E sono rinata.

Rinata si fa per dire, e mi sembra pure di esagerare.

Provo a tirare avanti, e a non farmi fregare dagli uomini.

Ogni volta che Antonio suona al citofono, rispondo senza rabbia recondita e non camuffo ulteriormente i miei stati d'animo. Non do importanza alle umiliazioni che mi ha inferto in passato. Io le vivevo così a quel tempo. Come un torto alla mia persona, senza pensare che, invece, lui faceva del male soprattutto a se stesso.

Dopo che le porte dell'ascensore si aprono, aspetto che entri e si accomodi in salotto, poi gli offro un caffè. Ammetto che ci comportiamo con un certo distacco, e non come quegli ex coniugi che optano per un rapporto di sana e spregiudicata amicizia, raccontandosi anche dei loro nuovi amori. Almeno non ancora. Ci diciamo quel tanto che basta, e aspettiamo che nostra figlia esca dalla sua stanza per rianimare l'inevitabile imbarazzo che si crea fra di noi. Ciononostante, non tutto il male viene per nuocere a chi lo sopporta. Per me, a ripensarci, è stata una vera e propria liberazione da un sodalizio controverso.

Ora Antonio è single. E delle sue avventure non parla, nemmeno con Bianca, la sua Bibi, come ama chiamarla da quando è nata. Credo che tema che poi lei me le racconti.

Io invece non voglio saperne di nuovi legami. Mi è bastato il nostro matrimonio. I maschi, non gli uomini, con me hanno chiuso. Li ho collocati in una casella a forma di teschio, come quella che compare sul retro dei detersivi o della varechina. Non maneggiare senza usare i guanti della sfiducia, raccomando a me stessa ogniqualvolta un losco individuo mi si avvicina. Sì, perché per me gli esseri umani di sesso maschile sono universalmente uguali: loschi e bugiardi.

Ed ecco il motivo per cui mia figlia, quando vuole colpire duro, mi rimprovera di essere diventata fredda come una statua di marmo.

– Non hai più emozioni, mamma – e mi annienta. Dice pure che ho chiuso il mio cuore in un baule di ferro.

Confermo: tutto vero. E aggiungo che la chiave l'ho buttata in mezzo al mare. Così nessuno potrà trovarla.

E dire che l'esempio che ho avuto in famiglia è stato da manuale. I miei genitori si sono amati fino all'ultimo giorno che sono stati insieme. Anche nelle difficoltà più ardue.

Quando papà si è ammalato di tumore, mamma si è annullata per lui. Preferiva tenersi la ricrescita dei capelli bianchi piuttosto evidenti, pur di non lasciarlo da solo in ospedale. Ero io che la spingevo ad andare dal parrucchiere, obbligandola a prendersi cura di sé e rassicurandola sul fatto che l'avrei sostituita io, perché tanto al bar c'era chi poteva subentrare al mio posto.

Quando poi papà è morto, in un certo senso è morta anche lei. Non so se tra loro ci fosse ancora dell'amore passionale, probabilmente era più affetto, fratellanza, stima. Fatto sta che io li ho sempre invidiati.

Quella sfera di devozione che a me non è toccata con Antonio l'avrei desiderata eccome.

Fare progetti insieme.

Invecchiare insieme.

Rispettarsi, anche attraverso uno sguardo gentile.

Adesso che io e Bianca viviamo da sole con il nostro cane Pulce e l'aggiunta delle visite di mamma, quando si decide a venire a trovarci, ho colmato la mia voglia di pace.

La nostalgia per il passato, però, mi tenta a fasi alterne. In quei casi esco a fare una passeggiata, o vado a correre sul lungomare.

Lo so che alla mia età certi discorsi sembrano tristi, ma provateci voi a vedere il mondo colorato di rosa, se tutti i giorni la vita vi obbliga a subire sfumature grigio topo, o al massimo beige tendenti al marrone.

Chi mi conosce mi descrive come una persona allegra, positiva, simpatica. Chissà, forse sono anche così, e so tenermi dentro le mie ansie senza ammorbare nessuno. Nessuno eccetto Bianca, che subisce malvolentieri le mie paure di madre.

Ma in generale detesto quelli che ti buttano addosso i loro problemi per alleggerirsi dei propri. Cosa pensano di fare? Spargere il virus dell'infelicità a trecentosessanta gradi?

Ah, dimenticavo, ho pianto anche stamattina, quando mia figlia, prima di uscire di casa per andare a scuola, mi ha offerto il suo regalo e mi ha augurato buon compleanno: – Auguri mammina, ti voglio tanto tanto bene. – Mi ha abbracciata forte, poi mi ha tirato su i capelli per allacciarmi intorno al

collo un sottile filo di cuoio con un ciondolo a forma di cuore.
Quindi si è voltata verso di me e mi ha detto: – Sai, mi piacerebbe che oggi papà ti facesse una bella sorpresa.

– Che tipo di sorpresa, scusa? – le ho risposto in preda al panico.

– Vorrei che lui tornasse a casa dicendoti che ha capito quanto ti ama, e poi chissà...

– Non è più possibile, amore. Tuo padre ha sbagliato troppe volte. Non mi fido di lui. Però mi fa piacere che ne stiamo parlando. Così posso dirti cosa penso al riguardo. Non voglio che tu soffra per noi.

– Non soffro, mamma. È che... Insomma, sarebbe stupendo se... Va bene, pensiamo ad altro... – ha concluso, tagliando corto.

– Lo so, capisco. Però vedrai che col tempo te ne farai una ragione. È meglio stare lontani.

È andata via lasciandomi addosso un dispiacere denso. Farei di tutto per vederla felice, e invece sto accumulando una serie infinita di incomprensioni. E in giornate come questa vado in crisi. Purtroppo capita di urtare la sensibilità di chi amiamo per istinto di sopravvivenza.

Un giorno mia figlia capirà, ne sono certa. Prego ogni notte affinché questo avvenga.

Mi sono vestita e sono andata al lavoro. Sono proprietaria di un bar, ed è come se fosse la mia seconda casa.

2

Arrivo trafelata alle sette e quarantacinque, e davanti al bancone c'è già la ressa. Ecco cosa succede quando mi concedo il lusso di arrivare un po' in ritardo. Ogni tanto lo faccio per amore di mia figlia.

Sono tutti presi dalla fretta di arrivare in orario in ufficio, o in tribunale, visto che è a pochi metri da qui, o a scuola, o chissà dove. Nessuno rispetta la fila. Due signore hanno occupato per intero lo spazio a disposizione, e c'è chi si lamenta per questo. Provo a farle spostare più in là, mi rispondono picche. Non insisto. Visto che sono due clienti affezionate non vorrei stizzirle.

Tra i soliti volti mi accorgo che entra un tipo che non ho mai visto prima. Ha gli occhi coperti da un paio di Ray-Ban e porta un cane al guinzaglio. Il meticcio di taglia media lo segue passo passo.

Mi sorride.

Che vuole?, penso d'istinto, e sono già prevenuta.

Il solito ganzo che mira a fare colpo, ne sono certa.

Lo ignoro.

Lui continua con la stessa espressione.

Forse non ha capito con chi ha a che fare.

Prego Mauro di preparargli quello che ha richiesto, perché

io sono occupata a tenere a bada gli altri clienti. Mi sento i suoi occhi addosso, e l'insistenza di cui si serve mi procura uno strano disagio. Scatta subito in me la paura di apparire trasandata. Sposto una ciocca di capelli dietro l'orecchio, perché so che questo espediente dà più luce al viso, rendendomi più carina. Vacillo. Noto che anche le mie mani tremano, mentre servo con apparente tranquillità, cercando di dare ascolto agli ultimi arrivati. Hanno ancora la faccia assonnata.

Poco dopo il misterioso avventore ha finito di bere il suo cappuccino e sta per andarsene. Appena prima di guadagnarsi l'uscita si gira e mi saluta.

– Ciao Flora.

Rimango perplessa, non rispondo.

Come fa a conoscere il mio nome se è la prima volta che capita qui? I clienti abituali sono schedati uno a uno dalla mia infallibile memoria visiva.

L'episodio mi turba, e comincio a fare congetture.

Poi, presa dall'assalto di una nuova ondata di avventori che chiedono cornetti, caffè, cappuccini e toast, mi impongo di spostare l'attenzione verso pensieri più concreti.

Faccio caso a una ragazza che sta piangendo mentre parla al cellulare. È un dispiacere d'amore, senz'altro, lo si vede da come implora chi c'è dall'altra parte del telefono. Mi rivolgo a lei con fare gentile e premuroso: – Prego, cosa posso servirti? – E le offro un sorriso più un buongiorno dolcissimo al posto di un cioccolatino.

Sento vicina ogni persona che soffre di turbamenti simili. E non posso negare che adesso è come se ci fossi io catapultata dentro ai vortici di quell'amore infelice. Il mio passato è ancora troppo vicino per guardarlo con distacco. Resta sempre qualcosa dentro, un grumo di rabbia all'altezza della bocca dello stomaco. Ecco perché basta un niente per riaccendere il fuoco della tragedia.

Di contro, ogni volta che osservo me stessa da una nuova prospettiva, ricordandomi di quanta sofferenza ho provato per tenermi stretto mio marito, riscopro una Flora più saggia. Forse dovrei ringraziare Antonio, per avermi permesso inconsapevolmente di emanciparmi, ma non lo farò mai. Non gli darò questa soddisfazione.

Tuttavia "mai" è una promessa illusoria. Chi è in grado di mantenere fede ai giuramenti che nascono dalla rabbia?

Oggi è un giorno speciale per me e Bianca, e pretendo che sia perfetto. La ricorrenza del mio compleanno mi ha invogliata a dedicarmi prima alle pulizie di casa, che sono cominciate alle cinque di mattina (motivo per cui non sono andata a correre), e poi alla preparazione della cena che avverrà nel pomeriggio. Spero con tutto il cuore che partecipi anche mia madre.

All'ora di pranzo informo Mauro che non rientrerò dopo l'appuntamento dall'estetista. Mi serve tempo per procedere con tutta calma.

– Nessun problema – risponde trasognato il mio valente collaboratore, e anzi si scusa per non avere avuto ancora un attimo da dedicare alla scelta di un regalo per me. Lo tranquillizzo confessandogli che a una certa età i compleanni sono come le spine di una rosa, pungono e basta. E gli sorrido, sollevata dalla certezza di avere qualche ora libera per agire indisturbata tra tegami e padelle.

Ammetto che è da stamattina che rimugino su ciò che mi ha detto Bianca riguardo al rapporto tra me e suo padre e ai problemi che ahimè ne derivano. Lei finge di non considerarli più di tanto. Per un'adolescente non deve essere facile barcamenarsi tra il desiderio di avere due genitori in sintonia e la realtà che le urla che non è vero, che invece sono diventati come due estranei, che dormono in letti piazzati in case diverse, che parlano di soldi e roba simile, e che non si scambiano una carezza da anni. Giuro che non permetterò mai a qualche nuvola nera di rovinarci la nostra vita quotidiana. Più tardi festeggeremo alla grande. E di questa cruda realtà cerco sempre di parlare con il dovuto rispetto, sapendo che per lei non sarà mai accettabile il fatto che io e suo padre non torneremo più insieme. Fa parte dei suoi innegabili diritti di figlia sperare che ciò accada, e credo che anche altri ragazzi nelle sue condizioni lo pensino, pur costretti a rimangiarsi questa speranza per assecondare una crescente richiesta di famiglie allargate.

La giornata prosegue con i rituali di sempre. Telefonate, rogne al bar di cui Mauro mi informa, mamma che si lamenta via cellulare, la vicina che ha perso il gatto e come sempre si dispera (ma poi Pippy ritorna puntualmente), e infine la mia voglia di riprendere fiato.

Aspetto che arrivi l'ora in cui Bianca esce da scuola per prepararle un'insalata e una bistecca. Niente cambia, ma tutto avanza senza che io possa decidere se può andare bene.

Alle quattordici e trenta suonano al citofono. Chiedo chi è.
– Fiori. Che piano signora?
– Secondo – rispondo. Curiosa come non mai.
Non sono più avvezza a ricevere certe attenzioni. L'ultima volta è stato Antonio. Poi, dalla separazione, ha sempre finto di dimenticarsi del mio compleanno. Forse vuole punirmi.
Leggo il biglietto, prima di liquidare il ragazzo che me li ha consegnati con un grazie e cinque euro meritati alla grande, e chiudo la porta.

Bianca si affaccia dalla sua stanza, mi corre incontro e sorride.

Intuisco lì per lì che sapeva di questa sorpresa, che in me però non suscita alcuna partecipazione. Infatti i fiori sono di Antonio.

Aspetto qualche minuto e poi gli invio un messaggio al cellulare. Solo un semplice *Grazie*. Il nostro cavaliere a sua volta risponde più agguerrito che mai, invitandomi a cena.

Rispondo di no, che non posso, ho già un altro impegno.

Insiste.

Mi irrigidisco non poco, perché immagino anche a distanza la sua espressione. Replico *No, mi dispiace*. Resto e voglio restare indifferente (anche se non riesco come vorrei) alla pressione delle sue lusinghiere insistenze.

Allora scompare dal display.

Fortuna.

La sera, a cena, Bianca si comporta come se fosse arrabbiata con me. Non capisco.

E invece poi capisco. Vuole farmi pagare la colpa di non essere stata gentile con suo padre. Per la prima volta io e lei entriamo in conflitto aperto.

Litighiamo.

Mi rivolge offese gratuite. La giustifico, perché ha quindici anni, e perché comprendo quella rabbia che non ha mai voluto far esplodere né con me, né con lui. Si tiene tutto dentro, come faccio io, e non è giusto.

Prima che io riesca a poggiare sul tavolo la torta che ho preso al volo nella migliore pasticceria della città, sbatte la porta della sua camera e ci si chiude dentro.

Spengo la candelina da sola. E piango.

Verso mezzanotte squilla il telefono. È Mauro. Si scusa per

l'ora. Mi preoccupo. Chiedo se è successo qualcosa di grave. No, gli è solo venuta voglia di dirmi che mi vuole bene. Poi mi chiede come sto, e gli racconto cos'è accaduto.

Ascolta in religioso silenzio il mio sfogo e alla fine conveniamo con malcelata amarezza su un unico punto d'intesa, che tradotto vuol dire semplicemente che è meglio che la rabbia sbollisca a entrambe.

3

Oggi alle sette e un quarto torna al bar il tipo con i Ray-Ban. C'è anche il cane. Un bastardino bianco con una macchia nera sull'occhio destro. Non ci avevo fatto caso ieri. La mano di lui stringe ben salda la treccia del guinzaglio di cuoio. Si vede che vivono in simbiosi, perché non appena il padrone si sposta di pochi centimetri, il cane lo segue attaccato alle sue gambe.

Il bel tenebroso non mi considera affatto, a differenza degli sguardi insistenti del giorno prima.

Allora sono io a porgergli il cornetto che ha chiesto a Mauro. Lo afferra affamato con la mano sinistra, e dà un morso sulla punta croccante. È costretto a dirmi grazie, ma non accenna ad alzare lo sguardo, poi comincia a giocherellare col cellulare. L'iPhone con custodia scura gli scivola dalle dita, visto che per metà sono occupate dal guinzaglio, e accidentalmente cade sul bancone.

Mi indispettisco come una bambina per la sua evidente spocchia, e non riesco a decifrare il motivo per cui mi sia accanita con questa pervicacia nei riguardi di uno sconosciuto.

Intanto lui riprende il cellulare in mano e sorride ai messaggi che sta ricevendo a raffica. Continua a non prestarmi attenzione, come se io fossi trasparente. Determinata, mi faccio notare alzando la voce, per fargli capire che questa è casa mia, pretendo rispetto.

– Non vuole nient'altro, signore? Un caffè, un cappuccino?
– Sì, ecco, mi ci vuole proprio un cappuccino, – risponde – con molta schiuma.

Glielo preparo, mostrando la calma che non ho, e con un gesto meccanico poggio la tazza sul piattino. Seguo un impulso irrefrenabile, anche se non è da me, e gli pongo la domanda che ho in sospeso dal precedente incontro:

– Scusi, lei ieri mi ha salutata pronunciando il mio nome. Come fa a sapere come mi chiamo?

– Semplice. Ho sentito che il tuo collega ti chiamava Flora.

Ma come si permette? Il mio collega! Quanta spavalderia nel suo modo di parlare, e quanta arroganza. Ha fatto due conti. Sono donna e servo al bancone, quindi non potrei che essere una dipendente.

E continua…

– Comunque io e te ci conosciamo da tempo, anche se ci siamo persi di vista. Non preoccuparti, non sono uno stalker. Quando vorrai ti spiegherò con più calma – mi sorride pure. È sicuro delle sue risorse. Senza ombra di dubbio.

Annoto con disappunto che ha usato il tu, come se non gliene importasse nulla del mio lei usato opportunamente per mantenere le distanze. Al mio paese si chiama educazione.

Resto di ghiaccio. Anche per la miserevole figura da oca che mi sono ritrovata a sostenere. E siccome sono orgogliosa, e l'orgoglio è stato nel tempo la mia croce, ma anche la mia fortuna, sento che devo trovare una scusa per riparare al danno.

Mi allontano dalla mia postazione fingendo di avere qualcos'altro di urgente da fare. A me non deve importare del dove e quando ci siamo conosciuti. Sempre che abbia detto la verità. E poi quel «Quando vorrai ti spiegherò con più calma» mi sa tanto di concessione, e mi sembra pure una di quelle patetiche strategie da sciupafemmine per adescare signore desiderose di esperienze nuove. Tipo: «Ma non ci siamo già conosciuti?». Terribile e *demodé*.

Incasso il colpo, e dopo qualche minuto decido di mostrarmi superiore. Ritorno al bancone, mentre lui ha già consumato il suo cappuccino schiumoso. Mi rivolgo a una ragazza che aspetta paziente un caffellatte, trascurata del tutto da Mauro. Lui stamattina è pressoché catatonico, colpa della vita notturna che pratica senza regole. Lo rimprovero senza troppa convinzione, e provvedo al suo posto di buona lena.

Servo con tante scuse e un sorriso la giovane cliente, e approfitto di questo momento per ignorare Rodolfo Valentino, comportandomi con lo stesso menefreghismo che lui ha riservato a me poco prima. Faccio come se non esistesse più, è quello che merita.

Dopo pochi istanti si allontana quatto quatto, mentre il cellulare gli squilla di nuovo. Lo vedo salutare Mauro, mentre io lo seguo con lo sguardo fino alla porta scorrevole, e poi in pochi istanti l'ultima immagine che mi resta negli occhi è la coda del suo cane.

Ma chi è questo sconosciuto che mi suscita tanta irrequietezza e curiosità?

La sera ne parlo in pizzeria con Sandra. A lei i tipi un po' arroganti e pieni di boria piacciono molto, anche se da nessuno di questi si farebbe avvicinare. Mi consiglia di non demordere.

– Chissà, potrebbe essere il principe azzurro travestito da macho. Non puoi mai sapere.

– Eh, sì, i principi azzurri sono morti da secoli! – rispondo.

Insieme ne abbiamo vissute di esperienze urticanti, e anche

buffe. Ne ricordiamo qualcuna mentre addentiamo due pizze ai funghi porcini. Ripassiamo gli aneddoti più strani di un indesiderato percorso da single. Anche lei è separata, e anche lei dopo un matrimonio impegnativo ha deciso di dedicarsi alla santità del corpo e alla negazione dell'esistenza dei maschi. Ci fanno sorridere queste dichiarazioni estreme e, forse, in tanto eccessivo cinismo, nascondiamo una solitudine pesante da digerire.

Ogni tanto mi fa bene rilassarmi con lei. Con la sua allegria ben dosata, mi porta a riflettere senza impegnare troppo la mente. Due chiacchiere per toglierci i pesi dall'anima, e un sorriso per lavare la malinconia residua.

Sandra provvede a pagare il conto e poi mi chiede se ho voglia di fare un giro in macchina.

– Ma dài, come due MILF a caccia? – le dico, mentre salgo sulla sua auto sportiva color nero Diabolik. È nuova di pacca. Ed è pure bassa e scomoda.

– Non ci crederai, ma con questa si rimorchia! E fa tanto Lady Mistero – mi dice ridendo di gusto, e ancora sghignazza mentre mette in moto e accelera.

Preme un tasto e aumenta il volume a palla. Mi fa ascoltare la collezione completa dei migliori pezzi dei Maroon 5, a cominciare da *Girls Like You*, passando per *She Will Be Loved*, e intanto, sulle note di *Moves Like Jagger* interpretata dal gruppo insieme alla Aguilera, Sandra si scatena. La mia preferita, *Sugar*, arriva subito dopo. Stavolta sono io ad agitare le braccia e a scuotere la testa come una posseduta.

Quando eravamo più giovani ci piaceva da morire girare per la città con la mia utilitaria. La mia amica, di contro, ha sempre avuto il pallino per le auto di lusso. Solo che allora non poteva permettersele. Ma da quando è diventata una commercialista stimata non perde occasione per spendere i suoi soldi così.

E ci esaltava scovare angoli poco battuti dalla massa. Era uno stimolo a goderci appieno i posti che non conoscevamo, per capire cosa nascondevano di bello. Quante risate nei nostri giri di ronda, e quante scoperte. Fumavamo fino a un pacchetto di Marlboro al giorno. Proprio due pazze scatenate. La migliore amica che io abbia mai avuto. E la donna che avrei voluto essere. Invidio anche la sua incessante voglia di migliorarsi. Io non ce l'ho. Fatico già a essere quella che sono.

Arrivate sotto casa mia la saluto, promettendole che non scomparirò per settimane come ho fatto ultimamente. Prima di aprire il portone, guardo su e scorgo la luce della camera di Bianca ancora accesa. Forse mi sta aspettando. Sapere che qualcuno desidera abbracciarmi prima di andare a dormire è un conforto non trascurabile, e mi dà la giusta scossa per ricaricarmi da tante delusioni che affronto durante la giornata. Inoltre, mi aiuta a non sentirmi inutile a questo mondo.

Dopo avere aperto la porta, lancio il mio blazer per aria centrando l'attaccapanni, e in punta di piedi mi avvio verso la sua camera. E nel dubbio che si sia già addormenta, preferisco non interrompere il suo riposo. Semmai spegnerò l'abat-jour sul comodino e la stropiccerò di baci domani.

Nel silenzio sento che mi chiama. La raggiungo, mi siedo sul bordo del letto e le racconto di me e Sandra, e di come quella furia simpatica riesca a darmi leggerezza e buonumore. Piace anche a mia figlia, infatti l'ha scelta come madrina per la cresima. Dopo un istante la mia piccola peste chiude gli occhi.

Mentre mi spoglio mi torna in mente la più tenera immagine che ho di noi. In sala parto, dopo l'urlo dell'ultima spinta, me la sono ritrovata tra le braccia tutta sporca di sangue. E lì, proprio in quell'attimo, mi è cambiata la vita. Per sempre, io e lei, legate da un cordone d'amore che non si spezzerà mai.

4

Mamma negli ultimi mesi non è stata bene. Dopo una serie di controlli abbiamo scoperto che per quanto riguarda il fisico è sana come un pesce, ma soffre di depressione.

«Cosa vuoi che ti dica?» mi ha confidato giorni fa il suo medico, che poi è anche il mio, di Bianca e di Antonio. Ed è soprattutto un prezioso amico. «A volte la mente risponde mandando dei segnali. Tua madre non ha alcuna patologia di cui preoccuparsi, ma soffre di un disagio nascosto nel suo io più profondo. E spesso chi ne è affetto pensa di essere malato. Cerca di confortarla, e magari falla vedere da uno psicologo. Però ricordati, l'affetto cura meglio di qualunque medicina o supporto di un terapeuta.»

Il dottor Mazza è stato chiaro.

Sono io a occuparmi di mia madre, per tutto. Non ha altri affetti su cui contare. Questo mi pesa molto, perché per colpa del mio lavoro spesso la sacrifico a una ingiusta solitudine. Stasera la aspetto a casa per farle gustare la mia parmigiana di zucchine. Sì, preferisco le zucchine alle melanzane, e anche a mia figlia piace questa variante.

La cena in verità è solo una scusa, dato che la sera del mio compleanno ha declinato il nostro invito perché non aveva voglia di uscire. Ho insistito quel tanto che basta, pregandola anche per sua nipote, ma non c'è stato verso di farle cambiare idea. Quando mette in atto la sua strategia del rifugio, non vado oltre. Capisco che voglia restare nella sua tana, protetta dai tanti insopportabili frastuoni del mondo. E mi sembrerebbe di imporle un torto se le facessi troppe pressioni.

Auspico che Bianca la coinvolga nelle sue pazze emozioni di ragazza. E in effetti, quando stanno insieme, mia figlia la stordisce, la fa sorridere, e la fa sentire ancora viva, e ci riesce anche con me.

Stasera c'è la luna piena, e dal mio piccolo terrazzo riusciamo a vedere la superficie del mare. È calma piatta. Sembra che sull'acqua qualcuno abbia poggiato una coperta argentata per rasserenare lo sguardo, e per proteggere i pesci nel fondo.

Sorridiamo per i racconti che Bianca intesse uno dopo l'altro. In queste storie ci sono adolescenti gelose, papabili fidanzatini che la corteggiano, forse un po' troppo timidi, e sogni per il futuro, compreso quel chiodo fisso di fare l'attrice. A sua nonna luccicano gli occhi quando l'ascolta, anche se è l'ennesima volta che sente questi discorsi.

Il ricordo di mia sorella Giovanna in un lampo è tra noi. Compare con la sua splendida chioma e la sua risata aperta.

Allora mamma, con elegante maestria, indirizza il discorso su altri temi, raccomandando a Bianca di evitare i conflitti con le amiche: – Litigare non serve a nessuno, amore mio. Si perde solo tempo. Lascia stare e vai avanti per la tua strada.

Mi sembra di rivedermi adolescente, mentre lei impastava farina e acqua per preparare la pasta fatta in casa, dandomi consigli per il futuro. Ma io ho sempre fatto di testa mia. E qualche volta mi sono pentita. Giusto così, è la vita.

Verso mezzanotte, dopo che mamma ha acconsentito a sorseggiare anche un amaro, evento che accade di rado, scendiamo in strada per l'ultimo giro con Pulce. Il nostro cagnolino ha oramai i suoi orari stabiliti per depositare i bisogni nel solito angolino. E avvisa con gli occhi, qualora dovessimo dimenticarci di lui.

Finito il giro, accompagno Bianca e Pulce su in casa, mentre mia madre mi aspetta in macchina, e poi andiamo.

Abita appena fuori dal centro urbano, in una villetta molto carina che hanno tirato su quando papà si era messo in proprio con la sua ditta edile.

Persino sul bigliettino da visita aveva evitato di mettere il titolo di costruttore, perché in realtà si era sempre sentito un semplice muratore. Un operaio che aveva fatto un passo da gigante. Le ditte più grandi della sua, peraltro, specializzate e con rapporti favoriti da amicizie influenti, potevano permettersi preventivi sempre più abbordabili, usando materiali di bassa qualità che spacciavano per buoni. E con queste logiche, lui era perdente in partenza.

Ecco perché non ha fatto mai tanti soldi. Quante nottate passate sul tavolo in cucina per far quadrare i conti, aggiustando di qua e di là, e cercando di essere sempre puntuale con la paga agli operai, per evitare di mortificarli con ingiusti ritardi.

Per strada c'è poca gente.
Strano.
Non è ancora arrivato l'inverno, eppure non c'è la solita bolgia che mi rincuora e mi dà allegria. Una vertigine necessaria. La fortuna di vivere in questa città è che dalle nostre parti l'estate si dilata un bel po', allungando le giornate godibili al mare sino a novembre. Le nuotate più belle. In spiaggia non c'è nessuno, fuorché qualche straniero temerario che si rinfresca

con l'acqua gelata. Tra l'altro fa anche bene, rassoda la pelle, riattiva la circolazione e stimola pure il sistema immunitario.

Passeggiare sul bagnasciuga, o con le gambe immerse fino al ginocchio, è un lusso per pochi. Il mare d'altronde è un mondo a sé stante.

Ecco perché quando io e Antonio abbiamo avuto l'occasione di andarcene al Nord, per tentare la fortuna, alla fine abbiamo rinunciato. Certo, in questa parte d'Italia abbiamo ancora tanti problemi, c'è poca possibilità di realizzarsi, la gente è modesta e pure pettegola (ma ditemi un po' dove non esiste questa piaga), e il turismo è una risorsa da sviluppare con più pragmatismo. Però la mattina, quando esco di casa e fermo la macchina per godermi la bellezza della natura, penso che abbiamo preso la giusta decisione.

Il mare è la mia smania.

Il poco tempo libero che ho, lo trascorro in spiaggia. Nel più complice silenzio e nella più soave armonia. E rilassata penso a Giovanna. Tra le nuvole in movimento, gli alberi che fanno ombra e l'eco delle onde, lei mi parla. Abbiamo ancora un conto in sospeso io e mia sorella.

Non l'ho mai perdonata. Andarsene senza salutarmi è stato il torto più grave che potesse farmi.

L'ultima litigata tra noi me la ricordo come se fosse accaduta ieri. Il giorno prima di... Avevo indossato la sua felpa grigia con Mickey Mouse stampato davanti. Mi rimproverò aspramente, obbligandomi a togliermela subito. Risposi che non volevo e lei si alterò ancora di più, cercando di strapparmela di dosso. Le tirai i capelli e le riversai addosso tutto il mio rammarico, rinfacciandole il suo egoismo. La sera, quando andammo a letto, lei si girò verso il muro, lasciando a me l'ingrato compito di sopportare il suo silenzio. Oramai ero abituata a quel modo di essere punita, ma l'amavo, e le perdonavo tutto. Poi l'indomani le sarebbe passata. E infatti accadde questo. La mattina seguente, non appena sveglia, mi strofinò la felpa sul viso. Io ancora dormivo, e l'attrito del cotone sulla faccia mi fece sobbalzare. Si abbassò, sfiorando con i suoi riccioli il mio naso, e mi disse di non fare l'offesa.

– Ah, ti permetti pure di giudicare? – le risposi. La vidi uscire dalla stanza.

A colazione ci eravamo già rappacificate. Non sapeva nascondere la sua dolcezza, ma a tutti i costi voleva tenerla a bada. Aveva paura di apparire fragile.

Già, considerazioni che ora hanno un altro peso.

Di lei adoravo persino i difetti, e le inspiegabili increspature. E persino la brutta abitudine che aveva di tenere i propri segreti solo per sé. Del resto, la vita che conduceva fuori casa era un mistero. Questo suo essere di un altro pianeta io lo vivevo come una mortificazione, ed era la prova tangibile che non si fidava nemmeno di me.

E invece voleva proteggermi.

– Mamma, sei stata bene stasera? Ti vedo un po' triste.

C'è una quiete quasi perfetta in questo momento. Si sentono solo i grilli frinire, una melodia che sa di pace e dolcezza. Da noi cantano sempre. Sono abituati a non sparire insieme agli ultimi turisti che se ne tornano nelle loro città. E chissà quanti amori sbocciano grazie a questo *cri-cri* che richiama il paradiso.

Mi invade la nostalgia se penso a quanto eravamo felici io e Antonio tanti anni fa. All'inizio delle nostre uscite andavamo a fare l'amore nelle campagne più sperdute. Sdraiandoci per terra, mentre l'odore dell'erba ci saliva dentro al naso e il cielo sembrava un quadro da ammirare, era estasi pura. Il miglior modo per cedere le armi e lasciarsi andare dentro al vortice della nostra passione.

I miei non volevano affatto che lo frequentassi, vuoi perché era troppo bello e preso da se stesso, vuoi perché la sua fama di playboy era nota dappertutto. Poi frequentandolo si sono ricreduti.

Dopo la mia domanda, mamma guarda fuori dal finestrino, forse per prendere tempo e riflettere su quanto dirmi. Con un dito mi indica la finestra in basso a destra, che corrisponde alla sua camera da letto.

– Lo vedi? Lascio sempre la luce accesa per illudermi. Non è paura dei ladri. Chi se ne frega di quei disgraziati. E poi non ho niente di prezioso da nascondere. Lo faccio perché è come se qualcuno mi stesse aspettando. Non riesco proprio a pensare che tuo padre non ci sia più, figlia mia.

– Ti capisco, mamma. Non deve essere facile, anche se, piano piano, devi fartene una ragione. Sono passati già quattro anni. Sei sempre tu che dici che bisogna guardare avanti altrimenti si resta fregati, no?

– Ma cosa vuoi che siano quattro anni per due persone che sono state insieme tutta la vita? Sono uno schiocco di dita, figlia mia. Un soffio d'aria, e via, tutto al vento.

– E allora che intendi fare? – la incalzo – Distruggere il tuo futuro?

Cerco di scuoterla dalla sua malinconia. Dentro, però, credo che abbia ragione da vendere. Nessuno può riempirti il vuoto che hai dentro. Semmai un rattoppo, magari fatto bene, ma pur sempre un rattoppo.

Scendiamo dalla macchina, la aiuto ad aprire la portiera ed entro in casa, sedendomi qualche minuto sul divano in salotto. Ma ho il pensiero rivolto a Bianca, che è sola in casa. Non smetto mai di pensare a lei. Anche quando non ci sarebbe necessità di stare in ansia. In fondo vivo in un posto tranquillo, e ci sono i nostri vicini, nel caso. Però non basta. Temo per la sua incolumità. Ho paura degli altri. Non devo e non posso mai abbassare la guardia. Mamma riemerge dalla camera da letto già in tenuta da notte, stile donna dell'Ottocento. Mi prega di andare via subito perché Bianca è da sola. E io non posso che riconfermare con assoluta certezza di avere ereditato da lei l'ossessiva abitudine a tenere ogni situazione sotto controllo.

Solo una volta ha fallito, secondo il suo punto di vista, ed è quando non ha saputo proteggere Giovanna.

Mia sorella è morta quando avevo sedici anni, in seguito a un incidente stradale. Quella maledetta sera lei non doveva essere in sella al suo motorino. Dopo aver discusso aspramente con Giuseppe, uno strano tipo che frequentava contro la volontà dei miei genitori (che in quel caso avevano tutte le ragioni per non essere felici della sua scelta), uscì di casa per fare un giro con la speranza di schiarirsi le idee, e non è mai più tornata. "Dovevo fermarla" si è ripetuta mamma per anni.

E immaginerete cosa abbiano passato, lei e papà prima di accettare la sua scomparsa. Bisognerebbe dire che loro quell'assenza non l'hanno mai metabolizzata. Mia madre ogni giorno parla con Giovanna, si preoccupa che abbia sempre i fiori freschi al cimitero, e la invoca quando è giù.

E per questo si è fatta martoriare dall'odio per Giuseppe, finché, dopo la morte di papà, ha finalmente pronunciato la parola tanto attesa: "perdono".

– In fin dei conti – ha ammesso – le liti tra fidanzati ci sono sempre state e ci saranno sempre. È normale. E di certo quel ragazzo non voleva la sua morte.

La sua rassegnazione non mi convince. Tuttavia preferisco crederle, e penso che sia arrivata a questa decisione per paura di togliere un pezzo di paradiso a mio padre. Sono ricordi atroci, e fanno ancora male. Ero una ragazzina e Giovanna aveva vent'anni. Era bellissima, sognava di fare l'attrice. Aveva deciso di andare a Roma per iscriversi all'Accademia nazionale d'Arte drammatica Silvio D'Amico. Sono certa che sarebbe diventata una stella conosciuta dappertutto. Egocentrica e istrionica com'era, non avrebbe potuto far altro.

Dopo la sua morte avrei voluto inseguire quell'ambizione per lei, realizzarla, per dimostrarle che non aveva sognato invano, ma poi ho incontrato Antonio, e tutto è andato a farsi benedire.

Proprio un anno fa Bianca mi ha confidato il desiderio di iscriversi a una scuola di recitazione. Mi sono venuti i brividi.

Ho pensato che in qualche modo potesse essere stata sua zia a suggerirle di intraprendere la sua stessa e mai realizzata carriera. Tuttavia, per non alimentare in lei pericolose illusioni, l'ho messa in guardia da una serie di difficoltà a cui potrebbe andare incontro. Se dovesse mantenere questo desiderio anche dopo i diciotto anni, ne riparleremo. In caso contrario, avrà sempre la possibilità di esprimersi in altri campi. Prima il diploma, comunque: non ammetto distrazioni. Non ha senso costruire ponti senza nemmeno aver segnato la via.

Interrompo i miei pensieri per salutare mamma.

– Vengo a prenderti domenica mattina. Se ti va andiamo al centro commerciale. – Bianca mi stressa con la richiesta di un nuovo cellulare, e non posso sempre dirle di no. Le sue amiche oramai la prendono in giro, perché ne ha uno dei tempi di Matusalemme. E poi sai com'è Antonio. Pur di apparire un bravo papà, magari le promette che glielo regalerà lui. Già, il bravo papà. Sempre pronto a dire sì quando gli conviene.

– E col bar come farai? – osserva mia madre, preoccupata che in mia assenza i dipendenti possano approfittarsene. Tra l'altro, la prossima settimana comincerà a lavorare da noi una nuova aiutante. Spero sia quella giusta.

– Tranquilla, c'è Mauro. Lo sai, è un bravo ragazzo. Di lui mi posso fidare.

– Meno male, – risponde – non è facile di questi tempi. Va bene, verrò con voi, così potrò comprare un frullatore più moderno. Mi serve per quando Bianca viene a studiare da me.

Mia figlia è felice di stare da lei. Dai nonni trasgredire alle regole è più facile, e sapere che mia madre non resta da sola in casa mi dà serenità.

Gli orari di apertura del bar sono stressanti, e spesso non ho nemmeno il tempo per pranzare. Apro alle sei e un quarto circa. Talvolta è Mauro a sostituirmi, quando ho bisogno di fare una corsetta sul lungomare. Poi vado avanti sino alle nove di sera: bisogna pulire, ordinare, controllare che non manchi nulla. Insomma, rientro sempre tardi, a parte i pomeriggi in cui decido di prendermi una pausa per dedicarmi a Bianca.

Lascio mia madre con la promessa di rivederci domenica, e per me è una speranza. Fare in modo che lei abbia degli obiettivi, anche a breve termine, mi concede l'illusione di distrarla dai suoi brutti pensieri.

Da quando ho cominciato a guardarla con occhi di donna, e non più solo di figlia, mi sono messa in testa di voler capire che sentimenti possa provare una persona della sua età. Penso che con l'avanzare degli anni, cambi anche l'ordine delle priorità a cui dare valore. Persino il modo di approcciarsi ai desideri si

37

trasforma, se mai ne restino da provare. E in lei ne emergono pochi, a parte quello di sapere che io e Bianca siamo in salute e che abbiamo il necessario per non finire in mezzo alla strada. Inoltre le sue reazioni si sono indebolite, come se le tante sofferenze l'avessero domata.

Così sto più attenta a ogni sua reazione, non sottovalutando i segnali che mi invia. Ecco il motivo per cui pocanzi le ho fatto notare che non può più permettersi di essere pessimista a oltranza. Il tempo che ha a disposizione va rispettato. Ma a ripensarci con più accortezza, mi chiedo: quale tempo, quale vita?

Lei bada a sopravvivere e basta.

La verità è che quando si rimane soli, con il peso di un abbandono, anzi due nel suo caso, e le esperienze che hai già vissuto superano di gran lunga quelle che dovrai ancora fare, puoi permetterti poche alternative: o approfitti del presente e te ne sbatti, oppure ti butti giù aspettando la fine.

Credo che in questo momento mamma sia più incline a mettere in pratica la seconda opzione.

Di ritorno a casa, mi soffermo di fronte alle saracinesche del mio bar. Guardo oltre i buchi delle rete metallica e osservo quei cento metri quadrati presi in affitto anni fa, illuminati da faretti soft in modalità notturna. Rifletto sul fatto che in questo luogo trascorro gran parte delle mie giornate, non facendomi più attraversare da alcuna aspettativa. E poi critico mia madre! Per quanto mi riguarda però, questa è stata una reazione scaturita dalla fine del mio matrimonio. Ho smesso di credere nell'amore eterno. Semplice. Quel mondo fatato, dove per due persone che stanno insieme sembra tutto possibile, è una balla colossale. Invece, bisognerebbe avere il coraggio di ammettere che non tutti stanno insieme felici, e che c'è chi si tiene un marito o una moglie giusto per non restare solo.

Quando chiacchiero con Bianca di temi delicati, in parte mi sento in colpa. La invoglio a non perdere mai il coraggio di lottare in difesa di ciò in cui più crede, e poi dentro di me sono costretta ad ammettere che non è vero niente, che anche quando fai di tutto perché la barca giunga all'approdo, arriva un'onda più forte delle altre e ti sbatte fuori tra i flutti, e qualche volta ti illude pure che stai per salvarti e invece ti fa affogare.

Ma io sono qui, perdio! Non sono annegata.

Ricomincio a ragionare sui miei dubbi e ammetto che sì, inculcare a una ragazza il sacrosanto diritto di provare a difendere i propri ideali è un Vangelo sempre attuale.

Questo bar l'ho messo su perché a un certo punto non trovavo niente di meglio per guadagnarmi da vivere. Non ne potevo più di essere spremuta come un limone da datori di lavoro egoisti che ricambiavano il mio impegno con uno stipendio misero e pure incerto.

Subito dopo il diploma ho portato avanti per anni l'ufficio clienti di una ditta di spedizioni che, malgrado i tentativi del titolare di resistere a una feroce crisi del settore, ha dovuto chiudere i battenti. Per cui tanti saluti a noi poveri impiegati. A seguire, dopo quasi un anno sono stata assunta, previo colloquio lampo, da un dentista molto conosciuto in città. In questo caso sono stata io a mollare, obbligata dai suoi discutibili modi di fare. Antonio stava quasi per mettergli le mani addosso (invero, l'egregio professionista l'aveva già fatto con me, ma con altre modalità), e solo dopo pressanti preghiere, mio marito (a quel tempo lo era a tutti gli effetti) ha desistito dalle sue bellicose intenzioni. Sarebbe stato denunciato senz'altro, e poi nessuno mi avrebbe creduta.

Meglio preparare caffè e aperitivi.

Mi accontento, questo è quanto. C'è di peggio in giro. E spero di riuscire a mantenere mia figlia nel migliore dei modi. Quello che metto da parte, dopo averlo tirato fuori a fatica in mezzo a tante spese necessarie, a me serve a poco, e lo investo tutto per lei. Visto che suo padre, ancora alla sua età, continua a cercare il suo centro di gravità permanente. Che si sia dissolto nella nube dei suoi sogni troppo ambiziosi? Salta da un'idea brillante all'altra. Oggi si lancia in un progetto imprenditoriale nel settore della moda, sperando di produrre T-shirt che saranno indossate da modelle e attrici su Instagram, e domani si proclama pronto all'acquisto di una flotta di barche a vela con cui portare in giro i turisti, lungo le nostre bellissime coste.

Intanto, quando capita, mi allunga un misero assegno e mi chiede di avere pazienza.

La mia amica Sandra dice che dovrei farmi tutelare da un bravo avvocato, più pratico di quello a cui mi sono rivolta. Ma io penso che le guerre in tribunale siano tossiche per tutti. Fintanto che avrò il mio lavoro preferisco evitare. E poi non potrei mai fare del male al mio ex. Con lui sono cresciuta. Siamo quasi fratelli, anche se ogni tanto mi fa venire il nervoso.

Per il resto, non ho altri desideri.

A dire il vero uno l'avrei, e sarebbe quello di resettare il passato e tornare a vivere la mia vita tranquilla con lui. Sì, Antonio era l'uomo con cui avrei voluto trascorrere gli anni a venire, ma... Inutile pensare a ciò che non è stato, comunque non cambierebbe il presente. E intanto, per ritrovare un po' di calma, corro.

La passione per la corsa mi è venuta subito dopo la separazione. I primi tempi lo facevo per tamponare la voglia di buttarmi giù da un precipizio. Sandra, sempre lei, la mia unica e vera spalla, quella a cui confido ogni mio dispiacere e qualche piccola gioia che mi capita, non faceva altro che ripetermi che lo sport aumenta la produzione di endorfine, e che queste aiutano a mettere in circolo energie positive. Gli *addicted* lo chiamano "Runner's High", ovvero "sballo del corridore". Che altro non è che la sensazione di benessere che nasce dopo aver corso un tot di chilometri al giorno. Non sono una maratoneta professionista, lungi da me pensarlo, ma ho la ferma convinzione che la corsa mi abbia salvata, questo sì, posso dirlo senza possibilità di smentite. E pensare che all'inizio sentivo solo una stanchezza insopportabile. Poi, trascorsa una settimana, ho cominciato a non poterne fare a meno. I chilometri masticati sono diventati sette, poi otto, poi dieci, poi quindici. Esco la mattina all'alba, soprattutto la domenica e i festivi, più qualche fuoriprogramma felicemente rubato al mio lavoro, e faccio il solito giro. Sudo, ascolto musica, penso, osservo, qualche volta rimugino, e poi torno a casa. Per strada siamo sempre gli stessi, eccetto le *new entry* dovute all'arrivo di qualche turista. Non rinuncerei più a questa inseparabile compagna e maestra di vita.

Se dovessi dare un consiglio a qualcuno che attraversa un brutto momento, non avrei dubbi. Gli suggerirei di correre. Il vento, il sole, la pioggia, la luce, il buio, il freddo, la luna, le nuvole, il rumore del mare, il silenzio che avvolge le mattine fredde d'inverno e quelle caldissime d'estate, non lasciano indifferenti. Costruiscono una corazza. E non è un difetto. Piuttosto un involucro rassicurante. A ogni passo aumenta il desiderio di superarsi. Ecco che cosa ho imparato da questa disciplina: ad avere più fiducia in me stessa. Nelle mie risorse. Per carattere ho la tendenza a sminuirmi. Sempre più belle le altre. Sempre più interessanti. Molte delle mie insicurezze, che mi portavano a essere gelosa di mio marito, derivavano proprio dal sentirmi inadatta in ogni circostanza. Se avessi saputo gestirle, forse anche il mio matrimonio avrebbe preso un'altra piega. La lista si arricchisce di giorno in giorno. Eppure, ancora adesso, non saprei dire con precisione perché io e Antonio ci siamo lasciati. Correggo. Perché io l'ho lasciato. Se fosse dipeso da lui, saremmo rimasti insieme chissà per quanto.

Sono stati i suoi tradimenti a farmi vacillare? È stato il mio orgoglio ferito a farmi decidere per la rottura? O volevo semplicemente rivendicare i miei conquistati diritti? Però l'amore include anche il perdono, o no? E se sì, quante volte i peccatori possono approfittare di tale beneficio?

E allora corro.

Indosso una vecchia tuta e corro. Nel vento abbandono i lacci che mi tengono legata ai miei dispiaceri, e corro. Corro perché nella fatica sento il sapore del sale. La lingua ripassa sulle labbra e trattiene sopra la punta l'acuto sapore.

Corro, anche per tutte le volte che qualcuno mi obbliga a stare ferma, perché più in là di un misero passo non mi è consentito fare.

Corro, come un coniglio tenuto troppo a lungo in gabbia. Stanco di essere accarezzato da chi non conosce la sua vera essenza. Corro perché mi viene naturale farlo, e più sono stanca, più mi rendo conto che le mie gambe sono le uniche alleate per arrivare dritta alla meta.

5

Al compleanno di Sandra non manca nessuno della nostra combriccola. C'è anche Mauro, che ha portato un amico sconosciuto ai più. Si chiama Giorgio. Uno di quei bronzi di Riace che piacciono tanto a lui. A me no. La statua di carne saluta a stento, e per tutta la cena non fa altro che parlare all'orecchio del mio amico e dipendente. Insopportabile, il tipo.
Nella pausa tra il primo e il secondo esco per fare compagnia a un'amica che vuole fumare una sigaretta. Mauro ci segue e io gli chiedo chi sia il maleducato che si è portato appresso.
– È solo timido, credimi.
– Be', non direi – rispondo. – Non ha fatto altro che guardarci in malo modo. Siamo troppo *out* per lui?
– Ma no, figurati, Flora! È un bravissimo ragazzo – assicura mortificato.
– Sarà, – dice Manuela, che intanto sta consumando la sua sigaretta – però da quando è arrivato non ha detto una parola. E non ha fatto nemmeno gli auguri a Sandra. Un po' strano, eh?
– Abbiamo appena litigato – ammette Mauro un po' bastonato.
– Ok, non continuiamo oltre – dico perentoria. – Rischiamo di rientrare col broncio.
E taglio corto.
Ritornando alle nostre postazioni a tavola, mi prende lo

43

sconforto. Non è per me. Ma penso a Mauro, e alla fatica di trovare qualcuno che lo ami per quello che è. Lo so che vorrebbe andare via da questa festa. E so come si sente adesso.

«Lo sputo dal finestrino mentre l'auto corre oltre i cento». Che vorrà mai dire questa frase? Non lo so. Però Mauro la ripete ogni volta che qualcuno lo fa soffrire. Adesso dà gomitate a Giorgio, che continua a ignorarlo.

Più in là, seduta di fronte a Sandra, c'è una fatina che anni fa aveva preso di mira mio marito. Non è mai riuscita a portarselo a letto. Almeno credo. È la sorella del socio di Sandra. Non potevo obbligare la mia amica a non invitarla. Non sono tipo da ripicche. Ma da disprezzo imperituro sì. Poco dopo, mentre ci stiamo posizionando per il selfie di rito, la fatina tutta firme mi chiede come sto.

– Benissimo! – esclamo. Non le farei mai vedere l'altra faccia della medaglia. Quella che invece mostrerebbe una Flora che si sente sola senza il proprio uomo accanto.

Verso mezzanotte andiamo a bere un drink in un locale alla moda. Dopo il primo bicchiere di caipirinha mi sposto in pista e comincio a ballare. Lo faccio per gli occhi invidiosi di quella stupida, che non ha fatto altro che studiare i miei movimenti durante tutta la cena. Mauro sa tutto, e per questo fa in modo che la vittima capisca che stiamo parlando di lei, e che la stiamo prendendo per i fondelli. Oramai posso vendicarmi senza il timore che Antonio si arrabbi e mi additi come una che si inventa storie senza capo né coda. Ora sono io a decidere chi merita le caramelle e chi invece il carbone. La signora, infastidita, mormora qualcosa all'orecchio del marito, e dopo pochi minuti salutano la festeggiata e vanno via.

Come mi sento? Felice di avere affossato in un solo colpo la mia antagonista.

44

Torno a casa sfinita. Con un biglietto da visita tra le mani. *Dottor Flavio De Santis*: l'ingegnere (così recita il titolo sul cartoncino) che mi ha stretto la mano mentre bevevo un bicchiere d'acqua prima di congedarmi. Si è avvicinato a me e con un sorriso da ebete mi ha detto: «Lo sai che sei proprio carina?». Corteggiamento stile romantico, che su di me però ha l'effetto di un gancio sferrato sui denti. Strappo la prova cartacea di un incubo breve, ed entro in camera da letto per mettermi a dormire.

Senza Bianca, che stasera dorme da mia madre, la casa è vuota. Un silenzio angosciante mi obbliga ad accendere la TV per sentire delle voci in sottofondo. Guardo il talk show della notte, il solito che da anni ci propina i suoi dialoghi ammaestrati. Benedico il buonsenso che mi fa premere il tasto rosso del telecomando. Non ne posso più di facce contrite che esprimono dolore per l'ennesima disgrazia capitata a chissà chi. Sono tutti uguali. Manichini bugiardi che ci prendono per i fondelli senza vergogna, e con le tasche piene dei nostri soldi.

Amo la mia città. Sì, la amo di un amore contraddittorio ed esasperato. Per anni l'ho detestata, desiderando con tutta me stessa di scappare via lontano: ma, quando ne ho avuto l'opportunità, le gambe si sono bloccate ricordandomi che il mondo è più o meno simile dappertutto.

Giovanna sognava un futuro a Roma e, forse, anche la Capitale non sarebbe riuscita ad assicurarle un'esistenza elettrizzante. Sognava il successo, ma non quello legato a potere e denaro. I soldi non rappresentavano per lei il punto d'arrivo. Bramava la libertà e la possibilità di inserirsi nei salotti culturali di cui leggeva curiosa sui giornali. Quell'idea di non avere vincoli e di esprimersi attraverso il potenziale della sua arte, l'aveva resa insofferente a tutto. Litigava di continuo con mia madre, che

45

al contrario sognava per lei un lavoro tranquillo, matrimonio e figli. Ma dentro al vortice di ambizioni che covava in Giovanna, non c'era posto per la normalità che intendevano gli altri. *Normalità*. Che significa poi? È normale anche la follia, se ti abitui a guardare i tuoi simili come marziani alle cui idee non ti piegherai mai. Normale è tutto e il contrario di tutto. E l'altra faccia della medaglia è solo un caso in cui la verità si è voltata dall'altra parte.

Giovanna fece un provino televisivo per un programma quando aveva diciannove anni. Si era diplomata da un anno e frequentava l'istituto di Belle Arti. Nella sua testa, però, c'erano ben altre ambizioni. Di sicuro un modo per ingannare l'attesa della risposta dall'accademia romana dove sperava di essere presa e che tardava ad arrivare.

Fu avvicinata da un tipo losco che le diede un appuntamento. Quel giorno mi pregò di accompagnarla. Andammo in motorino e, stretta ai suoi fianchi, dietro di lei, sentivo un profumo soave di rose. I suoi capelli mi accarezzavano gli occhi. Dio, quanto mi sembra ancora reale il calore del suo corpo, e la felicità intensa che provavo nello stringerla forte. Per me era il mondo. Con lei sapevo di avere un'alleata, anche se la nostra diversità ci rendeva due isole che si guardavano innamorate una di fronte all'altra, e in mezzo a noi c'era il mare. Ho nuotato a bracciate larghe, lungo tutto il percorso vissuto insieme, per illudermi di portarla dalla mia parte. Lei però era una sirena e come tale restava irraggiungibile. E lo resta ancora adesso nel mio immaginario.

Quando entrammo dentro la stanza dove la produzione sottoponeva le ragazze ai provini, l'uomo che l'aveva avvicinata giorni prima mi pregò di uscire. Giovanna fu irremovibile e pretese che rimanessi lì. Dapprima lui si contrariò, ma poi fu costretto ad acconsentire. Le fece insinuanti domande sulla sua vita, sulle sue abitudini, e ogni tanto gli partiva un ghigno sciocco sulla bocca. Le offrì anche una sigaretta, che lei non accettò, e poi le disse che una come lei poteva avere il mondo ai suoi piedi se solo... Fece una pausa, lo ricordo nitidamente.

Allora mia sorella, come una brava giocatrice di rugby, lo placcò decisa, temendo di ritrovarsi davanti al più temibile degli avversari, e con una risposta secca gli fece intendere che oltre alla lecita offerta del suo talento non poteva promettere altro. Mi prese per mano e andammo via.

Uscite da quella stanza cominciammo a ridere e a spintonarci fino quasi a cadere. Di ritorno, sulla strada piena di buche che ci faceva sussultare di continuo, mi pregò di non dire niente a nostra madre, perché altrimenti... Giurai sulla nostra amicizia. E sulla nostra fedeltà. Quel giorno mi portò a mangiare un gelato sulla via che conduceva a Punta Faro. C'eravamo solo noi e il venditore di granite e gelati. Mi sembrò la scena del più bel film che avessi mai visto. Noi due e basta, e il mondo fuori. La luce del cielo le rifletteva sul viso un colore arancio fosforescente e i suoi occhi brillavano come stelle nella notte.

Ancora sento quella scia di salsedine che ci pungeva la pelle. Eravamo figlie del mare, e quando stavamo insieme, nei periodi più caldi, lei si spogliava all'improvviso, ovunque ci trovassimo. Non provava alcun disagio a restare in mutandine e reggiseno. Il suo corpo era così perfetto che la osservavo come l'artista contempla il suo capolavoro. Dentro l'acqua era felice. E rideva con gli occhi.

Mia sorella era una ragazza straordinaria. Ma in quell'accademia, dove tutti i suoi desideri avrebbero preso forma, non c'è mai arrivata.

Sono in macchina, ferma a un semaforo. Ascolto Aznavour che canta una canzone troppo dolorosa per me. *Lei, nient'altro che lei sarà lo specchio dove io rifletterò progetti e idee... Lei, così importante e così unica...*

Guardo di fianco e vedo un bambino che da un finestrino mi fa una smorfia. Lo saluto. Non risponde. Sua madre seduta accanto a lui mi sorride. Riparto e accelero.

So che Giovanna sarà sempre parte di me e io di lei. Ma il pezzo mio che le appartiene, dove sarà andato a finire? Me lo domando tante volte e aspetto ancora una risposta.

6

È ritornato.

Non lo vedevo da qualche giorno.

– Ciao Flora – mi fa, come se fosse uno dei miei migliori amici.

– Buongiorno – rispondo io, rimanendo sulle mie.

E invece sono agitata.

Lo scruto come una tigre.

Comincio dalle scarpe. Superga nere slacciate, jeans scoloriti e giubbotto di pelle scura, che fa tanto James Dean. Ma il berretto nero di lana, proprio fuori luogo per questa stagione mite, mi ricorda l'attore Tomas Milian nella serie di film in cui interpreta il personaggio di Er Monnezza.

Senza Ray-Ban, i suoi occhi color verde scuro mi fissano senza remore, e incrociano il mio sguardo. Precipito in un rossore che mi fa avvampare le guance.

Così, su due piedi, potrei dargli una quarantina d'anni o poco più. Barba appena accennata e capelli mossi che ho avuto modo di studiare nei giorni precedenti. È alto e ha un corpo magro.

Aspetto da "bello e dannato" di cui NON CI SI DEVE FIDARE MAI. MAI. Questo è un mantra che voglio ripetermi da subito.

Le sue mani vissute picchiettano sul bancone, e sembrano nervose. Ha dita lunghe, unghie curate. Quando un uomo bada all'aspetto è senz'altro un tipo superficiale, mi dico, per dare sicurezza alle mie elucubrazioni e mantenere quelle giuste distanze che ancora una volta mi vengono in soccorso.

Io sono una persona che non ama fidarsi del primo sconosciuto, giusto? *Ehi, Flora, tu sei così, vero?* Me lo ripeto nella testa, ma non so cosa rispondere.

– E allora, come va oggi? – La sua voce mi sorprende.

– Bene, grazie. Cosa prende? – dico io, con studiata freddezza.

– Ma vuoi proprio continuare con questo lei così antico? – mi risponde senza mollare la presa, e lo sguardo si fa ancora più insistente.

– Be', sono abituata a farlo con i nuovi clienti. E lei mi sembra che lo sia.

Ma perché sto facendo l'antipatica? Perché? Perché quest'uomo potrebbe essere un assassino, uno psicopatico, uno spacciatore, o un... La lista è lunga.

Metto un veto ai miei tragici pensieri e ammicco con una certa sicurezza: – Se me lo chiede con tanta ironia, però, vada per il tu. Mi piace chi non nasconde le proprie intenzioni. Ok, procediamo!

– Ma certo, mi sembra più adeguato, visto che abbiamo più o meno la stessa età. Anzi, tu hai qualche anno in meno dei miei, ne sono certo.

– Pure questo sai? – butto lì.

– Non è importante, ma sei simpatica e questo mi basta. Però solo quando ti lasci andare.

– Siamo già in modalità psicologia a fascicoli? – obietto sorridendo.

– Ecco, ora la signora tira fuori gli artigli. Te ne pentirai, non lo merito. Ah, per favore, – aggiunge – un caffè macchiato caldo.

Gli servo il dovuto e torno alla cassa. Mauro, che nel frattempo era andato in bagno e ora è tornato, si gode la scena e mi fa un sorrisetto ambiguo. Si avvicina allo sconosciuto e gli sussurra qualcosa faccia a faccia.

– Ehi, voi due, – dico – cosa state confabulando? State attenti perché ho orecchie lunghe, io!

Il tipo beve il suo caffè, poi si avvicina alla cassa. Al momento di pagare mi chiede se conosco qualcuno che possa affittargli una casa per due mesi al massimo. Oppure se ho da consigliargli un residence di qualità, visto che vuole andare via dall'albergo dove è ospite. Con il cane ha bisogno di più spazio.

Rispondo che è meglio che cerchi su Internet, perché proprio non saprei a chi rivolgermi. Vuole farmi sapere che vive da solo, il furbo. Ancora più all'erta, dunque. Sarà un separato, o uno che cerca guai.

Elaboro le informazioni in mio possesso e penso.

Sta cercando un posto in cui vivere, intanto alloggia in un albergo non lontano dal bar. Un hotel a quattro stelle dove lavora una ragazza che conosco, mia cliente peraltro. Potrei chiedere a lei qualche notizia in più sul soggetto, ma non vorrei passare per una che cerca avventure.

Ci salutiamo e io spero che torni indietro.

Ma perché dovrebbe farlo?

Infatti non lo fa.

Mi domando come mai oggi non ci fosse il suo cane. La prossima volta approfitterò di questa scusa per farlo parlare. Dove lo avrà lasciato, e con chi? Forse in camera, in hotel. Da solo? Povero cane.

Verso le tredici e trenta chiedo a Mauro se può mandare avanti la baracca da solo, visto che vorrei uscire prima. Desidero andare a prendere Bianca a scuola.

Lo so che non serve a coprire le mancanze di questi ultimi anni, ma ho dovuto sacrificare parte del nostro tempo per centrare meglio gli obiettivi sul lavoro, specie nel primo periodo in cui ho aperto il bar. So che, malgrado la sua smania di libertà, a Bianca farebbe piacere, e poi sarebbe un'occasione per riprendere il discorso lasciato in sospeso nei giorni scorsi.

Mauro, nemmeno a dirlo, risponde che non ci sono problemi. Lavora con me dall'inizio della mia attività. Ero già quasi pronta per l'inaugurazione, quando mi ero resa conto che i tre ragazzi esaminati per essere assunti, non mi piacevano granché. Mancava davvero una manciata di giorni ed ero disperata. Così Sandra mi ha parlato di lui. Mi ha detto che potevo stare tranquilla, che Mauro era una brava persona. Si trattava di un suo amico tornato da Londra, perché aveva interrotto bruscamente una relazione per problemi di infedeltà. Il compagno con cui conviveva, si era innamorato di un altro e lo aveva cacciato di casa nel giro di poco, causandogli pure un esaurimento nervoso. Deve essere stato quel dettaglio a rendermelo subito simpatico. Tra cornuti ci si intende a meraviglia.

E allora: visto, studiato e preso al volo. L'unico problema sono gli "up and down" del suo carattere. Quella fastidiosa impossibilità di tenere l'acceleratore dell'umore a una velocità costante. Però meglio questo che l'ipotesi di stare al fianco di una persona sempre gentile ma falsa.

A volte capita che restiamo insieme oltre l'orario di lavoro, per andare a mangiare un panino in qualche pub o per fare una passeggiata. È riuscito persino a portarmi in discoteca. Non ho ballato, mi sono seduta su un divanetto e l'ho osservato agitarsi insieme ad altri sulla pista. Non sono adatta alla vita notturna, anche se con Antonio ero costretta a seguirlo nei suoi giri per locali che finivano puntualmente con qualche scenata di gelosia. E chiaramente il ruolo della guastafeste era sempre il mio. Con Mauro ho trovato la chiave giusta per entrare nel suo cuore. È così inutilmente agitato. Impossibile per lui vivere una storia sentimentale senza conflitti. Parliamo per ore, e alla fine mi dice che sono l'unica che lo capisce senza giudicarlo a priori. Lui e Sandra sono i pilastri della mia vita. Grazie a loro ho superato molte prove difficili. E sono le uniche persone, oltre a mia madre e ad Antonio, a cui affido mia figlia senza paure.

Quello che ci piace di più è giocare a bowling. Un tempo andava di moda, ora meno. Tuttavia, quando non siamo distrutti dalle lunghe ore passate al bar e Bianca resta a dormire da mia madre, andiamo volentieri a divertirci. Là, tra un tiro e l'altro, ci dimentichiamo dei nostri guai e facciamo pure qualche strike.

L'amicizia è quella fortuna che capita raramente, ed è ciò su cui ho sempre fatto affidamento per non lasciarmi andare del tutto. Quando Mauro mi vede un po' trasandata, o con la voce che trema, capisce all'istante che non è una giornata buona. E allora si inventa di tutto per farmi sorridere. Sono piccole testimonianze d'affetto, ma nel grande oceano della vita riescono a fare la differenza.

Aspetto Bianca rimanendo seduta in macchina. Accendo la radio e Beyoncé mi racconta una bella storia. *Se fossi un ragazzo, penso che sapresti capire cosa si prova ad amare una ragazza. Giuro che saresti un uomo migliore, la ascolterei, perché so quanto fa male quando perdi la persona che volevi. Perché lui ti dà per scontata, e tutto quello che avevi va distrutto...*

Lo dici a me Beyoncé?

Sapessi quante volte l'ho pensato, rimuginando sulla leggerezza di Antonio. Quasi quasi, anche se è passata un bel po' di acqua sotto i ponti, gli mando il testo di questa canzone. Ma perché dovrei farlo? A cosa servirebbe oggi?

Durante il tragitto per tornare a casa, io e Bianca cominciamo a chiacchierare. Non le faccio alcuna pressione. Provo a salire dal basso.

Lei insiste sul fatto che manifesto troppa durezza nei confronti di suo padre.

– E allora perché quasi tutti i genitori separati dei miei compagni di classe vanno persino in vacanza insieme? Lo fanno per il bene dei loro figli. E sono felici. Solo tu sei così antipatica.

Noto che c'è una leggera discrepanza tra ciò che vorrebbe per me e suo padre e ciò che ammira nelle altre coppie di genitori. Ma forse è solo confusione, e desiderio di non sentirsi diversa dai suoi amici.

– Non è vero – rispondo. – Sono le situazioni a essere differenti. Tuo padre in ogni caso è una brava persona, ma vuole ancora vivere come un ragazzino, senza responsabilità. E non posso permettermi di diventare sua complice. Vorrei solo aiutarlo a crescere.

– Non credo che sia questo il vero motivo. Lo accusi sempre di qualcosa. Secondo me sei gelosa di lui. E non lo sopporti perché ti ha fatta soffrire, ma esiste anche il perdono, mamma. Ecco, ora ho detto quello che penso.

– Giuro, Bianca, non è così. Io tuo padre l'ho amato molto, e gli voglio ancora bene, però a te sfugge un particolare non trascurabile: lui mi ha ferita con i suoi continui tradimenti. E non c'entra solo la gelosia. Quella è arrivata di conseguenza. Prima di tutto è venuto a mancare il rispetto per la mia persona.

Penso di aver fatto male a ripartire da qui. È ancora un nervo scoperto che le brucia sotto la pelle. Aveva solo undici anni quando Antonio è stato costretto dal mio *aut aut* ad andarsene, altrimenti sarei andata via io. E i primi tempi non gli permettevo nemmeno di parlarmi. Sbagliando.

Arriviamo nei dintorni di casa, che già la zona adibita a parcheggio è satura. Faccio un giro più lungo e lascio l'auto in una posizione che potrebbe costarmi una multa salata.

Pranziamo velocemente e poi, prima di uscire, chiedo a Bianca qualcosa che mi sta a cuore: – Vorresti che io e papà tornassimo insieme? Sarei disposta ad accontentarla, se questo dovesse rappresentare un motivo di maggiore serenità per lei. So che per me sarebbe un inferno. Ma non posso barattare la mia dignità con la sua felicità.

– Non più – mi risponde. – Prima pensavo di sì. Ma non posso obbligarvi se non lo volete.

– Grazie. Mi togli un macigno dal petto.

La bacio sulla fronte e scappo a lavorare. Mentre si aprono le porte dell'ascensore, mi rendo conto di amare mia figlia di un amore disperato e forte. Senza di lei sarei persa.

Ritorno sulla strada per andare al lavoro e canto insieme a Leona Lewis *Better in Time*. Urlo dentro l'abitacolo e me ne frego se qualcuno passandomi accanto, in motorino o a piedi, mi guarda come se fossi un'esaltata.

Sì, sorriderò perché me lo merito. Tutto andrà meglio con il tempo.

Sono solo strofe di una canzone, ma io penso che tutto questo possa diventare realtà.

Al bar c'è un uomo disteso per terra e un capannello di gente intorno.

– Fate presto, ha avuto un infarto! – grida qualcuno.

– Ma cosa dice? – risponde un altro. – È solo svenuto. Un calo di pressione, forse.

Mi prende l'ansia.

E se fosse lui?

55

Mi butto addosso all'assembramento, cercando di creare un varco. È un signore anziano che ora apre gli occhi e chiede un bicchiere d'acqua. Meno male.

Mauro è pallido come il foglio di un quaderno. Arriva l'ambulanza e portano via il malcapitato. Qualcuno che lo ha riconosciuto ha già avvisato la sua famiglia.

Dopo che la folla si è diradata, Mauro mi avvisa che sono arrivati dei fiori per me.

Ancora Antonio!, penso. Ma allora mi perseguita! Perché insiste nel pretendere questa cena del cavolo? Non voglio accettare il suo invito. Adesso prendo il telefono e lo faccio pentire dii assillarmi così. Cos'è, ha esaurito la sua scorta di ochette da portare nei ristorantini sul mare?

Ho detto no. E no sarà, almeno fino a quando lo deciderò io. In ogni caso ho bisogno di parlargli dei problemi di nostra figlia. Però ora non è il momento giusto.

Mauro torna dal retro con un mazzo di fiori bianchi, stretti da un bellissimo fiocco di raso verde. È in quell'istante che capisco di avere sbagliato a pensare al mio ex. Quando Antonio mi manda dei fiori, lo fa sempre rivolgendosi allo stesso fioraio di fiducia, che però, sfortuna, non è mai stato il massimo della fantasia, e ricopre i suoi bouquet con miseri incarti da cimitero.

Apro la busta.

Vorrei che sorridessi un po' di più. L.

Mi commuovo.

Penso.

E vorrei anche piangere. Sono sotto stress.

Tremo dentro e mi tremano anche le mani. Con una stringo il mazzo di fiori tenendolo attaccato al petto, e con l'altra rileggo incuriosita il biglietto scritto in un'elegante grafia.

In quella frase c'è impresso nero su bianco come sono diventata adesso, stravolgendo la mia essenza di prima. E in poche parole viene spiegato il mio dolore di donna.

Ma chi è che mi conosce tanto bene?

È stato lui. Quello dei Ray-Ban. Quello col cappello di lana alla Tomas Milian. Quello del cane con la macchia sull'occhio. Quello che usa sapientemente l'ironia.

Lo so.

Bastano davvero poche parole usate *ad hoc* per rischiare di innamorarsi di un tipo che entra nel tuo bar e ti chiama per nome, anche se, andando a memoria, non lo hai mai visto in vita tua?

Io, poi, con la mia ossessione per i pericoli dovuti ad atteggiamenti ingenui, sfiduciata al massimo verso gli uomini, non mi lascio mai andare.

Mauro mi guarda da dietro il bancone, e nemmeno a dirlo mi sorride furbetto. Ripongo i fiori per terra, in un angolo, e spero che non si sciupino fino a quando potrò portarli a casa e sistemarli in un vaso adeguato.

Le parole di mia figlia, i fiori del misterioso spasimante, l'uomo svenuto al bar, sono eventi abbastanza impegnativi per un'unica giornata.

Mi sento stanca.

Ritorno a casa con mille pensieri, e Bianca mi apre la porta con un sorriso smagliante. Mi basta questo per sentirmi risollevata. Il resto lo affronterò domani. Ditemi cosa c'è di più riconciliante del sorriso dei propri figli, per credere che ogni cosa prima o poi troverà la giusta soluzione.

Domenica porto la piccola peste e mia madre al centro commerciale. Sembra che tutti gli abitanti della città si siano trasferiti lì.

Guardo la folla passeggiare come se si trovasse lungo i viali del centro. Non le comprendo certe abitudini malsane, che affascinano soprattutto i più giovani. Preferiscono darsi appuntamento lungo i corridoi di questi fabbricati anonimi, piuttosto che sostare nelle piazzette storiche come facevamo noi.

Sono cambiate le attitudini. I ragazzi non hanno riferimenti, e il telefono cellulare è l'unica alternativa al tedio dei loro momenti liberi.

Chiedo a Bianca se anche per lei questi luoghi artificiali siano così interessanti. Mi risponde di no. Ma forse è ancora in quell'età in cui si è liberi di inseguire i propri sogni. Non so, a me inquieta, sembra un'ipnosi di gruppo. Mi piacerebbe vedere le strade ripopolate di persone. In particolar modo le periferie. È lì che i politici dovrebbero pensare a creare bellezza, impedendo la fuga verso il nulla. Ma tant'è. Li chiamiamo "centri commerciali", e in verità sono solo contenitori di negozi che mirano ad accumulare potenziali clienti che non saprebbero dove altro andare.

Ci sono cascata anche io oggi, e non vedo l'ora di uscire.

Odori, profumi nauseanti, luci forti che disturbano la vista e musichette isteriche in sottofondo. Hanno l'aria supponente di magazzini da grande città, e invece sono solo suq ben strutturati che ci vendono anche quello di cui non abbiamo bisogno.

Mamma si è già persa due volte nei corridoi del primo piano. È andata Bianca ad assisterla, mentre il commesso del negozio di telefonia mi guarda con una certa stizza, aspettando il suo ritorno.

Quando usciamo da lì, mia figlia è felice come una Pasqua. Tiene stretto il suo iPhone bianco, e si impossessa di lei l'espressione soddisfatta di una che ha vinto alla lotteria. Beata gioventù. Basta poco per essere felici.

Trascorriamo la serata a casa di mamma. Foto di Giovanna ci guardano da ogni angolo delle stanze. Ancora, ogni tanto, capita che mia madre mi chiami col suo nome. Non so se essere felice o triste, ma quando accade non posso chiederle di stare più attenta. Ne soffrirebbe.

Giovanna è un suono che mi spacca l'anima. Entrando qui mi succede non di rado di sperare che possa essere ancora lei ad aprirmi la porta. La cerco quando vado nella sua camera, immacolata come l'ha lasciata quella sera. Persino un libro che stava leggendo è rimasto poggiato sulla scrivania. E non lo trovo macabro. Piuttosto, mi sembra una scelta disperata da parte di chi non si rassegna a una morte. E chi può ergersi a giudice se c'è di mezzo una madre?

Bianca passa le ore a sfogliare i diari della sua amata zia, e i libri che lei leggeva. Mia sorella aveva una passione sfrenata per la lettura. Specie per alcuni autori: Elsa Morante, Dino Buzzati e la Duras. Quanto si appassionava a leggere i loro racconti. Cercava in quelle pagine le risposte ai tanti vuoti che la sua sensibilità le creava. Non era mai soddisfatta. Anelava all'assoluto. Alla perfezione. Ed era sempre inquieta.

Se si potesse comunicare con chi ci ha lasciati, almeno una volta, una volta sola, vorrei dirle che mi sono sempre sentita inferiore a lei. E so per certo che mia madre preferirebbe stare più in sua compagnia anche se questo mi fa male. Non è che sia incapace di amare me allo stesso modo, ma con Giovanna era tutto diverso. Era lei a fare la differenza.

Mi manchi, sorellina mia. Non smetterò mai di ripeterlo.

Mentre apparecchio la tavola, Bianca accende la TV e la sintonizza su un canale di musica che seguo anche io quando sono a casa: ascolto a tutto volume e ballo tra una stirata e l'altra, stando attenta però che i vicini non vengano disturbati dalla mia passione canora. Già, canto e ballo perché insieme alla corsa sono le uniche attività che mi rilassano. Sul canale che guardiamo adesso, danno concerti e video dei big più famosi che impazzano alle radio. Ora Bianca, con un cucchiaio in mano, mima le mosse di Rihanna e urla a squarciagola. La guardo, e in lei rivedo alcuni atteggiamenti di mia sorella. Il modo di guardare di Giovanna, o di spostare le ciocche dei capelli, e anche quello di camminare. Quando Bianca avanza, sembra quasi che voglia mangiarsi il mondo.

Mamma tira fuori dal forno una teglia di lasagne ricoperta da una crosta abbrustolita e croccante. Le ha tenute apposta un po' più a lungo al caldo, perché sa che a me piacciono così. Mi ricorda le domeniche passate in casa. Noi quattro e nessun altro desiderio da esaudire. Ora invece siamo in tre, e tutte donne. Dobbiamo bastarci. Io sono il comandante e Bianca e mia madre sono l'equipaggio. Saprò come fare andare in porto la nave. Devono fidarsi di me. Coraggio.

7

Nemmeno oggi il mio cliente preferito è venuto al bar. E sono già trascorsi dei giorni. L'ho aspettato fino all'una, come una stupida. Pensavo che, chissà, prima di pranzo sarebbe passato a prendere qualcosa da bere. Ci sono rimasta male. E mi dico che potrei aver preso un abbaglio. Che i fiori non erano affatto suoi. Sono solo un'illusa.

Magari me li ha fatti recapitare qualcuno che mi osserva dall'altro lato della strada, o potrebbe essere lo stesso Antonio, che mira a studiare una mia reazione. Però non mi sembra il tipo da strategie così sottili, e poi per quale fine? Non gli interessava di me quando eravamo sposati, e gli è venuto adesso un rigurgito di gelosia? No, non è un'ipotesi da prendere in considerazione. Mi sento dentro a un frullatore.

Durante la pausa che mi è concessa, per calo di clienti naturale in certe ore, torno a casa.

Bianca ha già pranzato ed è nella sua camera ad ascoltare la radio.

– Non dovresti studiare? Ti prego, cerca di cominciare bene... Te lo dico per esperienza. Sono le prime lezioni a decidere per il futuro dell'anno scolastico.

– Domani abbiamo il compito di matematica, mamma! – mi risponde piuttosto scocciata. – E non ho niente da ripassare – aggiunge. – Tra l'altro mi fa male la testa.

– E come mai? Hai il ciclo, amore? – le domando preoccupata.
– No. Però, adesso non cominciare con le tue domande da 007. Tutto sotto controllo, tranquilla.

Le dico dei fiori. Resta in silenzio per un po', e poi mi chiede se immagino chi possa essere stato. Mi stuzzica, paventando la remota eventualità che si tratti di un tenebroso spasimante.

Le rispondo che non me ne frega niente di un ipotetico scemo che trascorre il tempo a mandare fiori a donne che non conosce.

– Davvero? – continua lei. Ed è come se mi avesse messa a nudo. Ha già letto nei miei occhi ciò che provo realmente.

– Ho sentito papà, – continua con una vocina ironica – mi ha detto che tra un'ora verrà a salutarmi. Tu resti a casa?

– No, esco prima – rispondo. – Volevo solo sapere se hai bisogno di me. Ah, di' piuttosto a tuo padre che tra qualche giorno dovrà portarti dal dentista. Io non posso, perché ancora la nuova banconista non si è presentata.

– D'accordo. Riferisco. Ma vuoi che te lo saluti?

– Non fare la spiritosa – aggiungo, e tiro la porta.

Non appena parcheggio, lui è lì col suo cane. Mi guarda, mentre scendo dal mio bolide scassato, mi saluta sorridendo.

– Io e lei... Io e te, insomma... dobbiamo parlare – dico decisa.

– Oh, oh... la minaccia sembra grave – risponde col suo fare da playboy da strapazzo.

– Dico sul serio. Credo che i fiori...

– Sì, li ho fatti recapitare io – sentenzia. – Sono stato offensivo? Ti ho creato qualche problema?

– Direi. Sul posto di lavoro... Ecco, io non sono una donna...
– Ti prego, non te ne uscire con quella frase infelice «Io non sono una donna di facili costumi» perché non l'ho pensato nemmeno per un attimo. Volevo solo farti sapere che ti stavo pensando. Tutto qui. Non è una tragedia. Se non li hai graditi puoi sempre buttarli nella pattumiera.
– La mia pattumiera è già stracolma, guarda caso. Non avevo spazio, e così li ho tenuti. – Alla fine decido di concedergli un sorriso anche io.

Il suo modo di parlare mi innervosisce e mi attira con la stessa potenza. È un uomo deciso, non indietreggia, non teme lo scontro. Però lo evita, se può. Si capisce.

– Ripeto, una bella sorpresa, ma... – aggiungo.
– Togli quel ma – mi dice. – I "ma" intossicano la vita – e lo sostiene convinto.
– Davvero? – rispondo. – E cosa dovrei fare, acconsentire ai corteggiamenti di uno sconosciuto solo per risultare più simpatica?
– Non ho detto questo, però potresti accettare una gentilezza, semplicemente dicendo grazie, oppure...
– Oppure?
– Oppure ammetti che ti sono piaciuti e la finiamo qui. Non credi?

Non resisto alla sua lezioncina di galateo e mi congedo, informandolo che devo andare al lavoro, e che non posso stare a parlare del nulla come se non avessi altro da fare.

– Possiamo vederci fuori dal bar, allora? – Questa uscita è stata il colpo che non mi aspettavo. Forse ci speravo dal primo giorno che l'ho incontrato. Bluffo con me stessa e non è corretto. Stranamente non si è offeso per la mia ultima frase, un po' infelice.

Esito, vorrei dire no. Ma poi una strana forma di sano egoismo si impossessa di me, e gli chiedo se stia scherzando.

– Perché dovrei? – risponde.

– Ok, allora potremmo prendere un aperitivo domani sera, appena esco dal lavoro. C'è un bar in fondo alla piazza, si chiama Bar dell'Orologio, ci vediamo lì alle otto e mezzo, se per lei... per te, ok, va bene.

– Wow, ne sono felice, davvero. Ti aspetterò lì, davanti alla porta.

Accarezzo d'istinto il suo cane e lui mi offre un grazie delicato. Poi scompare.

Corro da Mauro, mi siedo alla cassa e gli racconto dell'accaduto. Lo scopro estasiato. Sogna da mesi di ricevere un corteggiamento così esplicito, ma per ora davanti a lui c'è solo il deserto.

– E quel Giorgio dov'è finito? – gli chiedo.

– Morto e sepolto. Anzi, incenerito. – E scoppia in una risata fragorosa.

Io invece sono nervosa e irrequieta.

– Dio Santo, ma goditi questo momento, Flora! Per carità! È mai possibile che non riesci a vedere oltre? Che vita fai, su? Sempre chiusa in casa, o qui al bar. Zero rapporti. Sembri già vecchia e non hai ancora quarant'anni. Oh, pardon, ho dimenticato che li hai compiuti da poco. Forza, prendi la fortuna che ti sta passando accanto e agguantala con tutte e due le mani.

– Sì, e se poi fosse un bicchiere di veleno?

– E se, e se. E se domani attraversi la strada e uno ti mette sotto?

– Non parlarmi di incidenti. Uno di questi mi ha distrutto la vita e ha prostrato la mia famiglia. Lo sai.

– Ti chiedo scusa. Non volevo.

– Lo so. Figurati.

– Era solo per farti capire – mi dice mortificato – che viviamo perennemente nell'incertezza del domani, e non sempre abbiamo la possibilità di godere di momenti felici. Questo lo è. Afferralo e non pensarci troppo sopra.

Mi chiedo, seduta alla mia postazione di comando (la solita cassa che assomiglia a un recinto da cui osservo il mondo), per quale oscuro motivo io abbia permesso a uno sconosciuto di estorcermi con tanta facilità un sì non ponderato.

Mentre Mauro serve delle bevande a un gruppo di ciclisti di ritorno da una gita nei dintorni, io mi dico frastornata che si tratta di un appuntamento al buio. Potrei morire ammazzata, altro che la positività di Mauro. Incoscienza, piuttosto.

Passo in rassegna tutti i casi di cronaca nera in cui delle donne sono state uccise per mano di uomini che le avevano adescate in chat, o incontrati per caso. Voglio fare quella fine lì? Sono impazzita.

Esito ancora, meglio non andare. Che strana voglia è questa di comportarmi come una sbandata?

Io prima di tutto sono una madre. E devo essere responsabile per Bianca. E se accadesse qualcosa di brutto? La mia, di madre, penserebbe che sono una poco di buono, e che ho fatto la fine che meritavo.

Però non posso non pensare a tutte le volte in cui ho rinunciato a essere me stessa per compiacere qualcuno. Prima ho dovuto assecondare i voleri dei miei, sempre preoccupati per il mio futuro. Poi, finito il liceo, con un vagone carico di sogni, mi sono fidanzata con Antonio, e ancora troppo giovane mi sono sposata. E quando è nata Bianca non ho fatto altro che vivere per lei, e non me ne pento. Ma ho rinunciato a tutto. Non so se ho sbagliato e se questo esercizio alla ra-

zionalità quotidiana sia riuscito a proteggermi dai dispiaceri.
No. Affatto.
E a me quel tipo piace.
Ma come si chiama?
Assurdo. Non lo so ancora. Sì, lo trovo assurdo. Di solito quando ci si conosce è la prima informazione che riceviamo da una persona che ci avvicina. Ma perché non è accaduto? È stato il mio comportamento a creare confusione, attrito, nervosismo?
L. So solo questo.
Si è firmato in questo modo.
Luciano? Lamberto? Livio?
Quindi dovrei uscire con un uomo di cui non ho appreso nemmeno il nome. Sembra una pazzia.
Lo è.
Forse è il caso di rinunciare sul serio.
Mi prenderò del tempo.
E ci penserò domani.
Ora ho in testa un sacco di dubbi.

Quando ritorno a casa, Antonio è ancora lì.
Lo trovo che guarda la TV insieme a Bianca. Stanno scherzando e accarezzano a turno il nostro cane. Pulce si è accomodato in mezzo a loro ed è disteso a pancia in su godendosi le coccole, al punto che non si è nemmeno accorto che la sua padroncina ha aperto la porta ed è entrata in salotto.
Di solito scatta come una sentinella affacciandosi al balcone quando ancora sto parcheggiando sotto casa. Saluto la compagnia e solo allora il piccolo peluche si gira e mi fa le feste agitandosi un po', ma non accenna a spostarsi.
Mi siedo su una poltrona e allungo le gambe senza più forze.

– Come va? – mi chiede Antonio.
– Immagina – rispondo. – Stanca, stanca, stanca.
– Vedo che sei provata. Giornata difficile?
– È che non ne posso più di affrontare i miei problemi da sola.
– Lo sai che su di me puoi contare.
– Ti prego, Antonio, non ricominciamo.
– Ok, come vuoi.
– Piuttosto, come mai sei ancora qui?
– Ti dà fastidio la mia presenza?
– No, affatto. Chiedevo per curiosità. Di solito vai via prima.
– Un potenziale cliente mi ha disdetto l'appuntamento. Dovevo mostrargli il campionario delle mie nuove T-shirt. E così, visto che non avevo altri impegni, ho approfittato per stare con Bibi.
– Hai fatto bene. Ma queste magliette si vendono o no?
– Attendo qualche risposta. Per il momento solo promesse, porca miseria! Il periodo è critico. – E la chiude lì.

Quindi ne deduco che le magliette non si vendono.

Tutto incerto.

Non sarà questa ennesima delusione a rovinare il buonumore che ho trovato in casa. Bianca ne soffrirebbe, e anche se vorrei dire ad Antonio che è finito il tempo delle mele, e che è arrivata l'ora (anzi, è pure passata) che si trovi un lavoro stabile perché ha l'età che ha, fingo di non farci caso.

Lo invito a restare a cena con noi. Lui accetta. Lo faccio per mia figlia. E anche per me, in fin dei conti. Io a questo disgraziato voglio un mondo di bene.

Infatti, non appena lui dice «Resto», Bianca esulta. Lo adora, ancor più perché il suo papà non rompe come faccio io. Lo dice sempre. Ma io le spiego che il mio compito è diverso. Noi viviamo insieme. Ogni santo giorno mi occupo della sua vita, non posso permetterle tutto. Lei sentenzia che è solo colpa del mio carattere troppo rigido.

Non è vero. Non credo di essere una donna rigida, forse un tantino ossessiva. Bianca sta per entrare in quell'età in cui ogni consiglio è da deprecare, specie se arriva da sua madre. Verso i padri c'è più indulgenza. È innegabile.

– Che bei fiori – dice Antonio all'improvviso, girato verso il tavolo da pranzo che utilizzo quando ho ospiti. – Chi te li ha regalati?

– Non sono affari tuoi.

– E i miei dove li hai sistemati?

– I tuoi sono già appassiti. Mica erano di plastica! E poi non fare il geloso. Non puoi permettertelo.

Adesso intorno al tavolo siamo noi tre. Come qualche anno fa. L'unica differenza è che se ora Antonio guardasse il telefono non me ne fregherebbe più niente. Mentre prima ero ossessionata dalle sue amanti. Vere o presunte che fossero.

Quando si rompe qualcosa, difficile che tutto torni come prima. Qualcuno ci riesce. Io non ho superato la prova. O meglio, all'inizio mi sono imposta di perdonarlo, poi è diventato inaccettabile.

Mille volte gli ho chiesto perché. Solo per capire. E mille altre volte mi sono ritrovata ad ascoltare la solita riposta: «Non è vero». Ho aspettato anni e anni prima di sentire quella orribile verità ammessa dalla sua voce insolente: «È vero. È andata così». E non ho retto.

Forse vivere di bugie in qualche modo mi proteggeva. Mi dava delle occasioni per dubitare di me. Ero troppo ossessiva? Fantasticavo più del dovuto? Si trattava di una furia egocentrica e patologica? Ma i fatti, in alcuni casi, erano accompagnati da prove inconfutabili. Tuttavia resistevo.

Quelle parole terribili, in fila una dopo l'altra, mi hanno obbligata a guardarmi allo specchio, e siccome non volevo sputarmi in faccia da sola, e soprattutto volevo essere un buon esempio per mia figlia, non ho potuto procrastinare oltre, e l'ho sbattuto fuori di casa quella maledetta mattina.

Ricordo ancora che mi implorò di ripensarci, e che non sapeva dove andare a dormire.

Gli dissi «Vai dai tuoi, semplice». Ma lui di tornare a casa dei suoi genitori non voleva saperne. Conoscendoli bene, anch'io immaginavo la scena. L'avrebbero insultato, sbeffeggiato e, chissà, forse allontanato, anche loro. E infatti Antonio per i primi tempi andò a dormire da un amico, poi affittò una mansarda in periferia, poco distante dal mare, dove abita ancora.

Bianca non ha mai voluto saperne di andare a dormire da lui. Dice che quel posto le mette tristezza. Me l'ha descritta come una tetra abitazione composta da due camere e cucina, e arredata pure male. Ecco perché abbiamo scelto che quando vuole stare con lei la nostra casa è aperta, compresa la possibilità che si fermi qui a dormire sul divano in salotto. Lo fa raramente. Accade quando io rimango da mia madre perché sta male o è triste, o se faccio qualche piccola vacanza con Sandra. Nient'altro. Finora non ho mai avuto la necessità di chiedergli di fermarsi da noi per altre esigenze. E non mi sono mai posta il problema di che cosa farei nel caso in cui apparisse all'orizzonte un altro uomo, perché questa ipotesi per me è impossibile. *Era* impossibile. Ma dopo quei fiori...

Che cosa sto pensando?
Sono ridicola.
Ecco.

La serata finisce con Antonio che canta un po' brillo una canzone di Vasco Rossi. Anche Bianca la ama. E canta insieme a lui. In viso è tutto rosso.

Vita spericolata era la vita che volevamo entrambi. Io, però, dopo un po', ho saputo piegarmi ai miei doveri di moglie e di madre. Lui no.

E che cosa è accaduto poi?

Mi viene da piangere, come tutte le volte che ho pianto per non aver saputo tenermi stretto l'uomo che amavo. Ma non è dipeso da me. Antonio lo sa.

Lo salutiamo abbracciandolo come se fosse un addio.

E dentro di me lo è ogni volta.

Credo che io e lui non torneremo mai più insieme. Ma come dice mia madre, mai dire mai. «Cosa puoi saperne del futuro?» Io le rispondo che si tratterebbe di una minestra riscaldata. E lei obietta: «Non ti ricordi com'erano buone le minestre che riscaldavo la sera, lasciate apposta nella pentola dal giorno prima?». Le do torto per principio, ma dentro di me non ho abbandonato del tutto l'idea. Immaginarlo con un'altra, anche se non mi importa più delle telefonate che riceve, mi farebbe impazzire di gelosia. Stranissima questa ambiguità di sentimenti. Lo so. Ma in amore non esiste il giusto per tutti. Non esiste "non va bene" o "conviene così" a prescindere.

Non avrei mai immaginato che un giorno lo avrei accompagnato alla porta e sarei rimasta a dormire da sola. Per fortuna c'è Bianca, ed è lei che quando mi vede giù mi coccola.

Appena Antonio se ne va, in casa ritorna il silenzio delle nostre serate tra mamma e figlia.

Avrei voglia di piangere.

8

Oggi io e L. dovremmo incontrarci al Bar dell'Orologio. Devo decidere se dare credito alle mie paure o se affrontarle a viso aperto, una buona volta. Sono le sei del mattino, ho ancora qualche ora.

Intanto è necessario che io capisca se tornerò a casa per cambiarmi, o se andrò direttamente all'appuntamento uscendo dal bar, sistemandomi alla bell'e meglio nel nostro bagno privato, che però ha ben poco di accogliente per una donna.

Intanto attendo di capire se oggi Bianca ha voglia che io la accompagni a scuola. Se risponderà di sì, approfitterò del tragitto per comunicarle che cenerà da sola. Però dovrò trovare una scusa plausibile. Potrei dirle che ho deciso di passare da mia madre per stare un po' con lei, visto che non sta bene. Bianca sa della sua depressione, ed è molto preoccupata. Non fa altro che sollecitarmi a convincerla a venire a vivere da noi. Ma dei suoi rifiuti oramai me ne sono fatta una ragione. E la capisco.

A casa sua ha tanti ricordi, tutti gli oggetti che le rammentano quando era felice con me, papà e Giovanna. I suoi altarini sacri. Anche se si tratta di spostarsi di pochi chilometri, la distanza insuperabile è nella sua testa.

Chissà quando Bianca andrà via di casa come mi comporterò io. Penso che mi cadrà il mondo addosso, ma non per questo dovrò farlo pesare a lei. Adesso che sono giovane non penso allo spettro della solitudine, anche se ogni tanto si affaccia da qualche angolo e mi saluta. Ne abbiamo tutti paura.

Me ne rendo conto quando osservo la gente al bar. C'è una fauna piuttosto variegata, e la cassa è un posto privilegiato per studiare i comportamenti delle persone. Prima o poi tradiscono piccoli dettagli (un gesto, una parola), e clienti che reputavo invidiabili mi mostrano senza volerlo le loro fragilità.

A me fanno tenerezza gli anziani, quelli che non possono difendersi. La maggior parte di loro ha figli, eppure trascorrono il tempo bevendo un tè con un amico, o sfogliando un giornale, o aspettando guardandosi in giro che arrivi l'ora per tornare a casa, mangiare qualcosa, accendere un po' la televisione e poi andare a nanna. E l'indomani si ricomincia. Spero di non dover soffrire troppo quando avrò la loro età. Potrei sopportare la cattiveria, l'invidia, la rabbia, ma non l'abbandono. È il più atroce dei mali.

Bianca si è svegliata da poco. Le preparo un caffellatte e qualche fetta biscottata con il miele, poi le annuncio che stasera starò fuori con Sandra e tornerò tardi. Meglio questa scusa che dire che andrò da mia madre. Potrebbe telefonare, e...

Non si scompone affatto, perché ha da studiare greco e italiano, e farà notte.

– Ma tornerai tardi tardi? – mi chiede, mentre beve dalla tazza e il risucchio del liquido fa un rumore che sembra una tromba a un concerto. Sorrido.

– Ma che fai? Smettila, buffona – le dico.

La rassicuro sul fatto che non tornerò tardi tardi.

– E non atteggiarti a fare la mammina, – le dico per riempire il silenzio che si è venuto a creare – per quello ci sono già io.

A dire il vero, più che in ansia, mi sento drammaticamente

emozionata, come se fosse il primo appuntamento galante della mia vita. Forse ho fatto male a non uscire più con nessun uomo dopo Antonio.

Ecco in che stato sto adesso.

Come una ragazzina inesperta che non sa da che parte cominciare.

Dunque, mi domando, ho deciso davvero di andare?

Non posso più tirarmi indietro?

E se cambiassi idea mentre sono al lavoro?

L. verrebbe a prendermi facendo il prepotente, o accetterebbe di buon grado la mia scelta?

Dovrei metterlo alla prova per saperlo.

Comunque, mi sto facendo troppe domande, e non sono ancora le sette. Urge un caffè doppio.

– Vuoi che ti accompagni a scuola? – urlo verso la stanza di Bianca. Mentre aspetto che mi risponda, premo il tasto della Nespresso e in pochi istanti un profumo di caffè alla vaniglia mi solletica le narici.

– No, mamma. Preferisco andare in bus – cinguetta con tono deciso.

Tanto lo sapevo. Alla sua età, arrivare davanti al cancello della scuola con la mamma al seguito, è segno di dipendenza dai genitori, e questo fa sì che i compagni più spiritosi la prendano in giro.

Bianca me lo fa capire in ogni modo, anche se, sotto sotto, lo so che è felice quando vede la mia Panda parcheggiata di fronte all'ingresso dell'istituto. Per il suo bene non insisto.

Ma più di ogni altra cosa, in quei momenti in cui mi godo la sua compagnia, mi piace osservarla mentre scende dall'auto e corre verso la vita. La seguo nel suo incedere fiero, pensando che l'amo al di sopra di tutto. E lì, inseguendo con lo sguardo i suoi passi, mi viene da piangere. La verità è che in lei rivedo me alla sua età e faccio paragoni. Ripenso al mio passato. Metto insieme le nostre esperienze e ne tiro fuori una grande tenerezza. Sì, capita che io pianga. Datemi della stupida. Me lo merito. Ma sono fatta così.

Passo le giornate a piangere e a farmi fregare da certi sentimenti inevitabili.

Arrivo al bar che già tutto il mondo si è alleato per dar fastidio. Ognuno preso dalla sue manie anche buffe. Il caffè è troppo lungo, il cappuccino ha una schiuma poco densa, i cornetti non sono croccanti e qualcuno chiede pure perché non abbiamo brioche vegane. Come no? Ma sono già terminate! Una spremuta di melograno, grazie. Poi c'è la richiesta dei centrifugati e quelli mi mandano nel pallone, perché per essere sempre al top non deve mai mancare nulla: carote, sedano, zenzero, mele, pere, pomodori, banane, ananas, kiwi, e qualcuno vuole pure la cipolla. E io impreco in aramaico. Come si fa a pretendere la cipolla in un centrifugato? Non sono molti quelli a cui viene il desiderio, ma quando qualcuno azzarda questa richiesta, mi viene da studiarlo senza scrupoli per capire che tipo è. Senz'altro bizzarro. E comunque io la cipolla non la faccio trovare per principio.

Oggi c'è un bel sole e i clienti non vedono l'ora di tirarsi su le maniche per simulare un'estate mai finita del tutto. All'aperto si sta ancora bene. Qui anche a Natale ci si può abbronzare se la stagione è generosa.

Mi scopro in preda a un'eccitazione demoniaca. Avevo dimenticato come ci si può sentire prima di un appuntamento.

Sì, perché, anche se manca qualche ora, non posso negare di essere ancora indecisa. Andrò o no?

La verità è che ho già fatto la mia scelta da un pezzo.

Quest'uomo mi piacerebbe conoscerlo meglio, e vorrei sapere perché giorni fa mi abbia chiamata per nome. Lo so, me l'ha spiegato, ha detto che Mauro mi aveva chiamata, e lui era attento, ma poi ha aggiunto che ci siamo conosciuti anni fa.

Faccio una pausa all'ora di pranzo, per ritornare alla cassa giusto alle quattordici, dopo aver lasciato tutto pronto in tavola per Bianca. Verso le sei del pomeriggio sono già in preda al panico.

Sì, panico.

Sembro una promessa sposa che sta per andare all'altare. In questo bailamme non riesco più a seguire i clienti. In realtà li guardo, ma il pensiero è concentrato solo su L., tanto che sbaglio persino a dare il resto più volte. Una signora, che viene a prendere ogni giorno la sua spremuta di arance, mi sorride con l'aria birichina, comprendendo che in me oggi c'è qualcosa di nuovo che mi distrae.

Mezz'ora prima dell'appuntamento passo in bagno e mi guardo allo specchio. Osservo il mio viso, faccio qualche smorfia, e mi alzo i capelli con entrambe le mani. Mi dico con un certo sadismo: *Ok, visto che abbiamo deciso per il sì, andiamo.* Parlo al plurale perché dentro di me combattono più istinti e hanno tutti ragione.

Il dado è tratto, si va.

Prendo dalla gruccia appesa nell'armadietto una camicia di seta bianca, quella che indosso per le buone occasioni, e mi annodo al collo un foulard dai colori sgargianti. I jeans con cui sono uscita di casa li tengo. Sono la mia seconda pelle. Lo spolverino è di là, sull'attaccapanni, e lo indosserò prima di andare via.

Le mani tornano a muoversi incerte mentre passo il kajal lungo la linea interna degli occhi e le labbra stentano a rimanere

ferme mentre stendo uno stick cremoso color rosso fiamma. Una spruzzata di Chanel Coco Noir e sono pronta.
Dopo aver salutato Mauro, esco. Mi avvio a piedi. Il Bar dell'Orologio è poco distante.
Cammino pensando che quello che sto per fare potrebbe essere un errore madornale.
E allora? Torno indietro?
Ancora! Sei di nuovo in preda alle incertezze del passato?, mi dice l'altra me, quella che oramai è stanca del saliscendi di emozioni che mi ha sempre contraddistinta.
Vai, e goditi la serata. Punto.
Non faccio in tempo a replicare alle mie incertezze, che L. si è già precipitato per venirmi incontro. Ricordo che mi aveva detto «Ti aspetterò lì...». E intendeva davanti alla porta di quel bar. Ne sono certa. Allora anche lui è impaziente e agitato, malgrado si atteggi a uomo di mondo.
Lo guardo con crescente curiosità e scopro che è più bello che mai.
Forse è solo un'impressione del momento.
Ha un bel sorriso aperto.
Ma lui, qui, è arrivato consapevole della sua scelta? Io no.
Io sono il risultato di un lungo travaglio interiore. Che continua ancora. Durante il nostro incontro farò di tutto per capire quale sia il suo segreto, la sua ammirabile strategia per stare sempre al posto di comando in cabina.
Mi sta accanto, senza avvicinarsi troppo né sfiorare il mio fianco. Già questo lo posiziona in una casella diversa da quella in cui ho sistemato certi uomini conosciuti in passato. Quei tipi che, pur avvicinati per caso, sembravano pronti a saltarmi addosso, solo perché avevo sorriso o ero stata gentile e avevo risposto a una loro domanda, dato che sono una persona educata.

L. invece ha stile, e non solo per gli abiti casual che indossa, che casuali non sono affatto, ma anche per il modo sicuro di porsi, signorile.

Apro la nostra chiacchierata constatando che è davvero strano che io non conosca ancora il suo nome. Lui serafico accetta la mia rimostranza e mi informa che in verità sono stata io a non volerlo sapere. Ogni volta che mi si è avvicinato ho fatto di tutto per demotivarlo con la mia diffidenza. Ha ragione. E mi domanda se sono già sul piede di guerra. In questo caso non mi darebbe la possibilità di continuare. Non ha alcuna voglia di polemiche o incomprensioni. Per tutta risposta gli sorrido, e con l'indice gli esprimo il mio assoluto diniego affinché questo avvenga.

Continua, facendomi notare che se solo avessi voluto, oggi saprei molte più cose di lui. E poi sottolinea il lato affascinante della storia. Almeno ho avuto occasione di fantasticare sul suo conto.

Dal mio canto, mi giustifico confermando che mi comporto così con tutti i clienti. Non posso dare confidenza al primo venuto. E lì si offende, formulando un'ipotesi che non fa una piega: – Se per te fossi uno dei tanti che servi al bancone ogni giorno, stasera non saresti qui.

Anche in questo caso dimostra saggezza e intelligenza. È quello che mi ha portata a difendermi da certi sbruffoni che passano al bar cercando di acchiappare la prima preda che capita a tiro. Ma io li metto subito a posto, mantenendo una distanza che alza muri altissimi fra me e loro.

Rifletto su quanto mi ha detto. Intanto ringrazio l'altra me per aver deciso di accettare questo strano invito. E sottoscrivo senza ipocrisie che quest'uomo mi piace, mi piace molto. C'è una bella alchimia tra noi. Stargli accanto mi fa rivivere sensazioni che non provo da anni. Tipo preoccuparmi se il rossetto sia ancora al suo posto, o se si sia già sbavato come capita quando parlo tanto oppure quando passo la lingua sulle labbra per coprire il disagio di un momento delicato.

Tutto ciò contempla un interesse verso me stessa che è quasi sconvolgente. Da anni, e sono quattro per l'esattezza, l'attenzione per il mio lato femminile (ammesso che esista ancora e che stia in piedi per incrollabile dignità) è un aspetto che trascuro senza alcuna sofferenza. Eppure, Mauro non fa altro che ripetermi che sono bella da morire, bontà sua. A dire il vero, me lo diceva spesso anche Antonio, ma a lui credevo meno. Mi curo quel tanto che basta per mia figlia, prima di tutto, perché non si vergogni di me, e per i miei clienti, che vedono nella loro barista una persona di famiglia, e soprattutto una che faccia loro dimenticare ogni amarezza. A volte basta un caffè per liberare la testa da pensieri angoscianti. Una chiacchierata al bancone sul tempo o sulla vita che facciamo, sempre presi dalla scontentezza per qualcosa, e tutto passa.

– Comunque, mi chiamo Leo.

Per un attimo mi ero distratta e la sua voce mi fa tornare al presente.

– Il mio nome di battesimo però è Leonardo. Era il nome di mio nonno, che è nato ed è morto in questa città. Anche mio padre è nato e cresciuto qui, e lo stesso vale per me e mio fratello Valerio. Siamo gemelli. Ci abbiamo vissuto fino a quando non abbiamo avuto bisogno di andare a Roma per studiare. I miei non avrebbero mai permesso che andassimo da soli in una grande città, così siamo emigrati in blocco.

– Quindi manchi da tanto... – chiedo.

– Fai due conti...

La figura della distratta è quella che non avrei voluto fare. Rimonto con un'altra domanda. E spero di migliorare.

– Quanti anni hai?

Uffa, ma così sto precipitando nel pericolo degli abissi più profondi della stupidità.

– Un po' più dei tuoi. Ma solo pochi, eh – risponde.

– Che ne sai della mia età? Allora non scherzavi quando hai detto di essere informato su questo dettaglio – ammicco sorridendo.

– In effetti non lo so con precisione, ma dai ricordi che ho dovresti avere qualche anno in meno dei miei.

– E perché sai queste cose di me?

– Di tutto ciò parleremo a tempo dovuto – risponde corrugando la fronte. – Vuoi che ti dica tutto subito? Sarebbe banale, no?

La mia curiosità torna a farsi ansia.

C'è qualcosa che mi nasconde. Lo sento.

Siamo fermi davanti al Bar dell'Orologio, ma nessuno dei due si decide a fare la prima mossa. Per fortuna rompe il ghiaccio lui.

– Ti va di entrare? – mi dice.

– E a te? – rispondo.

– A me no – e alza le spalle.

– Nemmeno a me – confermo io.

– Vuoi continuare a passeggiare, o andiamo in albergo dove alloggio, visto che lì si può anche cenare?

Penso che nell'hotel dove lui è ospite ci lavora la ragazza che conosco e vorrei evitare, per non dare adito a pettegolezzi. Lo informo che mi interessa di più chiacchierare senza fare programmi. E noto che non si scompone.

Fa un po' freddo. Gli chiedo di sederci su una panchina e lui accetta all'istante.

– Senti – mi sussurra. – Non voglio portarti in albergo per fare chissà che. Non sono il tipo, giuro. È che lì c'è più silenzio,

79

riservatezza, e un terrazzo coperto con un ottimo ristorante. Si mangia del pesce freschissimo. Se avessi voluto provarci, credimi, avrei fatto altro, ma non sono il tipo. Non mi interessa ottenere un appuntamento per fare la figura dell'accattone.
– Tipo? – chiedo divertita. – Saltarmi addosso? – Lo sto stuzzicando con una punta di civetteria.
Stavolta sorridiamo entrambi perché la mia uscita è stata un tantino azzardata. Mentre facciamo due passi, mi dice che è un produttore di vini. Le sue vigne si trovano a pochi passi dall'Etna e anche nella zona del siracusano, e in più svolge la professione di commercialista oltre a… Non fa in tempo a dirmelo che prendo una storta. Niente di grave, per fortuna. Mi rimetto in piedi subito, sento solo un po' di indolenzimento sul malleolo. Ma tanto ci sono abituata. Qualche volta capita anche mentre corro e sono distratta.

Dopo mezz'ora mi ha già convinta. Mi ritrovo nella hall dell'hotel mentre mi guardo intorno a disagio. Due ragazzi, in piedi dietro al bancone della reception, ci salutano cortesemente. Leo ricambia, io sorrido e basta. Poi sento il suo braccio infilarsi discretamente sotto al mio, e mi accompagna così, stretto a me, fino alla sala. Ci preparano un tavolo che guarda il porto. Nel frattempo lui chiede al cameriere un po' di ghiaccio per me, da mettere sulla caviglia.
Le lucine lontane brillano. Si vede la Calabria. Questo stretto così magico e tutte le sue bellezze intorno. La Madonna della Lettera è ferma lì da più di ottant'anni. Sovrasta il Forte San Salvatore che sulla facciata porta la scritta *Vos et ipsam civitatem benedicimus*. È bellissima e rassicurante la nostra Madonnina. Lei, proprio lei, la madre di Gesù, quando era ancora in vita, ha voluto inviarci, tramite intercessione di San Paolo, una lettera

di benedizione. Ed è come se avessimo il suo manto d'amore sopra le nostre teste. Per una come me, inoltre, che si fa mille domande a proposito di Dio e dei santi, è la prova che siamo continuamente alla ricerca di qualcosa in cui credere. La sua presenza mi dà calma e quando passo da lì per andare a correre, o sono in macchina e posso permettermi di rallentare, approfitto volentieri per salutarla.

Poggio la busta di ghiaccio sul collo del piede, tentando di centrarla sul punto in cui fa più male. Leo mi aiuta a tenerla ferma con un tovagliolo che annoda alla meglio. Mi alza teneramente l'orlo dei jeans, e mentre lo fa rivedo in lui le identiche attenzioni che io riservo a Bianca quando si sbuccia le ginocchia per una caduta. Non si tratta dello stesso amore, certo, ma la delicatezza si assomiglia molto.

Ora mi viene in mente Antonio e la sua perenne distrazione. Non mi sentivo mai abbastanza amata da lui. Ma perché penso al mio ex proprio adesso? Che c'entra paragonarlo a Leo e farlo intromettere, seppur involontariamente, in questo nostro primo appuntamento? Deve rimanere fuori dalle mie nuove esperienze. E... e poi non gli devo più niente. Quante serate passate con Bianca sul divano aspettando che lui tornasse a casa, inviandogli messaggi al cellulare, mentre l'irresponsabile se la spassava altrove! Eppure non ci riesco. La sua faccia mi compare come una condanna. E, dopo la sua, anche quella di mia madre.

– Lo vedi quel punto lì? – mi chiede Leo, pregandomi di voltare lo sguardo alle nostre spalle e indicando con un dito una zona della città molto elegante. – Abitavamo da quelle parti, prima di andarcene via.

– Be', niente male – rispondo. – È un quartiere molto chic, lo conosco bene.

– Diciamo che non eravamo poveri, ma i miei sono persone semplici. Mio padre, pur appartenendo a una famiglia molto conosciuta, non si è mai comportato da presuntuoso, e mia madre ha le stesse qualità. Lei però è veneta. Si trasferì qui per seguire papà. Ho una bella famiglia, non posso lamentarmi, anche se mio fratello vive a Parigi e lo vedo poco. Questo mi rattrista, sai?

– È andato via per motivi di lavoro?

– Sì, poi a Parigi si è anche sposato e ha messo al mondo due figli. I miei nipoti, che adoro. Loro sono...

– E io e te quando ci saremmo conosciuti? – Non ce la faccio più a resistere. Voglio saperlo adesso.

Rimane un po' perplesso, perché in effetti non gli ho dato modo di concludere la frase.

– Dunque, io e te eravamo ragazzini e tu frequentavi un'amica che io conoscevo, Laura. Ricordo ancora il pomeriggio in cui ti ho vista per la prima volta. Eravate in tre, con i vostri motorini. Laura era accompagnata da sua sorella.

– Parli di Laura Salvatore?

– Sì, esatto, lei... E sua sorella come si chiama? Non mi viene in mente adesso.

– Antonella – rispondo, ricordandomi perfettamente del periodo delle scuole medie, in cui io e Laura eravamo inseparabili. Poi al liceo abbiamo intrapreso strade diverse: lei classico, io scientifico. E ci vedevamo meno. – Mamma mia quanto tempo è passato – rifletto, con una punta evidente di malinconia. Laura è scomparsa del tutto e io non ho più saputo nulla di lei.

– Già, sembra una vita fa – ribadisce Leo. Con la differenza che lui non sembra affatto rattristato dal portare a galla esperienze vissute nello stesso periodo.

– Però di te non mi ricordo affatto – ammetto, senza inutile diplomazia.
– In verità non abbiamo avuto molte occasioni per stare insieme. Ti ho incrociata qualche volta in strada, o davanti ai soliti bar che frequentavamo tutti. E in discoteca, d'estate credo, ma potrei sbagliare.
– Eh, già, tu eri un figlio di papà, frequentavi la buona borghesia, e io una plebea – sottolineo con un sorrisetto beffardo.
– Per forza non eravamo amici!
– Dài, non sfottermi – e intanto sorseggia un prosecco.
– Sai cos'è che mi sembra strano? – domando. – Che tu riesca a ricordare così tanti dettagli.
– Perché? – chiede incuriosito dalla mia diffidenza.
– Perché tra me e te non è accaduto niente di così strepitoso da giustificare un ricordo talmente nitido.
– Forse per simpatia. Va be', non farmi parlare troppo...
– Eh? – Resto attonita da quest'aria di mistero che ha accompagnato le sue ultime parole.
– Dài, era solo una battuta.
– Voglio crederci – mormoro.

E vorrei crederci davvero. Ma sento che non mi ha rivelato la verità fino in fondo. Lo sento, con la mia atavica sensibilità che accompagna ogni mio pensiero.

Non gli parlo di Giovanna, perché lui non ne ha fatto cenno, e penso che ricordarla mentre stiamo in armonia, seduti a questo tavolo, potrebbe essere un'arma a doppio taglio. Non riuscirei più a godermi la serata. Ora mi compare il volto di mia sorella, in tutto il suo prepotente fulgore, oltre alle facce dissenzienti di Antonio e di mia madre, che ho intravisto a mo' di rimprovero nel fondo del piatto sin da quando mi sono seduta, e che stanno ferme lì per farmi sentire in colpa.

E chissà cosa direbbe Bianca, se mi vedesse a cena con uno sconosciuto. Criticherebbe la mia incoerenza. La flagello a più riprese con l'eventualità di un brutto incontro, la ossessiono, paventandole pericoli nascosti persino nel giardino sotto casa, e poi... No, di certo non ne sarebbe contenta. Né sarebbe orgogliosa di me.

Direbbe che predico bene e razzolo male. E non avrebbe tutti i torti.

E poi, per lei, io e suo padre saremo uniti per l'eternità, e nessun nuovo compagno potrebbe sostituire la figura di Antonio.

Mi stuzzica, fingendo di invidiare i figli dei separati che vanno in vacanza insieme, ma poi, appena il nome di una ragazza compare sul display del telefono di suo padre, gli dice che le sta antipatica, senza nemmeno averla conosciuta.

Coi figli non sai mai come comportarti. L'ho messa al mondo quando ero ancora una ragazza inesperta.

Cronologicamente Antonio è stato il secondo amore della mia vita, anche se il primo, più che altro, potrei definirlo come un esperimento mal riuscito. Devo al mio ex marito, e solo a lui, le ansie tipiche del grande amore. La paura di essere lasciata, abbandonata a un destino infelice. Questo capita quando perdi la testa in assoluto. Ti senti posseduta da un desiderio che non ammette fallimenti. Non puoi vivere senza quella persona. E persino la libertà ti appare come un bene superfluo.

– Che cosa passa in quella testolina? – mi domanda Leo, che ha capito il mio tormento. E io non posso scaricargli addosso i miei anni di rabbia, sfiducia e voglia di piangere. Rispondo, facendo venire fuori parzialmente la verità, perché in ogni caso Bianca è sempre presente e la sua lontananza mi porta a congetturare, ovunque io mi trovi, situazioni di pericolo per lei.

– Penso a mia figlia. È sola in casa, sto in pensiero.

Intanto portano l'antipasto. A questo punto, prima di passare all'assaggio, faccio un'altra domanda. Una delle mie, che entrano come un carro armato dentro a una cristalleria. Il tempismo non è mai stato il mio forte, pazienza.

– Perché sei tornato in città?

– Motivi di lavoro. Stiamo cercando dei posti interessanti per girare un film.

– Un film? – Resto di stucco.

– Sì, tra le tante attività che porto avanti c'è anche la produzione di film. Come ti ho già detto, ho un'azienda vinicola e mi occupo di finanza, però il cinema è sempre stato il mio pallino. Produrre film è la mia vera passione. Il motivo per cui cerco di guadagnare da una parte per investire in quest'altra.

– Così mi lasci senza parole – aggiungo.

– Perché? – mi chiede incuriosito.

– Perché non avrei mai immaginato di conoscere un produttore di film. Li ho sempre visti sui giornali o in televisione.

Mi invita a mangiare, preoccupato che, intenta ad ascoltare le sue risposte, io mi dimentichi di un prelibato piatto di pesce crudo. Eseguo. La crudité di pesce è una specialità che divoro, e dalle nostre parti il sapore è eccellente. Se c'è un cibo che in Sicilia non manca è questo, e costa il giusto. Non c'è bisogno di fare un mutuo per mangiarlo sempre fresco. Aspetto che lui commenti quanto gli ho detto poc'anzi. Lo fa all'istante.

– Intendi quando li intervistano in occasione di un festival o roba del genere?

– Esatto.

– Io preferisco far parlare gli attori e i registi.

– Infatti, non mi ricordo di averti mai visto su qualche giornale.

– È capitato, però meglio che non ti sia rimasta in mente

la mia immagine. Significa che sono riuscito a mantenere la privacy, cosa a cui tengo molto. Detesto gli esibizionisti.

La cena trascorre con una bella aria di goliardia. Leo mi parla di alcuni film che ha prodotto e mi racconta della sua vita avventurosa in giro per il mondo, con frequenti visite in Sicilia, per seguire più che altro gli interessi delle sue aziende agricole. Produce anche pomodorini e kiwi.

Quando ho gustato fino all'ultima goccia di limoncello, gli chiedo di andare via perché si è fatto tardi. Temo che Bianca possa preoccuparsi.

– Certo. Giusto il tempo di pagare il conto e si va.

– Tu hai figli? – Glielo domando perché chi è genitore ha delle responsabilità, ed è più portato a capire chi ha i figli, con tutte le ansie annesse.

– Non ancora. Spero un giorno di averne. Sarebbe bellissimo.

– Sei sposato?

– Divorziato. Ma con Emma siamo rimasti amici.

Ecco. Appunto, penso. Uno di quelli che va in vacanza con l'ex moglie. Vade retro.

– So a cosa stai pensando – dice lui.

– Davvero?

– Credo di sì – sussurra.

– E allora dimmelo – controbatto imperterrita.

– Pensi che se andavamo così d'accordo non aveva senso rompere il nostro matrimonio.

– Più o meno.

– Ma essere amici è diverso dall'essere marito e moglie. Ci sono meno pretese e più complicità.

– Su questo non ho dubbi.

Sono sinceramente d'accordo con lui. Ecco perché io e Antonio viviamo in un limbo indefinibile. Non lo sento amico. Non potrei essere in confidenza con lui e parlare delle sue scopate, oppure presentargli un mio nuovo flirt. Mi sembrerebbe assurdo. Tuttavia, non vorrei averlo ancora tra i piedi per litigare sul suo modo incosciente di vivere, o essere testimone delle sue mille avventure professionali che non approdano a nulla. Continuando a dirci brutte parole.

– Possiamo andare – afferma Leo dopo aver firmato la ricevuta della carta di credito. E intanto controlla le notifiche sul cellulare.

Il mio Samsung, invece (malmesso dopo tante cadute e graffiato ovunque), a parte la risposta di Bianca a un messaggio in cui le chiedevo se avesse bisogno di me, non ha dato altri segnali. Prima di uscire ho chiamato mia madre, per evitare che malauguratamente telefonasse mentre ero a cena. A quel punto sarei andata nel pallone.

Mi sto comportando come una teenager al primo appuntamento. Il fatto in sé sarebbe anche divertente e romantico, se non fosse che ho superato da un pezzo quella bella età, e in mezzo c'è tutta una storia di rigurgiti di pentimenti e sofferenze.

Lungo la strada del ritorno, Leo è silenzioso. Mi prende a braccetto. Lo lascio fare. Ho capito che è il suo modo per esprimere gentilezza. Sento un alito del profumo che si è spruzzato addosso arrivarmi dritto al naso. È delicato, eppure persistente. Una colonia di classe che lo rappresenta in pieno.

Vorrei fargli mille domande. Ho troppa voglia di capire qualcosa in più dei suoi trascorsi. Stavolta mi fermo e decido che sarà in un altro momento. Potrei davvero rischiare che si infastidisca e non mi cerchi più. Ma io lo desidero. Sono stata bene con lui stasera.

Siamo arrivati nei pressi del bar, proprio di fianco al bolide bianco con cui sono arrivata. Quasi quasi, ora, me ne vergogno.

– Certo, non è un'Audi o una Mercedes, però mi porta dove voglio...

– Ti assomiglia – dice serio.

– Cioè? – replico indispettita.

Che vorrà dire affermando che assomiglio a una Panda del 2010?

– Semplice, non arrogante, eppure piena di grinta.

– Ah! Simpatica questa affermazione. La prendo come un complimento, allora.

Mi dà un bacio sulla guancia. Le sue labbra sono caldissime e familiari. Non ho provato alcun istinto ad allontanarmi. Non so. Magico.

9

Questa mattina, ancora all'alba, la ragazza che verrà a sostenere un colloquio per affiancare Mauro al lavoro mi telefona. Sono le sei e trenta. È in preda all'ansia. Pensava che l'appuntamento fosse a quest'ora. Le rispondo ancora stordita che può fare tutto con calma e che ci vedremo alle sette e trenta al bar. Ma per me va bene anche se arriva alle otto.

Abita in un paese vicino, e voleva saperlo in tempo. L'attesa di questo incontro di lavoro la rende nervosa, me ne sono accorta da come le tremava la voce.

Approfitto per prepararmi il secondo caffè. Non dovrei abusarne, ma la caffeina mi scorre dentro e nutre il mio sangue. L'odore di questa bevanda mi estasia.

Bianca si è svegliata e pretende il suo caffellatte. Le preparo anche un panino con la marmellata di arance che ha fatto mia madre e metto tutto in tavola.

Mi dice che oggi andranno a teatro per assistere alla presentazione di un libro. Interessante questa abitudine di coinvolgere i ragazzi nei progetti di lettura, facendo incontrare loro gli scrittori. Autori delle opere che leggono e fari di conoscenza per il futuro. Mia figlia acquista sempre i libri e poi ne parliamo insieme a casa. L'ultima volta hanno incontrato Dacia Maraini. Sono andata anche io, perché adoro i suoi romanzi. Ho la collezione completa, sistemata in bella vista in salotto. E, su tutti,

La lunga vita di Marianna Ucrìa resta il mio preferito. Vuoi perché racconta di una storia accaduta in Sicilia, vuoi perché la sua eroina, Marianna, è un inno alla libertà che nasce dalla conoscenza, a cui ogni donna, anche in gravissime difficoltà, dovrebbe ambire.

Oggi Bianca andrà a scuola da sola. Preferisco che prenda il bus o se la faccia a piedi, io sono già in ritardo.

Quando Sonia, la ragazza a cui farò il colloquio per l'assunzione, si palesa alla cassa, una zaffata di fiori andati a male si diffonde intorno a me. Un profumo di discutibile qualità, senz'altro. È vestita come se stesse andando a un concerto, ed è anche passata dal parrucchiere la sera prima, si vede lontano un miglio. Di fianco a lei c'è un uomo sulla cinquantina, che mi ricorda i film in bianco e nero della mia infanzia, con la sua aria distinta ma afflitta. Accompagna ogni frase di Sonia con brevi movimenti della testa. A volte sembra accennare un "sì" orgoglioso, altre è impossibile tradurre il suo pensiero.

– È mio zio – si giustifica subito lei, per evitare fraintendimenti.

Suo padre è morto da qualche anno, e la mamma non voleva che venisse qui da sola. Comprendo. Poi mi fissa, aspettando che io le faccia quelle domande che teme.

Provo immediata tenerezza per la sua storia. Ne so qualcosa di mancanze.

Le chiedo del suo passato lavorativo. È così giovane, però, che mi sento stupida a pretendere tanto. Che esperienze può avere una ragazza che forse si è a malapena diplomata? Lei risponde precisa e circostanziata. E, come prevedevo, questo sarebbe il suo primo lavoro.

Mi piace. Anche perché tradisce più volte emozione, e questo per me rappresenta un valore. E mi convinco, mentre la ascolto, che desideri più d'ogni altra cosa questo lavoro per trovare finalmente il suo posto nel mondo.

Ha voglia d'indipendenza, è chiaro, ed è desiderosa di portare un minimo contributo in famiglia. Dai racconti brevi che ha fatto, ho intuito qualche sofferenza economica. È davvero graziosa. E inoltre a me piacciono le ragazze che non nascondono qualche chilo di troppo. Le ammiro proprio.

Lei, con la sua gonna stretta e il giubbotto di jeans sopra, mi sembra una rockstar irriverente, altro che ragazza timida di paese, come la definisce suo zio, senza che nessuno gli dia ascolto.

Dopo qualche minuto le dico che per me va bene, presa e assunta. Cominciamo domani. Lei allarga il sorriso fino alle orecchie. All'inizio l'aveva solo accennato. E mi assicura con una dolcezza innocente che domani sarà puntuale e non farà più gaffe come stamattina.

Dopo che zio e nipote se ne vanno soddisfatti per il fruttuoso incontro, chiedo a Mauro cosa ne pensi di lei, se gli piace, insomma.

– Ma l'hai vista?! Sembra Cyndi Lauper dei giorni nostri.

– E che ne sai tu di Cyndi Lauper? Quando cantava tu eri ancora un bambino.

– Cara, io so tutto del mondo della musica. Potrei cantarti anche il repertorio completo di Claudio Villa, sai?

Cominciamo a ridere senza riuscire a fermarci. In quel frangente entra Leo col suo cane.

– Oh, oh, adesso tutti in silenzio – sussurra Mauro. E sembra un gatto che fa le fusa.

– Smettila – gli intimo sorridendo.

– Ho interrotto qualcosa di importante? – domanda il nostro gradito cliente con fare complice.

– Niente affatto – rispondo. – Mauro è sempre in vena di scherzare.

– Meglio – intima lui, e viene dritto da me che sono ancora in piedi davanti alla cassa.

Arriva altra gente e Mauro è costretto a distrarsi da noi.

– Vorrei portarti a vedere una cosa – mi dice sottovoce.

– Una cosa? – ripeto ironicamente. – Dunque parli di un oggetto.

– Ma no, è un modo di dire – replica, senza farsi intimidire. Poi continua divertito: – Ok, signora maestra, mi correggo subito. Vorrei portarti a vedere dei posti molto belli.

– E dove? – rispondo. – Potrei saperlo?

– Non andremo lontano, tranquilla – mi spiega col suo solito savoir faire.

– Quando? – La mia domanda deve essere secca e precisa, perché ho da mandare avanti un bar.

– Adesso – risponde, senza aggiungere altro.

– Non pensarci proprio. Questo è il momento peggiore. La fase in cui si lavora di più, perché gli impiegati scendono per fare un break.

– Signor... ehm... – irrompe all'improvviso il vocione di Mauro, che intanto ha già servito i clienti e sta passando una spugna sul bancone per pulirlo dai rimasugli di alcuni cornetti.

– Leo, mi chiamo Leo – specifica con gentilezza e premuroso da fare invidia. Vuol fare capire a Mauro che desidera essere chiamato per nome, e non "signore".

– Ecco, signor Leo, – prosegue Mauro, rimarcando il rispetto che gli deve – dica alla mia datrice di lavoro, che per quanto mi riguarda può ritenersi libera di uscire. Posso sbrigarmela da solo. E aggiunga pure – e intanto gli fa l'occhiolino, non so se

per corteggiarlo o per convincermi – che il sottoscritto potrebbe andare avanti anche settimane senza l'aiuto di nessuno.
– Ah, be', se la metti così, allora vado – annuncio sollevata.

Salgo sulla Range Rover di Leo e un leggero brivido mi scende sulla schiena.
È partito dal collo e non si è più fermato.
Non gli ho nemmeno chiesto dove stiamo andando. Voglio fidarmi, voglio provare lo stordimento dell'incoscienza. Non avverto questa sensazione da tempo. A parte la nostra uscita di ieri sera.

– Perché non mi hai fatto ancora nessuna domanda? Mi sembra strano che accetti un invito così, a occhi chiusi – mentre me lo dice non volta nemmeno lo sguardo dalla mia parte. Sta attento alla guida.

– Perché so che non me lo diresti – rispondo, mantenendo anch'io l'attenzione oltre il parabrezza.

– Esatto, e hai ragione. Però, in questo caso, visto che non saresti più in grado di scendere, posso permettermi la libertà di confidartelo subito.

Stiamo giocando come due ragazzini a punzecchiarci, per capire le nostre intenzioni più segrete.

– Ti ascolto – dico, e comincio ad attorcigliare un ciuffo di capelli tra le dita.

– Ti porto a vedere dei luoghi che i miei collaboratori hanno individuato per girarci alcune scene del film.

– Fantastico. Ma quanto tempo impiegheremo?

– Stai già pensando al ritorno?

– Ho un bar, non dimenticartelo – gli rispondo poco convinta.

– Faremo tutto senza creare problemi, fidati.

93

La sua auto scivola sull'asfalto concedendomi la possibilità di godermi la nostra meravigliosa costa senza fretta. Leo non accelera, vuole che io mi gusti lo spettacolo. E guarda anche lui, parlando a singhiozzi. Nello stesso tempo si preoccupa che stia comoda e rilassata. Me lo chiede più volte. Mi piace questo lato paterno che ha.

Dopo un po' mi invita a scendere. Siamo arrivati in un borgo di pescatori che conosco sin da quando ero bambina. E anche lui se ne ricorda con nostalgia. Io ci venivo al mare con i miei, e Giovanna amava la gente del luogo, semplice e vera. San Saba, per noi del posto, è semplicemente Santu Sabba. E la leggenda dell'uomo che trovò in mare, dentro una cassetta, la statuina del santo, echeggia ancora tra le sue vie, ricordandoci i suoi emblemi: il bastone, la mela e il leone. La sua storia ha un che di affascinante e insieme potente. La terza settimana di agosto, mio padre pretendeva che venissimo tutti insieme per assistere alla processione, e guai a dire di no. Ci divertivamo cantando, pregando e mischiandoci tra la folla devota. Le strade erano illuminate da lucine che esplodevano di colori, e tutto sembrava costruito dalle mani delle fate del mare. Un tripudio di misticità e allegria. L'abbiamo fatto fino a quando...

Giovanna, quanto vorrei averti qui adesso, accanto a me. Per riparlare del nostro passato. Commuoverci insieme e ripercorrere le nostre camminate sulla battigia. O i lunghi pomeriggi al mare, mentre mamma leggeva quei giornaletti per signore curiose e noi aspettavamo di avere digerito per tuffarci in acqua come pesciolini. Di ritorno dalle nostre nuotate, la trovavamo ancora lì che commentava la vita delle attrici e, sotto sotto, speravo sul serio che un giorno ti avrei vista su quegli stessi settimanali con tanto di fotografia. Anche se un po' lo temevo, perché avrebbe significato accettare la tua lontananza. Tu, così

bella e misteriosa, coi capelli sempre spettinati. I tuoi ricci non gradivano colpi di spazzola o messe in piega. Te li sistemavi alla bell'e meglio, buttando con un solo colpo la testa in giù. E poi subito dopo, una volta ritornata su, la criniera era aumentata di almeno il doppio del volume. Solo allora eri contenta. Bastava scrollarti appena ed eri perfetta, pronta per uscire.
Non ci allontaniamo mai dai periodi della nostra giovinezza. E crescendo pensiamo di essercene dimenticati. Ma basta un niente. Una canzone, un incontro non preventivato, o un odore più riconoscibile di altri. E a volte anche il suono di un nome può dare fuoco alla miccia dei ricordi.

Passeggiamo lentamente per le stradine con le case basse. Alcuni anziani seduti davanti alle porte ci sorridono, pure senza conoscerci.
Arrivati alla fine del giro, Leo mi mostra un insieme di costruzioni e una piccola piazza. Lì c'è la casa dove gireranno le scene interne del film, e poco distanti alcuni vicoli che serviranno per quelle esterne. Finita la nostra ispezione, riprendiamo la strada e ancora mi mostra altre location. Sono tutte perle meravigliose della nostra terra. Paesi e frazioni che a me dicono molto e suscitano ricordi anche in lui.
– Che storia racconta il film?
– Una storia d'amore.
– Ah – mi zittisco.
– È tutto quello che hai da dire? – mi domanda deluso. – Trovi che sia un'idea banale?
– Ma che dici? – replico. – Anzi! Credo che raccontare una storia d'amore sia difficilissimo.
– È per questo che voglio realizzarla – conferma lui, manifestando il suo desiderio di sfida.

– A chi ti sei ispirato? – chiedo.
– Non io. Sono gli sceneggiatori che devono portare avanti questo duro lavoro. Anche se... – continua.
– Anche se? – lo incalzo.
Le domande sono il mio modo per capire se l'interlocutore è sincero.
– Anche se l'idea di partenza è mia e di mio fratello. È stato lui a parlarmene anni fa – risponde.
– Ti prego – gli dico supplicandolo anche con gli occhi – racconta dall'inizio alla fine.
– Be', comincio spiegando il senso che vorrei darle. Intendo, la volontà di portare a conoscenza del pubblico una bellissima storia che non si è potuta compiere. Un amore che il destino ha spezzato, ma che nemmeno il tempo è riuscito a dissolvere.
– Ma esistono ancora storie così? Secondo me è anacronistica.
– Questo lo dici tu – ribatte. E stavolta si fa serio. Da quando l'ho conosciuto, questo è il primo momento in cui vedo i suoi occhi riempirsi di tristezza.
– Forse – rispondo pentita. – Ma con tutto quello che ho passato, mi sento autorizzata a non credere che possa esistere qualcuno che ci amerà senza riserve fino alla morte, a parte i nostri genitori.
– Flora, io posso confermati che non è così.
Mi ha chiamata Flora in un modo che mi ha fatto sciogliere. Flora. E ha fatto una pausa. Una confidenza inusuale. Un'intimità superba, oserei dire. Vorrei rimanere qui con lui, in questo abitacolo che profuma di agrumi, per un tempo infinito.
Mi bacia all'improvviso. E mi stringe forte. Mi ritrovo la sua lingua sopra la mia, poi black out. E non sento più il respiro. Flora.

Rispondo a quel bacio lento e prolungato con l'eccitazione del corpo. Sento un calore mal celato e la Range Rover si è trasformata in un'isola in mezzo al mare. Ora ci siamo solo io e lui al mondo. Questo impertinente corsaro arrivato dal nulla mi farà perdere la testa, ne sono sicura.

Flora. Se non mi avesse chiamata con questa dolcezza, ora saremmo lungo la strada a guardare altre case, altre scogliere, lo splendore di Punta Faro, che io amo da morire, e la costa a seguire, che si srotola per la meraviglia degli occhi, compresi quei due laghi che sembrano disegnati dal più bravo dei pittori. E saluteremmo altra gente che sorride senza parlare. E invece Flora sta vedendo le stelle, anche in pieno giorno. Flora, esci dalla bolla di ghiaccio in cui ti sei nascosta per paura.

– Scusa... – dice lui, con un leggero affanno.

– Scusa di che? È accaduto.

Sembro quasi arrabbiata, ma dentro è tutto l'opposto.

– Ora non dirmi che hai deciso di non vedermi più.

In quella frase avverto un certo peso. Una supplica.

– Perché dovrei? È accaduto – ripeto. – L'ho voluto anch'io.

– Be', allora per oggi va bene così. Ti riporto al bar.

Seguono minuti di angoscia pura per me.

Vorrei tradurre quel «Per oggi va bene così» che è seguito a un bacio appassionato. Mi ritrovo indispettita accanto a un uomo che si comporta come se avesse espletato una pratica. Forse ha già esaurito il suo interesse per la barista del luogo? E magari è già rivolto al futuro, a quando Emma, la sua ex moglie, lo chiamerà dicendogli di non perdere tempo con una stupidotta di provincia. Sono amici, no? Si confidano i loro affanni. E io che sono orgogliosa (lo ribadisco per l'ennesima volta, e l'orgoglio è stato ed è la mia condanna, ma anche la mia fortuna) smetto di parlargli non appena rimette in moto il suo presuntuoso SUV.

Aspetto di arrivare a destinazione per scendere giù e salutarlo con un meritato distacco. Nemmeno lui ha niente da dire.
Accende la radio.
Le note di *Chasing Pavements* si diffondono nell'abitacolo.
E io credo di aver perso la testa. Credo, ho detto? Una bugia grossa. È così, è già così e indietro non posso tornare.

10

Non sono più la stessa da quel giorno. È passato quasi un mese! Vado al lavoro con una sola speranza. Rivedere Leo, o quantomeno sapere se è ancora vivo, o se è scappato in Lapponia.

Mi sono accorta di essere entrata in una dimensione fuori dal comune per il mio modo di affrontare la vita, ovvero sentirmi in balìa delle volontà altrui.

Dipendere da una telefonata, da una sorpresa che invoco come un farmaco per stare meglio. Potrei parcheggiare a qualche isolato dall'hotel dove alloggiava e aggirarmi per le vie limitrofe, sperando di incontrarlo e parlargli, semmai fosse ancora qui. Ma ne dubito. Oppure potrei chiedere a qualcuno della reception se è partito e quando, o se è ritornato... Ma che figura da imbecille farei?

Mi basterebbe sapere perché. E la risposta sazierebbe quella voglia di capire che non mi abbandona un attimo.

Seducente l'idea di rivolgermi ai dipendenti dell'hotel, ma scelgo di non svilirmi. Non fa per me. Sarebbe la resa più umiliante per la dignità che ho sempre difeso con tutta me stessa, anche a discapito delle convenienze.

L'ho barattata solo per Antonio, durante i nostri lunghi e tormentati anni di matrimonio, e non potrei più concedere un bis. L'artista oramai si è ritirata dalle scene. E poi significherebbe non avere imparato nulla dai disastri di cui sono stata vittima e complice.

Piuttosto, troverei più logico armarmi di coraggio e mettermi davanti allo specchio per ripetermi senza scusanti: *Te l'avevo detto, Flora*. Frase spudoratamente odiosa, ma necessaria.

Degli uomini non devi fidarti MAI. Il mio dogma. Il mio più affidabile credo, che ha ceduto le armi nell'arco di una tarda mattinata d'autunno, appena fuori città.

Quanto vorrei dimostrare a me stessa di essermi sbagliata.

Che non può essere sempre vero che dare fiducia a un uomo significhi ritrovarsi col sedere per terra all'improvviso.

Lo sguardo di Sonia stamattina mi scruta da dietro il bancone. Intenerita dal suo timido tentativo di starmi vicina, decido che è il momento di mollare le redini e piango, sì piango davanti a lei. In questo momento siamo sole. Mauro è a casa.

Piango perché ho chili di rabbia addosso.

Piango perché Bianca, prima di andare a scuola, mi ha fatto il muso per una stronzata ed è uscita senza salutare.

Piango perché mia madre sta rotolando, come una marionetta azionata dalle mani di un demonio, verso la disperazione del vuoto, e io non posso fare nulla per evitarle di scendere sempre più in basso. Oramai al telefono ci salutiamo appena, e poi riattacca farfugliando delle frasi che capisce solo lei, ma che tradotte significano sempre la stessa cosa: "Sono triste". E lo so che dopo aver messo giù la cornetta se ne torna sul divano, o a letto, a pensare a Giovanna. E anche a mio padre.

Piango perché parte di questo dramma è anche colpa di Antonio. Secondo me lui non si rende conto di avermi fatto del male. E in questo triste quadro includo per forza di cose Bianca: lei ne fa parte, anche se è ingiusto e inammissibile.

E piango, piango perché mi piacerebbe sapere come ci si

sente quando si ha qualcuno accanto che si preoccupa per noi, ogni giorno. Piango anche perché da quando quella sera mia sorella sbatté la porta e sparì dai nostri occhi non ho mai smesso di disperarmi per la nostra disgrazia.

Piango, sorella mia.

Piango perché mi manchi.

Lo ripeto e divento ossessiva.

E so che nessuno ti riporterà a me.

Ho una lettera tenuta in sospeso nel cassetto.

Dovevo dartela. Era il mio regalo di compleanno per il bene che ti volevo. Te l'avrei consegnata insieme a un paio di orecchini d'argento. Mancava qualche settimana.

Quando troverò la forza per rileggerla, lo farò. Forse sarà a questo punto che smetterò di piangere per la tua mancanza.

C'era tra noi qualcosa che andava oltre il legame di sangue, anche se litigavamo senza ritegno, e mamma non lo accettava.

E ora che ho una figlia capisco perché.

Ero gelosa di ogni tuo respiro, di ogni attenzione che rivolgevi altrove. Ogni tua amica rappresentava un pericolo per quella adolescente insicura e innamorata della sorella più grande quale ero. E ogni tuo passo fuori casa lo avvertivo come una minaccia.

Quei teppistelli che ti gironzolavano intorno mi sembravano sanguisughe della tua energia. Ne avevi fin troppi appresso. E ce n'erano alcuni che mi inquietavano oltremodo.

Piango, perché per naturale vocazione tento di nascondere a coloro che amo i miei dispiaceri, specie quando sono troppi, e questa insana abitudine mi ha danneggiata. Decidere di togliermi la maschera, una buona volta, sarebbe una liberazione.

Racconto perciò a Sonia quanto è accaduto con Leo.

Lei ci rimugina sopra e dopo qualche minuto, inspirando come se dovesse affrontare una discesa agli inferi, dice la sua.

Sente la responsabilità di un eventuale consiglio. Quanto è saggia e delicata questa ragazza.

Ho amiche (in verità conoscenti) che, non appena intuiscono di potersi insinuare nei meandri delle mie debolezze, fanno di tutto per narcotizzarmi coi loro sofismi. E mi ammorbano con frasi prese tutt'al più da link postati su Facebook.

Sonia invece dà inizio a un discorso che comincia con un'asserzione, ed è frutto della sua breve esperienza di vita. Mi dice che non sempre conosciamo ciò che sta a monte dei comportamenti di una persona. C'è, seppur celato, un motivo per ogni torto che subiamo. Non è mai, insomma, un *improvviso improvvisato*. E aggiunge che a Leo potrebbero essersi presentati degli impedimenti talmente complicati da giustificare la sua scomparsa. Quindi sarebbe il caso di non giudicare, perché potrebbe essere un errore.

– Perché sei così sicura di ciò che pensi? – le chiedo sorpresa da un commento diverso da quello che mi aspettavo.

Di solito noi donne siamo propense a usare parole al veleno per definire un uomo che ci ha ingannate, quantomeno per dimostrarci solidarietà. E non è che gli uomini agiscano diversamente, però mostrano nella scelta delle parole più volgarità.

– Capita spesso di supporre il peggio… – continua Sonia – e invece dovremmo farci venire qualche dubbio. Ci ha pensato a questo, Flora? – Malgrado le mie insistenze, preferisce darmi del lei. E un po' la capisco. Alla sua età facevo lo stesso col mio capo.

Le sue deduzioni mi riportano fiducia e calma, e mi indirizzano verso altre priorità della giornata. Le dico che ci rifletterò sopra, e la ringrazio di avermi concesso un motivo per non sentirmi uno straccio senza speranza.

Mi ricorda poi che oggi dovrei andare al mercato per ordinare la frutta che manca. Di solito è Mauro a occuparsi di questa rogna ma, disdetta per noi, lui è malato. Sarà stato colpito dall'influenza che già dal suo esordio ha mietuto parecchie vittime: a novembre comincia l'ecatombe, anche se il picco, come hanno detto in televisione, lo affronteremo a gennaio inoltrato.

E mi viene in mente che sarebbe anche ora di andare a trovare mia madre. Poco prima della pausa pranzo monto sulla mia Panda e vado.

Nei pressi della villetta dove abita, appena parcheggiata l'auto, incrocio lo sguardo di una donna. Mi sembra di conoscerla. Lei mi sorride. Le sorrido anch'io per cortesia, ma assumo una posizione di difesa. Non so, non mi convince il suo approccio confidenziale. Immagino che voglia chiedermi qualcosa. Un'informazione a cui non saprei dare riposta, già lo so, o qualche problema urgente da risolvere nel quartiere, tipo immondizia accumulata da tempo, o ladri che si aggirano loschi agli angoli dei palazzi. In questo periodo stanno facendo razzie negli appartamenti.

– Ehi, Flora... non mi riconosci?

– Scusi, non... no, credo di non ricordare.

– Mi dai pure del lei? – constata delusa.

– Oddio, scusi, davvero... – rispondo, e sono infastidita da questo giochino infantile. *E dài, dimmi chi sei e facciamola finita*, penso, mentre sorrido controvoglia. Ora la guardo meglio e il suo viso mi dice qualcosa.

– Sono Antonella Salvatore – aggiunge.

– Oddio, scusami Antonella. – Prendo qualche secondo per riordinare i pensieri e dare loro un senso logico, quindi mi avvicino commossa. La abbraccio. Mentre siamo lì strette si compie un mistero chiamato "recupero degli affetti scomparsi". Non la vedo da un sacco di tempo. Forse l'ultima volta era al funerale di

103

Giovanna. Faccio ancora fatica ad associare mia sorella all'idea di un corteo funebre.
– Già. Sono passati secoli – ammette lei. – Vivo a Milano da quando mi sono diplomata. Io... Ecco... Mamma mia che bello rivederti, Flora. Bello e inaspettato. Ti ho riconosciuta da lontano. Non sei cambiata affatto. Io invece...
– No, è che... col sole di fronte... Poi, sai, non è che ci veda molto bene, essendo miope. – Cerco di scusarmi malamente, anche per quei pensieri sconclusionati di poco prima: non sono mai stata così rozza con una persona che mi saluta gentilmente, ma che mi è preso?
– La verità è che ho venti chili di troppo – aggiunge Antonella, dolcissima invece – e ho cambiato colore ai capelli. Ma non importa. Sono felice di ritrovarti qui. Stavo andando dai miei.
– Abitano da questa parti? – le domando, adesso davvero interessata.
– Sì, in quella palazzina gialla – e mi indica una costruzione a due passi dalla villetta di mia madre. Mi spiega che i suoi l'hanno acquistata da poco più di un anno.
– Quanto ti fermi in città? – Glielo chiedo perché mi piacerebbe farle vedere il mio bar e magari offrirle un aperitivo. Abbiamo tante cose da dirci.
– Resto fino alla fine del mese, se ti va ci vediamo – me lo dice prima che sia io a farle la stessa proposta.
– Certo – rispondo. – Quando vuoi. Passa a trovarmi. Ho un bar vicino al tribunale. Lo riconoscerai dalle tende arancioni. Ti aspetto, allora. Ok?
– Per me va benissimo. Passerò uno di questi giorni – e mi chiede di darle il mio numero di cellulare.
– Ehi, Flora, non immagini quanto sia contenta.
– Anch'io – rispondo – e mi ricordo che le ho voluto molto

bene, e anche Giovanna. Il nostro quartetto era ben organizzato. Io e Laura eravamo amiche per la pelle, e mia sorella era più vicina ad Antonella, sia per età che per affinità intellettuali. Uscivamo spesso noi quattro insieme. E tante volte litigavo con Giovanna per via del suo egocentrismo. Voleva sempre averla vinta lei nel gruppo e decretare le regole del gioco. Poi, quando perdeva la pazienza, perché io la contrastavo, si rintanava nella nostra cameretta e non mi parlava più, fino a quando non cambiava idea. Non le piaceva entrare in conflitto aperto (in assoluto), per cui, al fine di evitare strascichi fastidiosi, rifiutava il confronto con chiunque. Aveva il suo mondo, nel quale non c'era posto per stupidi battibecchi o moralismi di sorta. E, come tutti i geni o gli artisti maledetti, era disperatamente sola.

Quanto ho sofferto per quei silenzi.

Trovo mia madre sul divano che guarda la TV. Si rimbambisce con programmi pomeridiani che parlano solo di morti ammazzati e di star del piccolo schermo che si lamentano dei loro amori perduti. Non guardo da tempo certi spettacoli patetici. Detesto ascoltare quei dialoghi fasulli che intorpidiscono la mente.

Il cinema è tutta un'altra cosa. Colpa di Giovanna se anche io mi ero invaghita dell'idea di un futuro tra set e teatro. Poi è arrivato Antonio e... Sì, insomma, il mondo alla fine si è rassegnato alla mia mancata carriera da attrice, e forse non avevo nemmeno il talento necessario per ambire alla fama che mi ero immaginata. Inutile domandarselo adesso, dopo che il destino mi ha riservato altro.

Mamma mi chiede di Bianca e Antonio. Rispondo che Bianca è a casa a studiare, mentre di Antonio non ho notizie da giorni. Vorrei spiegarle che io e il mio ex non abbiamo un rapporto idilliaco, però desisto, perché so che le darei un'ulteriore delusione. Per lei, garantirsi la presenza (anche a corrente alternata) di un uomo in casa, significa sicurezza, status da mostrare ai più invidiosi. Una donna sola è un pesciolino inerme per i pesci più grossi. E là fuori è pieno di pescecani, mi dice spesso preoccupata.

Anche io auspicavo che andasse diversamente, eppure ora faccio da me. E non sono poche le volte in cui mi trovo costretta a darle ragione. Specie quando vado a cena con amici, o in vacanza da qualche parte per ritemprarmi, e sembra che l'universo si sia coalizzato col mio status da single per farmi vedere solo coppie innamorate. Di una donna sola non si fida nessuno. A tavola le mogli si tengono stretti i mariti, come se volessi portarmeli a letto tutti insieme. Mi rende triste questa verità, e tornando a casa qualche volta piango per l'umiliazione. Non ho mai accettato il fallimento del mio matrimonio. E mai lo accetterò. Ma l'incontro con Leo ha smosso in me un singulto di speranza. Un timido accenno di fiducia che credevo sepolta per sempre. Desiderare rivederlo e (perché no?) anche disperarmi per lui, mi ha fatto bene, cancellando quell'idea blasfema che resiste da chissà quanto, ovvero che non ho più niente da dare a un uomo.

Resto seduta sul divano e cerco di fare parlare mamma. La vedo assente. Non partecipa. Allora recito un monologo con protagonista la nuova ragazza che ho assunto al bar. Mi rendo conto, mentre ne parlo, che ho poco da dire su Sonia. E il suo carattere introverso non mi aiuta di certo. Quando le faccio qualche domanda, lei risponde a monosillabi. Sarà la sua timidezza, ma stasera ho promesso a me stessa che nei prossimi giorni cercherò di tirarle fuori qualcosa in più.

A me sembra una brava ragazza. Le poche informazioni che

mi ha fornito sul suo vissuto, mi hanno dato l'impressione che non sia stato un granché. La morte di suo padre, come d'altronde accade a molti, è diventata lo spartiacque per stabilire il prima e il dopo. E, d'altronde, è stata il motivo per cui ha deciso di venire a lavorare da me. Per mantenersi e aiutare sua madre che sgobba nelle case degli altri, riuscendo con le sue fatiche a portare il pane a casa. Tutto qui.

Dovremmo fare più attenzione alle persone che abbiamo accanto. Capire se soffrono, se hanno problemi, e invece succede di non vederle nella loro preziosa essenza, e a volte di ignorarle proprio, senza capire che facciamo un danno.

È capitato anche a me, e capiterà a chiunque, in ogni luogo del mondo. Forse solo nelle tribù che mantengono abitudini arcaiche nessuno si sente smarrito, dimenticato. Questa nostra civiltà ha perso in radice il valore dell'essere solidali e della concretezza. Esserci, senza il bisogno di una chiamata. Si riesce a stare in sintonia anche in silenzio. Ci credo, e voglio fare buon uso di queste riflessioni a mente libera.

Dopo mezz'ora lascio mamma sul divano, non prima di averle poggiato un plaid sulle gambe, e la saluto. Anche se casa sua è riscaldata da termosifoni dappertutto, lei li mette in funzione di rado, vuoi perché qui al Sud fa freddo per pochi mesi, e vuoi perché il risparmio è sempre stato il suo chiodo fisso. Mi è venuto spontaneo accudirla come se fosse una bambina. Ne ho più bisogno io di lei. Fare qualcosa per dimostrarle che su di me può contare, a prescindere, è diventata da qualche anno la mia strategia per sentirmi una brava figlia.

Ma che cosa potrei fare per risolvere il suo problema più grande? Di spostarsi da noi ne abbiamo già parlato tante volte, è andata come è andata. Io poi con il bar non posso permettermi di assentarmi di continuo. Invece qui, nel suo regno, è libera di dedicarsi all'altarino casalingo che ha creato per Giovanna, baciarne di continuo la foto. Se fossi più insensibile, dovrei comportarmi con maggiore severità nei suoi riguardi, per scuoterla da un torpore continuo. Ci sono stati periodi in cui ho dovuto lottare con una gelosia retroattiva, convincermi che mia madre a suo modo mi ha sempre amata. Però Giovanna è stata e sarà sempre la sua figlia preferita. E so bene che con quella presenza invisibile dovrò fare i conti tutti i giorni.

Con te, sorella mia, avrò sempre uno specchio senza filtri in cui guardarmi, e con te era un terremoto anche prima, quando mi prendeva quel ridicolo puntiglio di non saper trattenere le lacrime anche per i piccoli dispiaceri che capitavano tra noi. Com'era normale che fosse alla nostra età. Mi prendevi in giro scimmiottandomi: «Ora piangi, dài, mi raccomando, e dillo subito alla mamma, stupida che non sei altro!».

Diventavi ancora più bella, e le tue labbra si coloravano di un rosso fragola impertinente. C'è scritto anche questo nella lettera che non ho più potuto darti. Ammettevo tra quelle righe che se fossi stata un uomo mi sarei perdutamente innamorato di te. Ma come facevi? Bastava che parlassi e tutti cadevano ai tuoi piedi.

Nei pressi della porta d'ingresso, una folata di vento mi scuote i capelli. Sento la voce di mia madre che mi dice qualcosa. Mi volto e vedo che si è tirata su, per farsi sentire meglio.

– Di' a Bianca che se domani lo desidera può venire a pranzo da me. Preparo il bollito. Passi anche tu?

– Mamma, domani vengono i tecnici per aggiustare la lavastoviglie al bar, si è rotta e sono in emergenza. E Bianca deve andare dal dentista. Sta affrontando una serie di sedute prima di mettere l'apparecchio ai denti. È già isterica perché non vuole saperne, ma deve farlo lo stesso.

Leggo nei suoi occhi una sottile malinconia, allora la invito a passare da noi la sera, così potremo cenare insieme. Mi risponde che non se la sente.

Torno al bar e trovo un mazzo di fiori poggiato sul mio seggiolino dietro la cassa. Deve averlo sistemato Sonia, perché solo le donne stanno attente ai più trascurabili dettagli. La grazia è qualcosa che ci appartiene sin dalla nascita.

Un altro mazzo, osservo, nel giro di un mese o poco più. Lo stesso fiocco di raso, che stavolta è blu. E i fiori sono tutti bianchi. Questa è la caratteristica che lo contraddistingue. Sono i suoi. Lo so.

Il cuore sta per scoppiarmi nel petto. Galoppa seguendo l'emozione. Sarò stupida, sarò ingenua, sarò la solita piagnucolona, eppure è così, il primo istinto che mi suscita è quello del pianto. Penso che la costanza nel desiderare che questo avvenisse sia stata premiata. Non pretendevo la sorpresa di ricevere dei fiori, figuriamoci, ma un segnale, anche piccolo, per convincermi che Leo non si fosse dimenticato di me. E mi dico, giusto per mantenermi coi piedi per terra e distaccata quel tanto che basta, che sono una romanticona esagerata. Non ho mai avuto la certezza che Dio esista. E nemmeno Gesù e la Madonna, e aggiungo santi e miracoli annessi, che sono riservati giustamente a quelli che la fede ce l'hanno davvero nel cuore. Io l'ho persa, con la scomparsa di mia sorella. Ciononostante, ho avvertito forte in questi giorni il bisogno di pregare. Per non sentirmi immeritevole di un po' di fortuna.

Negli anni successivi alla nostra disgrazia, ho implorato mille volte Giovanna di inviarci un segnale, una prova inconfutabile dell'esistenza di quella dimensione in cui tutti i familiari di un deceduto confidano, almeno per un soffio di pace. Sapere, anche con tutto il dolore provato, che i loro affetti riposano sereni e non sono scomparsi nella cattiveria del nulla. Un modo per smettere di vagare da una domanda all'altra, senza mai ricevere una risposta agognata. Ma forse le anime dei morti hanno troppo da fare per preoccuparsi di noi. Ho pregato anche per mia madre, e ho fatto del mio meglio per rafforzare in lei l'attesa di quella visione che aspetta da anni, compreso il mettermi dietro a una processione, macinando chilometri a piedi in piena notte, per raggiungere un santuario a detta di tutti miracoloso. Davanti alla statua della Madre Addolorata mi sono inginocchiata e ho pianto ai suoi piedi. Giovanna però è rimasta nel suo consueto silenzio, anche dopo. E io ho continuato a patire il freddo di mille inverni dentro alle ossa. Non ne potevo più di vedere i miei genitori disperarsi davanti alle sue vecchie foto.

Oggi, chissà, qualcuno ha avuto pietà di me.

– Chi li ha portati? – chiedo a Sonia, fingendo disinteresse.

– È venuto un signore e mi ha detto che erano per lei...

– Com'era, puoi descrivermelo?

E mi tratteggia una figura che può essere solo Leo. I suoi capelli mossi, i Ray-Ban scuri, il suo stile da motociclista. Chiedo se aveva un cane con sé, e lei risponde di no. Mi annuncia però che ha detto che ripasserà più tardi.

Tremo. Sono scossa. Ma non era quello che volevo? Che voglio, anzi!

Sì. Il desiderio più ambito dell'ultimo mese.

Tiro fuori dalla borsa la piccola trousse per il trucco. Vado in bagno e con un po' di carta igienica cerco di asciugare le sottili sbavature della matita nera intorno agli occhi. Ripasso con una spugnetta il fondotinta sul viso, e con un pennello metto un po' di terra per rinvigorire il colorito che sembra spento. L'abbronzatura, inutile dirlo, dopo mesi dall'ultima esposizione al sole è scomparsa, anche se d'abitudine la mia pelle rimane di una tonalità ambrata tutto l'anno. Quindi mi coloro le labbra con un lucido color fucsia. Sono pronta. Lo aspetto.

Me ne sto dietro al bancone, e osservo agitata ogni apertura della porta automatica, per essere certa di non perdermi il suo arrivo. Alla fine io e Sonia abbiamo servito più clienti del solito, e di Leo nemmeno l'ombra. Torno alla cassa per controllare alcune fatture e subito lui irrompe col suo passo deciso. In quel momento squilla il telefono. È Mauro. Mi fa sapere come sta, ma io sono distratta, e non gli do corda. Capisce di essere di troppo e riattacca al volo.

Leo si precipita verso di me e mi bacia. Non ho ancora rimesso la cornetta al suo posto.

– Chi non muore... – dico. Mettendomi subito sulla difensiva.

– Hai ragione, scusami, ma...
– Eh, eh... I "ma" intossicano la vita. Me lo hai insegnato tu.
– Giusto. Riavvolgo il nastro – dice.
– Dài, scherzavo – e sorrido.
– Sono dovuto rientrare a Roma di corsa, per motivi di lavoro.
– E il cane? – chiedo.
– Ah, già, Poldo. L'ho lasciato a mia madre, visto che qui in albergo soffriva. Manco da un po', lo so che te ne sei accorta.
– Sei uno stronzo. E comunque ti perdono. Avrai avuto i tuoi motivi. Piuttosto, non ti sei sistemato al residence di cui mi chiedevi?
– Quelli a disposizione non mi piacevano... e così ho deciso di rimanere in hotel.

Mi sembra di non vederlo da secoli. È questa la sensazione che provo. Quando ci si innamora il copione è sempre lo stesso, malgrado le esperienze.

- E allora, che mi dici? – chiedo.
- Che mi sei mancata e che devo parlarti di qualcosa di importante.
- Prego, ti ascolto.
- Senti, non fare la sostenuta. Sono qui perché ho davvero bisogno di parlarti di noi.
- Di noi? Esiste un noi? – Quasi quasi mi arrabbio sul serio.
- Stai sbagliando a comportarti così. Se sono andato via e non ti ho più cercata...
- Leo, sei andato via dicendo «Per oggi va bene così». L'hai dimenticato? E poi solo nebbia.

Sonia ci guarda di sottecchi da dietro il bancone, mentre serve alcuni ragazzi, e io so che sta sulle spine. Forse in questo momento vorrebbe scomparire. Sprofondare sotto al pavimento per non sentire i nostri discorsi. E finge di interessarsi alle chiacchiere di alcuni clienti che senz'altro non la coinvolgono.

- Possiamo vederci stasera?
- Non so... Bianca forse...
- Ti prego. Non insisterei se non fosse di vitale importanza.
- Ok. Allora ci vediamo...
- Passo a prenderti a casa.
- Non ci pensare proprio. E stavolta sono seria.
- Perché, ti vergogni di uscire con me? – mi chiede risentito.
- Ho una figlia a cui rendere conto...
- Secondo me tua figlia sarebbe felice di sapere che qualcuno si interessa a te. Ne sono certo.
- Non è così. Lei è gelosa e possessiva, e poi...
- Flora, quante storie. Va bene, fai quello che ritieni giusto.
- Allora...
- Allora? – ripete innervosito.

– Allora, facciamo che quando esco dal bar andiamo via insieme, sempre che tu sia d'accordo. Ti va?
– Perfetto. Passo da qui alle...?
– Alle ventuno è meglio. Così ho il tempo di chiudere e prepararmi.
– Dov'è Mauro? – Si è ricordato il suo nome, incredibile.
– Mauro è a casa con la febbre.
– Va bene, ci vediamo dopo. E... scusa se sono sparito, ma stasera capirai perché.

Mi lascia con mille dubbi e mille domande. La sua scomparsa improvvisa, quel discorso così importante che intende farmi, per spiegarmi finalmente di "noi". E il suo «Ti prego» espresso con un'intenzione che sembrava sincera. Perlomeno, io l'ho percepito così.

Ancora in preda a un'ingenuità in cui non dovrei cadere? Continuo a fidarmi di uno sconosciuto, perché tale resta anche se ci siamo incontrati per strada qualche volta da ragazzi e solo una volta a cena, da adulti. Ma nel frattempo cosa ha fatto? Dove è stato? Dice di possedere aziende vinicole, di produrre film e di occuparsi di finanza. E se fosse tutto un bluff? Voglio dargli un'altra possibilità. L'ultima, però, poi amen. Rimetterò questo cuore nel baule dove è stato per anni e pregherò per l'anima mia.

Il pomeriggio scorre tranquillo, eccetto la visita del tecnico della lavastoviglie che mi ha chiesto una cifra esagerata per sostituire un pezzo rovinato dal calcare. Più una pausa di nervosismo dovuta ad Antonio, che è passato a trovarmi per dirmi che non potrà accompagnare Bianca dal dentista. Sostiene di dover andare dal medico per farsi controllare. È da un po' che digerisce male e ha perso anche peso perché mangia poco.

Le solite scuse, ho pensato all'istante. Poi l'ho interrogato e ha risposto con precisione. Stavolta sono costretta a credergli. E mi sono resa disponibile qualora avesse bisogno di me. Nel caso volesse compagnia, insomma, potrei andare con lui dal medico. Ha tergiversato. Evidentemente la mia presenza non è gradita. Tutto secondo le abitudini del nostro difficile rapporto.

Prima della chiusura, impiego qualche minuto per spiegare a Sonia i segreti della cassa, e il modo per evitare che qualcuno non paghi. Le raccomando di non servire chiunque non abbia lo scontrino in mano, a meno che non sia un cliente abituale e affidabile. Lei è una ragazza sveglia, sa già cosa intendo.

Da quando è arrivata ha fatto passi da gigante, e credo che nel giro di qualche mese potrà sostituirmi senza problemi.

– A che ora hai il treno? – le domando per capire come avvengano i suoi spostamenti da e per il paese dove abita.

– Alle ventuno e quindici – risponde lei.

– Ma ti aspetta qualcuno alla stazione? – La mia seconda domanda punta a risolvere un enigma che mi incuriosisce da quando la conosco. Sapere se ha un fidanzato.

– Nessuno – e sorride. Ha tradotto le mie intenzioni. Infatti, senza che io glielo chieda, aggiunge: – Io e il mio ex ci siamo lasciati, perché era troppo geloso e allungava pure le mani.

– "Allungava" significa che ti picchiava?

– Esatto. È stato mio zio a sistemargli la testa.

– Meno male – rispondo. – Ci pensi ancora?

– Un pochino. Mi piaceva, ed ero innamorata di lui, però è meglio così.

– Sonia, se un uomo è violento non cambierà mai.

– Lo so. Però...

– Però? – La sua risposta incerta mi preoccupa.

– Però non è facile dimenticare qualcuno che hai amato con tutta te stessa, anche se ti ha fatto del male.
– Lo so, ci sono passata. E, anche senza botte, posso confermare che è complicato. Parlo del padre di mia figlia, l'uomo che oggi pomeriggio è venuto al bar. L'ho amato di un amore prepotente, era la mia vita, era tutto per me. E poi ho voltato pagina. Anche se...
– L'ho capito da come lo guardava, sa? – mi dice schietta.
– Cioè? – chiedo. La lucidità di questa ragazza mi sconvolge.
– Non lo so. Queste cose si sentono e basta.
– E invece, come ho guardato l'uomo che mi ha lasciato i fiori? – le domando curiosa e impaziente.
– In modo diverso. C'era più paura, ma anche più emozione. Mi sa che lei non si fida molto di lui. E non si lascia andare, vero?
– Credo che tu abbia ragione.

Ci salutiamo con una dolcezza che mi riempie il cuore di gratitudine. Sapere di avere qualcuno accanto che ci conosce, anche senza aver preso parte alle nostre esperienze pregresse, fa nascere in noi un senso di fiducia nel prossimo.

Leo è fermo all'angolo. Con le mani in tasca, appoggiato a un lampione. Non appena muovo qualche passo per andargli incontro, si avvicina. Mi informa che ha parcheggiato poco distante e io lo seguo silenziosa.

Ci sediamo in macchina e accende la radio. Musica aggressiva. Disturbato, passa a una raccolta di canzoni scelte da lui. Lo immagino.

Riconosco le note. Sono di Tracy Chapman, *Baby Can I Hold You*. Da quanto non le sentivo. Quel soul che non lascia indifferenti.

Percorriamo qualche chilometro guardando la strada. Mi

prende la mano, io stringo la sua. Gli dico di stare attento alla guida: non si sa mai, tenere con una sola mano lo sterzo potrebbe essere pericoloso. Si ferma in una stradina che ho riconosciuto e spegne il motore. Ora la musica cambia. In sottofondo ci sono i Coldplay. Questa canzone mi ricorda un viaggio a Parigi con Sandra. È durato tre giorni ed è stato bellissimo. Nel mio tablet questo brano era uno dei tanti che Bianca mi aveva scaricato e inserito nella playlist da ascoltare in alta quota: *Everglow*. Lo conosco a memoria.

– Vuoi che apra il finestrino? – mi domanda Leo.

– Un po' d'aria mi farebbe stare meglio. Sono agitata, inutile negarlo.

– Anch'io – risponde.

– Perché non mi hai portata a cena? – gli chiedo, più per stuzzicarlo che per reale bisogno di masticare qualcosa.

– Perché prima vorrei parlarti e dopo potremo andare dove vuoi.

– Scherzavo. Mi si è chiuso lo stomaco già quando ho visto i fiori.

– Non te li aspettavi?

– Direi proprio di no.

– È colpa mia.

– È colpa non si sa di chi – rispondo. – Se proprio di colpe dobbiamo parlare.

Dà le spalle al finestrino e abbassa lo sguardo.

Ecco, il fatidico momento delle confessioni è arrivato. Lo sento. Mi parlerà della sua ex, di come abbia capito di amarla ancora, oppure di quel bacio che non voleva e, insomma, si scuserà per avermi illusa.

– Ti ricordi quando ti ho detto che ti conoscevo?

– Certo.

Oddio, penso, cosa avrà combinato in quel periodo?
– In verità è stato mio fratello ad averti conosciuta meglio. Perché lui e Giovanna erano...
– Giovanna? Ma di cosa parli?

Il nome di mia sorella tra le sue labbra tuona come un'eresia. Una pugnalata. E io che ho evitato con cura di parlargli di lei.

– Sì, tua sorella e mio fratello...
– Ti prego, spiegami. Sto male solo a sentire il suo nome, e poi qui con te, non so... Ma che c'entri tu con Giovanna? E tuo fratello? Ti scongiuro, spiegami.

Mi prega di calmarmi. Mi offre una sigaretta. La afferro sconvolta. Provvede ad accendere la mia con la mano che gli trema, poi avvicina la fiammella alla sua.

Per fortuna adesso abbassa il volume, anche se Beyoncé comincia a intonare una canzone dolcissima. *Halo* è stata sempre tra le mie preferite.

Dopo il primo tiro mi racconta una storia che ha dell'assurdo. Comincia da quella sera. Quella sera che non potrò mai dimenticare.

– Valerio aveva telefonato a Giovanna perché non ne poteva più di sentirsi come un burattino nelle sue mani. Avevano un rapporto conflittuale, dovuto al fatto che lei non voleva decidersi a lasciare il suo fidanzato. La storia tra lei e quello stronzo oramai andava avanti per inerzia, anche perché lui la ricattava. *Maledetto Giuseppe*, penso. Così, stanco di quel tira e molla, Valerio l'aveva obbligata a fare una scelta, pregandola di vedersi e parlare.

– Cosa? Valerio e mia sorella erano...
– Sì, ascoltami. Poco prima di uscire di casa, Giovanna aveva già litigato con quel tipo, e stava andando nella villa che i miei

117

avevano al mare, disabitata d'inverno, per dimostrare a Valerio che era lui che amava, e che voleva dare un calcio al passato. Probabilmente avrebbero fatto l'amore e poi chissà... Ma la storia è stata diversa.
 – Valerio? Scelta? Ricatti? Ma cosa dici Leo? – Sto impazzendo. – Di quali ricatti parli?
 – Parlo del fatto che Giovanna era entrata in un giro sbagliato. Un gruppo di persone che spacciavano, e nella rete c'era caduta anche lei, ahimè. Posso dirtelo a brutto muso? Tua sorella si faceva. Ma Valerio era convinto, e ne è convinto tuttora, che lui sarebbe riuscito a tirarla fuori da quell'ambiente, col suo amore. Sarebbe stato pronto a spaccare la faccia a tutti pur di riuscire nel suo intento. Da quel giorno non ha mai smesso di sentirsi in colpa. Se non avesse preteso di vederla quella sera, forse...
 – E perché hai detto che mi conosceva? Io non ricordo di averlo mai visto.
 – Era Giovanna a parlargli di te. Gli raccontava sempre di come fossi importante per lei. E anche se eri più piccola, ti descriveva come la sorella più saggia. L'unica persona che la facesse stare bene quando era giù. E la sola alleata di cui si fidasse ciecamente.

Sento che sta per scoppiarmi la testa. Non ero pronta per una valanga così violenta di emozioni. Dolore, direi. Sconquasso che cerca di prendersi ogni centimetro della mia carne. Si sta succhiando persino il respiro. Butto la sigaretta ancora accesa fuori dal finestrino e apro lo sportello. Scendo giù. Schiaccio col piede il mozzicone e Leo, facendo mezzo giro all'esterno, viene dalla mia parte e mi abbraccia.
 – Non ho ancora finito.
 – Ancora? Cosa vuoi dirmi di più? Vuoi vedermi morta?

– Vorrei dirti che mi piaci da morire e che vorrei conoscerti meglio. Non erano questi i piani.
– Quali piani, scusa?
– All'inizio ero venuto qui per cercarti, parlarti di mio fratello e della storia clandestina che aveva con tua sorella, e sapere se ti andava di incontrarlo. Lui ha messo nero su bianco il ricordo del loro amore, pregandomi di realizzarne un film. E la tua testimonianza sarebbe stata fondamentale ai fini della sceneggiatura. Forse, portandolo a conoscenza di tutti, il suo dolore prenderebbe un'altra forma, trasformandosi in un dolce ricordo. Magari nella speranza che il suo cuore possa trovare il conforto che gli manca.
– Ma tuo fratello dov'è adesso? Non abita a Parigi? E sua moglie non è gelosa di tutto questo? Oh, Signore, sono troppo sconvolta. Scusa non riesco a... E poi, perché hai detto che ti piaccio? Quando è accaduto? Sempre che sia vero ciò che hai appena ammesso. Non è che vuoi prendermi in giro? Ti prego, non potrei permettermi un'altra delusione.
– Valerio abita a Parigi, come ti ho già detto. E sua moglie è a conoscenza di tutto. Non è gelosa, perché sa che oramai è acqua passata. E anzi, è stata anche lei a caldeggiarmi questo progetto. A me è piaciuto moltissimo. E per quanto riguarda te, sì, mi sono innamorato da subito. Vederti la prima volta al bar è stato un salto verso il cielo. Ti ho baciata perché lo sentivo, ma poi ho avuto paura e sono scappato.
– Non so... È tutto troppo assurdo – replico.
Lo dico sottovoce e sento suoni sinistri nella testa. Le mie ossessioni che sono venute a bussare alla porta dei ricordi più importanti.
– Non potevo nasconderti queste verità. Mi sarei sentito un verme.

Piango.
La faccia di Giovanna è davanti ai miei occhi. Il suo sguardo spavaldo mi umilia. Mi ricorda che lei è sempre stata la più forte. Ma non è vero. Ora so che non è stato così. Mia sorella una drogata? Non voglio crederci. Divento quasi violenta e comincio a battere i pugni sul petto di Leo. Grido che non è vero, che sono tutte bugie per infangare una ragazza perbene. Sotto sotto ho paura di sbagliarmi.
Leo mi prende con forza le braccia e mi stringe a sé, pregandomi di credergli. Mi accarezza la testa, e io sto piangendo tutte le lacrime che avevo ancora in serbo per quella disgrazia mai superata. Mi bacia. Mi sussurra parole di conforto. Lo bacio anch'io. Ho voglia del suo calore, del suo desiderio. Sono addolorata, distrutta, e...
Facciamo l'amore in macchina. Mi faccio prendere con una violenza sfrenata, voluttuosa, carica di baci, e forsennata.
Il suo corpo aderisce al mio come in una lotta cruenta. Mi possiede e io mi lascio sopraffare da un desiderio potente. La nostra complicità è nata prima che ci conoscessimo e ha preso forma mentre ci studiavamo da lontano. L'energia della nostra passione, ora, si esprime ignorando ogni paura o strategia stupida.
Mentre mi accompagna a casa, Leo è molto dolce. Mi tiene la mano e canticchia una canzone.
– Ti piace?
– Sì, molto. Abbiamo gli stessi gusti musicali, vedo.
In effetti, che qualcuno nella sua raccolta di canzoni abbia Patti LaBelle in duetto con Michael McDonald è una probabilità assai remota. Intoniamo l'inciso insieme e io piango, perché Giovanna stasera è più viva che mai in me.
Torno a casa tardi.

Bianca già dorme. Vorrei svegliarla per dirle di spostarsi nel mio letto, ma è meglio lasciarla ai suoi sogni. I miei, quelli che restano, sono sporcati da notizie poco edificanti.

Vado a cercare la scatola di scarpe con le foto più belle della mia giovinezza. Sfioro le perline all'esterno e penso a lei. Passo in rassegna gli ultimi giorni trascorsi insieme. La rivedo col suo broncio tormentato mentre scriveva delle lettere. Non capivo a chi. Mi ripeteva che non vedeva l'ora di andarsene a Roma per studiare recitazione. Una volta, sì, solo una volta mi aveva parlato di un ragazzo che la corteggiava, ma che per lei era un vero problema. Le piaceva. Però c'erano troppe distanze. Un figlio di papà. Non si fidava, come io non mi fido di Leo. Ne ho paura. Credo che un ulteriore fallimento sarebbe la fine per me. Non le avevo mai chiesto di spiegarmi meglio. Se avessi saputo, forse sarei riuscita a salvarla. Certamente quel Giuseppe non mi convinceva affatto. Un balordo senza scrupoli. Mi domando ancora come una ragazza tanto bella, possa aver ceduto al corteggiamento di uno squallido come lui. Ecco perché stava sempre chiusa in camera. Aveva segreti da proteggere.

Insieme ai flash delle nostre vite racchiuse nelle foto, avrei bisogno di rileggere quella lettera. Apro il cassetto in cui la nascondo, e la tiro fuori. Mi preparo, come se stessi procedendo a un rituale sacro. Troppo sacro per farlo da sola. Prendo il tablet e cerco su YouTube l'ultima canzone che ho ascoltato in macchina con Leo. Ho bisogno di sentirlo vicino. Di ripensare a me tra le sue braccia forti.

Quindi osservo un bel primo piano di mia sorella.

Ti prego, dammi la forza di resistere, le dico, con l'illusione di essere in qualche modo ascoltata. Tiro fuori dalla busta il foglio prezioso e comincio a leggere.

Cara Giovanna,
ti scrivo queste poche parole perché vorrei che sapessi alcune cose di me. Siamo state sempre complici, qualche volta litigando, è vero, ma non c'è persona al mondo che io ami più di te. La mamma, lo sai, per me è un ostacolo insormontabile, forse quando sarò più grande comprenderò la sua severità, ma ora credo che non sia possibile. Troppe differenze, troppe incomprensioni, per cui ti chiedo di avere pazienza e starmi vicino. Sei l'unica persona che mi capisce. La tua partenza per Roma sarebbe terribile. Non saprei con chi sfogarmi, parlare. Chi si prenderebbe cura di me? Te lo chiedo in ginocchio. Non andartene. Non lasciarmi. Potresti studiare recitazione anche qui, magari a Palermo o a Catania, in modo che io possa venire a trovarti quando sentirò la tua mancanza. Sto male da giorni, da quando hai detto che vuoi seguire i tuoi sogni. Non ce la faccio a immaginare la vita senza di te.
E poi vorrei farti sapere che quel Giuseppe che frequenti non è il ragazzo giusto. Me ne infischio se lo racconterai a lui e poi mi odierà. Me ne infischio assolutamente. Già ieri gli ho urlato dal motorino che lo odio. Sono gelosa, è vero, perché penso che tu meriti di più. Sei bellissima, intelligente, e se fossi un uomo mi innamorerei perdutamente di una ragazza con le tue qualità. Non sprecare il tuo tempo con gente che non è degna del tuo amore. Promettimi che ci penserai e che non mi lascerai mai sola. Auguri per il tuo compleanno, sorellina. Questi orecchini sono perfetti per te. Ne sono sicura.
Ti voglio tanto bene,
Flora

Stringo tra le mani il foglio ingiallito, che ora mi appare come un testamento.

Promettimi che non mi lascerai mai sola.
Invece l'hai fatto, e non sai quanto mi pesi questo strazio. Gli orecchini, il giorno del tuo funerale, li ho nascosti sotto al tuo bel vestito, prima che chiudessero quella maledetta bara. Almeno li avrai usati nello spazio infinito dove ti trovi adesso, spero. Per essere la più bella, anche lì, tra le tante anime che ti osservano. Esiste, Giovanna? C'è davvero l'Aldilà? Perché se riuscissi a saperlo vivrei meglio.

Non sai che fatica, in tutti questi anni, abituarmi alla tua assenza. Davanti alla tomba non piango mai. Chissà. Sarà il ricordo dei tuoi rimproveri a bloccarmi. Una forma di rispetto che ti devo e voglio offrirti.

Mamma l'ho perdonata, perché se qualche volta ha sbagliato, è stato solo per troppo amore. Inoltre siamo rimaste solo io e lei a portare avanti la nostra croce. Le uniche superstiti di una bella famiglia che si è sgretolata sotto i colpi della sfortuna.

E poi, miracolo, è arrivata Bianca. Anche se per una gioia così grande ho dovuto pagare un conto anche troppo salato: la fine del mio matrimonio. L'ennesimo colpo a cui per forza di cose mi sono dovuta piegare.

Tiro fuori altre foto. Giovanna al mare. Giovanna a scuola. Io e Giovanna alla mia prima comunione. Io e Giovanna sul muretto che ci separava dalla spiaggia. Io e lei, in braccio a nostro padre.

Si è perso anche lui quella sera, dopo aver ricevuto la tragica notizia. Eravamo a casa, davanti alla televisione, ignari che il male stava già lavorando contro di noi per darci il colpo di grazia. E poi la telefonata. La corsa in ospedale, tu che non venivi fuori da quella stanza per rassicurarmi. E a seguire le lacrime, i parenti che dicevano parole di circostanza troppo banali per essere ascoltate, la morte, l'agenzia di pompe funebri che arrivava coi suoi delegati in abito scuro, e tu invece così candida dentro a quella bara, con le mani di pietra. Sembravi diventata grigia in poche ore.

Però finalmente l'ho letta questa benedetta lettera mai recapitata. L'ho letta.

Non piango, vedi?

Non piango perché so che non vorresti.

Ma dimmi almeno se Valerio l'hai amato, sorella mia. Se almeno prima di lasciarci hai provato la felicità di esserti liberata da chi non ti meritava, e se stavi correndo verso un amore più appagante. Ho diritto di saperlo. Illuminami. Stanotte vienimi in sogno, ti prego, o fammi capire in qualche modo che è andata così. Mi darebbe serenità sapere che sei volata altrove col cuore gonfio di speranza.

La playlist del mio tablet ora mi fa ascoltare Ed Sheeran. Lui è così romantico, quando canta, che ti penso con più serenità. E il duetto con Beyoncé era proprio quello che mi ci voleva per calmarmi. Mi stendo sul letto sfinita da troppe emozioni e con la certezza che Leo è arrivato nella mia vita per un motivo ben preciso. Non so quale sia, ma ci sarà qualcuno a indicarmelo dall'alto.

11

Mauro, dopo una settimana in casa con bronchite e febbre alta, è tornato. Sta meglio, anche se parla con voce nasale. Lo prego di starmi lontano.

– Non posso portarmi a casa i tuoi microbi – gli dico sorridendo e dandogli un buffetto su una guancia.

– Sì, ma c'è tutta la città infestata, cara mia – gracchia risentito, ma nemmeno troppo.

– Lo so e me ne accorgo ovunque vada. Però farò il possibile perché l'influenza se ne stia alla larga da me e anche da mia figlia, ok?

– Sentila, mammina premurosa – mi urla, e staccandosi di un passo da me fa un salto sulla pedana. Sembra un ballerino invecchiato e stanco. Ma quanto è simpatico!

Sonia oggi è allegra e sorride di frequente. Meno male, penso. Di Leo preferisco non parlare con nessuno dei due.

È passato qualche giorno dal nostro ultimo incontro e malgrado le sue insistenze gli ho detto che non me la sento di rivederlo. Ho bisogno di fare chiarezza dentro di me. Sono ancora tramortita dalle informazioni che ho ricevuto su mia sorella, e devo capire quanto sia pronta a rimettermi in gioco con una nuova storia d'amore. Lui partirà domani. Mi ha scritto un messaggio poco fa, esprimendomi il desiderio di salutarmi, almeno.

Mi viene in mente Antonella, e l'invito che le avevo fatto sotto casa di mamma. Con tutto quello che ho passato negli ultimi giorni, mi ero dimenticata di lei, e invece potrebbe venirmi in aiuto.

La chiamo al cellulare e le chiedo se oggi abbia voglia di passare a trovarmi. Accetta in un lampo e verso le sei del pomeriggio è già seduta al tavolo più riservato, aspettando che mi liberi di una cliente per raggiungerla.

Dopo le prime battute, che mi aiutano a districarmi nelle sue vicende familiari piuttosto complicate dove compaiono due ex mariti e tre figli, mi immergo aspettando che dica qualcosa su Giovanna. Non accade.

Allora procedo. Devo chiederle cosa ricorda della nostra giovinezza, e soprattutto togliere il cerotto dalla mia ferita sanguinante. Sapere se davvero mia sorella facesse uso di sostanze stupefacenti.

La risposta è secca, breve e brucia. È un sì che non avrei mai voluto ascoltare. Un sì troppo aspro. Mi accarezza la mano e mi sussurra di dimenticare.

– Perché siamo stati gli unici a non accorgercene? – chiedo, con una rabbia che non riesco a trattenere.

– Forse non eravate abbastanza edotti sull'argomento. Sai, in quegli anni era ancora un fenomeno poco conosciuto. Le famiglie non avevano tutte queste informazioni.

– Ma io ero spesso con lei, le stavo accanto, anche se non la seguivo nei suoi spostamenti. Come ho fatto a non capire?

– Tua sorella era una forza della natura. Aveva un'intelligenza incredibile. Prendeva per fesso chiunque. Con questo non voglio giustificarla, ma credo che non piacesse nemmeno a lei usare quella roba. L'ha fatto per sentirsi più grande e per...

La interrompo, concludendo io la frase: – E per non deludere Giuseppe, vero?
– Esatto. Vedi che ci sei arrivata da sola?
– Come potrei ignorare la presenza di quel farabutto nella sua vita? Senti...
– Dimmi, Flora... Scusa, ma parlare di quel periodo mi fa stare male.
– Dillo a me! – sospiro. – Ti ricordi se Giovanna aveva una storia parallela, uno di cui si era innamorata ai tempi in cui stava con Giuseppe?
– Certo che sì. Era il figlio dell'avvocato Stasi, Valerio. Credo che si siano trasferiti all'estero.
– No, la famiglia abita a Roma. Solo lui è andato a Parigi e vive lì. Da poco ho conosciuto Leo, il fratello gemello.
– Di lui mi ricordo appena – dice. – Ma Valerio di tanto in tanto compariva a qualche festa, e sembrava un pesce fuor d'acqua. Si vedeva lontano un miglio che era pazzamente innamorato di tua sorella.
– E lei? Ricambiava questo amore, o era presa solo da Giuseppe?
– Sai che Giovanna delle sue cose parlava poco, ma credo che con Valerio ci fosse una relazione abbastanza complicata. Però, negli ultimi tempi... ecco... avevo capito...
– Dimmi, ti prego...
– Mi sembrava che fosse propensa a mollare lo spacciatore per vivere la sua nuova storia alla luce del sole. Non saprei dirti altro. Ripeto, Giovanna custodiva i suoi segreti molto bene.
– Avrei bisogno di sapere se negli ultimi tempi era felice. E in questo caso solo tu puoi aiutarmi.
– Posso dirti che le poche volte che li ho visti insieme, stavano bene, erano una cosa sola. Litigavano per gelosia, come puoi

immaginare. Lei era bellissima e corteggiata da tutti, ma tra loro era amore vero. Ciò che infastidiva tua sorella era l'ambiente che frequentava quel ragazzo: sai, gente con la puzza sotto al naso, una specie umana che Giovanna apprezzava poco. Il suo carattere le impediva di sentirsi inferiore a qualcuno.

Parlare con Antonella mi è servito per accertarmi che Leo non mi abbia mentito, o che comunque non mi abbia dato un'informazione ingigantita da voci cattive. E invece, mi trovo obbligata ad ammettere che io e i miei familiari siamo stati distratti. Ingenui, sarebbe meglio dire. Mio padre, povero disgraziato, era sempre intento a controllare i cantieri che apriva, e mamma ignorava completamente la possibilità che anche una ragazza potesse drogarsi. Per lei erano tabù di cui non parlare nemmeno a casa. Quelle storie servivano tutt'al più a riempire le pagine di cronaca nera dei giornali. Quando le parlo di questi argomenti, ancora oggi, la assale un'ansia incredibile, che le cambia persino l'espressione del viso. L'unica reazione è quella di dire a Bianca di stare molto attenta, perché di lupi cattivi in giro è pieno ovunque. Se sapesse... Cara mamma mia.

È chiaro che a questo punto voglio incontrare Leo.

Salutarlo prima che torni a Roma, per capire se la nostra relazione (relazione?) avrà un seguito.

Vado a trovarlo in hotel. Non importa se incontrerò qualcuno che conosco, che andrà senz'altro a spifferare che vado nelle stanze d'albergo per fare sesso. La città è piccola e qui non vedono l'ora di avere qualche pettegolezzo per passare il tempo. Sono una donna libera e rispondo delle mie azioni. Questo è quanto.

Salgo in camera e lo trovo sulla porta che mi aspetta col suo sorriso più bello. Troppo perfetto per essere vero. Mi fa entrare, io do un'occhiata tecnica per capire come tiene la stanza. È in ordine. E profumata. Avrà spruzzato la sua colonia prima che io salissi. C'è odore di agrumi nell'aria, la stessa che già conosco. Avrà approfittato del tempo che ho impiegato per arrivare al quinto piano per rendere l'alcova più accogliente. Non mi dà modo di parlare. Mi abbraccia e mi spinge sul letto. Facciamo l'amore. Non mi chiedo se sia giusto. Vogliamo farlo. Ci apparteniamo nel profondo dei nostri desideri e non lo nascondiamo più. Urlo il mio piacere come non facevo da anni. Poi parliamo. Tornerà a Roma per riordinare le idee e il film si farà a stretto giro. Mi elenca il cast al completo: nomi che mi fanno venire i brividi. Mia sorella sarà interpretata da una bellissima attrice che ha appena recitato un ruolo molto intenso in una fiction televisiva di grande successo. Un po' le assomiglia. Vorrei piangere, ma non posso. Giovanna avrà un volto. La vedrò al cinema. Tutti sapranno di lei. Piangeranno per lei, si commuoveranno e la storia d'amore con Valerio si ripeterà come in un sogno.

– Posso dirlo a mia madre?

– Ti prego, no. Non farlo. O almeno, non ancora. Ti avviso, ci saranno delle scene che potrebbe non gradire.

– Tipo quelle in cui si infilava l'ago sotto la pelle? – chiedo.

– Esatto – risponde secco.

– Allora tagliale ancor prima che siano inserite nella sceneggiatura, per favore. Anche Giovanna vorrebbe questo.

– Non sarebbe giusto per lei – insiste. – Stravolgeremmo troppo la realtà, e invece questi input devono servire a far capire ai giovani che la droga è merda e fa male. Uccide!

– Forse hai ragione... – dico dispiaciuta. Ma capisco che è giusto così. Raccontare mia sorella senza il suo dolore significherebbe sacrificarne la parte più vera, più fragile, a vantaggio di un'ipocrisia che non serve a chi guarderà il film.

– Adesso vorrei parlare di noi – continua subito dopo.
– Cosa c'è da dire? – chiedo sottovoce.
– Che adesso io e te dobbiamo decidere se ha senso continuare la nostra storia.
– Per te lo ha? – domando, con una punta d'orgoglio ferito.
– Per me sei già la mia donna.
– Non correre troppo, ti prego.

Invece, con queste sue parole, sento che mi ha concesso una boccata d'aria fresca per l'anima. La paura che cambi idea è la mia peggiore nemica. È accaduto tutto troppo in fretta, e temo di sbagliare di continuo. Non credo di meritare un'altra chance in amore. Però la desidero. Quale realtà sto vivendo? Non è troppo per una barista con alle spalle una vita piuttosto anonima?

– Pensi che non abbia senso una storia a distanza, vero?
– Più o meno – ammetto.
– Ma io potrei raggiungerti nei periodi di calma dal lavoro. In macchina impiego di solito sette/otto ore, oppure in aereo.
– E poi? La mia vita è qui, mia figlia studia qui, mia madre abita qui e io non posso lasciarle sole per venire a trovare te. Loro non hanno nessuno su cui contare. Bianca ha un padre, certo, ma...
– "Ma". Non ti sei ancora stancata di questi "ma"? – E mi abbraccia. Sento che ogni volta che lo fa io riprendo fiducia nella vita. – Non impelagarti a pensare a tutte le difficoltà. Dimmi invece se senti qualcosa per me.

Mi stacco da lui, lo guardo dritto negli occhi, gli accarezzo il viso e lo bacio. Risponde alla mia passione succhiandomi le labbra e mordicchiandole con una voracità intensa. Ancora il desiderio ci travolge. Lo sento spingere tenace il suo bacino sul mio ventre. Vorrei che restasse per sempre con me. Senza più legami altrove. Solo noi, sommersi da questa energia che avverto ovunque. Gli chiedo di avere pazienza e di non tradire la mia fiducia. Lo aspetterò. Altro non conta.

12

Sono passate due settimane. Quattordici giorni in cui io e Leo ci siamo raccontati di tutto per telefono. Ho visto il suo cane, Poldo, tramite FaceTime, e mi sono divertita con i video che mi invia su WhatsApp già dalle prime ore del mattino. Ci scriviamo le frasi più banali del mondo, ma importanti per noi. Sono riuscita persino a digitare *Ti amo*, nell'ultimo messaggio di questa notte.

Una dichiarazione così spudorata, così prepotente.

Pensavo che non sarei stata più in grado di farla a nessun altro uomo, dopo Antonio, con tanta convinzione. E invece è accaduto. Non posso fare altro che rendermene conto.

Ho incontrato Antonella prima che ripartisse e ci siamo fatte altre confidenze. Le ho anche raccontato del film. Si è commossa. Ha detto che finalmente Giovanna avrà la gloria che meritava e che non ha trovato in vita.

Alla fine abbiamo incrociato le dita per giurarci, come quando eravamo ragazze, che non ci perderemo più di vista. Non appena sarà possibile andrò anche a trovare Laura, che vive in un paese non lontano da qui. Intanto l'ho sentita per telefono, ed è stato molto bello riconoscere il timbro della sua voce. Mi ha riportata indietro nel tempo, facendomi riprovare l'allegria di certi beati momenti.

In questi ultimi giorni mi sento in balìa di due stati d'animo che lottano fra loro: da un lato sono felice perché dopo anni di gelo nel cuore, mi sono innamorata di un uomo che per me è perfetto. E dall'altro, sono triste perché lui vive lontano. Sarebbe bello svegliarsi la mattina e accarezzare le sue spalle tra le lenzuola per dargli il buongiorno. Così come sarebbe meraviglioso addormentarsi la sera raccontandosi come abbiamo trascorso la giornata al lavoro. Ma questo non è raccomandabile pensarlo adesso. Rischierei di intaccare con un'inutile negatività qualcosa di importante che sta accadendo tra noi, e che a mano a mano diventa sempre più forte.

Alcuni lo chiamano "amore a distanza". Io non saprei definirlo, ma "a distanza" non gli si addice del tutto. Conosco coppie che vivono insieme da anni e si annoiano a morte. E non vedono l'ora di uscire con altre persone. Quella sì che è distanza. Un muro di indifferenza che ucciderebbe chiunque. Io e Leo siamo più vicini che mai, anche abitando a settecento chilometri l'uno dall'altra.

Adesso quello che devo fare con una certa urgenza è parlare con Bianca. Farle capire che le mie abitudini stanno cambiando, e anche il mio stato sentimentale. Non più single, non più triste, non più angosciata. Sarà stressante e lei ne soffrirà. Lo so. Ma, se conosco mia figlia, credo che con la giusta dose di delicatezza la convincerò che in fondo non c'è niente di male. Non appena troverò l'occasione adatta le confiderò il mio amore per Leo. E che Dio mi aiuti. Non c'è altro da dire.

Mamma è venuta a trovarmi al bar.
Alleluia!
Finalmente è uscita dalla sua tana.
Quanto mi piacerebbe far sapere anche a lei della mia rela-

zione appena nata e della mia felicità, che temo sempre possa essere rovinata da qualcosa. Ma so già cosa direbbe, quindi è meglio rimandare. Prima mia figlia, in ogni caso e a seguire lei. Insieme sono un impegno troppo faticoso da portare avanti.

Le offro un tè caldo. Mentre sorseggia mi chiede di Bianca, e poi di Antonio. Un'abitudine a cui non rinuncerà mai.

Le rispondo che, come sempre a quest'ora sua nipote è a scuola e, anzi, se ha piacere, più tardi potremmo andare a prenderla in macchina insieme. Antonio non so. Non mi ha fatto sapere nulla di quanto gli ha detto il medico. Provo a chiamarlo. Mi risponde con una voce anomala. Lo conosco come le mie tasche. Chiedo se ha dei problemi e mi informa che deve approfondire con degli esami specifici. Niente di che. Un'ulcera o qualcosa di simile. Riattacco e resto perplessa. Non so come mai, ma ho avuto come l'impressione che non fosse da solo in casa. Qualcuna delle sue amichette, ci metterei la mano sul fuoco, senza bruciarmela.

Troviamo Bianca seduta su un marciapiede davanti all'istituto, che mi guarda in cagnesco. Sale in macchina con movimenti lenti. Sistemandosi nel sedile anteriore di proposito non mi saluta, per farmi notare che è nervosa.

– Mamma, sei sempre in ritardo! Ciao nonnina... come va?

Non le rispondo, però la bacio. Mia madre è sempre contenta quando la vede. È la luce dei suoi occhi. Si scambiano qualche battuta e io accendo la radio per evitare polemiche. Nel tragitto troviamo le strade libere. In pochi minuti siamo a casa. Metto in tavola spaghetti al pomodoro e un'insalata mista. Ci godiamo un tepore miracoloso che non ci aspettavamo. È già dicembre. Chi potrebbe credere che oggi si riesce a stare all'aperto anche in T-shirt?

Il mare è lì, fermo e calmo, avvolge lo sguardo. Ne sento anche l'odore, se mi concentro. La fortuna di avere una casa con questa veduta è impagabile. E invoglia a fare un bagno. Una di queste domeniche potrei osare.

Avviso Mauro che non tornerò al lavoro nel pomeriggio. Ho deciso di prendermi mezza giornata libera. Voglio godermi la compagnia di mamma e di Bianca, parlare con loro, e sistemare un po' la casa.

Da quando ho licenziato l'ultima colf, ci ho preso gusto a occuparmene da sola.

Dopo pranzo propongo alle mie donne un bel cinema per passare il pomeriggio. Strano a dirsi, rispondono subito sì. Anche Bianca, che nel frattempo si è calmata, va in camera per fare i compiti. Dopo avere pulito la cucina, mi siedo sul divano accanto a mamma. Le chiedo dei progressi della cura mitigando le frasi con metafore. Non voglio che si convinca di essere malata. Vorrei sapere se dorme meglio e se fa ancora brutti pensieri. Mi sorprende.

– Alla mia età la depressione è normale – risponde. – Quando si diventa vecchi, piano piano diminuisce il buonumore. Che cosa resta, figlia mia? Il tempo non passa mai, non esistono più desideri. L'unica cosa che vorrei è che tu e Antonio tornaste insieme. E prego che Bianca abbia un buon futuro. Promettimi che farai di tutto per rimettere in sesto la tua famiglia.

– Mamma, la mia famiglia si è rotta da tempo. Solo tu non vuoi capirlo. Oramai io e Antonio siamo solo amici.

– Macché amici, smettila! Non si può essere amici se si è stati sposati.

– Questo lo dici tu. Il mondo è pieno di ex che vanno in vacanza con i nuovi compagni.

– Eh già. Ecco perché i figli di oggi sono rovinati. E non ci capiscono più un fico secco dei veri valori umani. Una famiglia si guasta e subito un'altra è pronta a rinascere. Come se fosse un giochino per divertirsi.

– Mamma, sei troppo antiquata. Sembra che tu sia nata nell'Ottocento.

– Sono modernissima. Ma non accetto che qualcuno mi imponga il concetto che sposarsi più volte sia normale.

– Si può anche sbagliare, sai?

– E quando accade, uno cerca di aggiustare la baracca con la persona a cui ha giurato amore eterno davanti a Dio.

– Con te è impossibile parlare, ci rinuncio. Però vorrei farti una domanda.

– Falla pure – mi risponde.

– Se mi innamorassi di un altro uomo, cosa penseresti?

– Che stai commettendo un errore. Che credi di essere innamorata, ma il tuo vero e unico amore è Antonio. Lo vedo da come lo guardi quando state insieme, sai? Ancora ti brucia che ti abbia tradita. Quindi, interessandoti a un altro non saresti tu.

– Invece potrebbe accadere, credimi. E magari scopriresti una Flora che non conosci.

– Io non conoscere te? – Ride, quasi divertita dalle mie supposizioni.

Mi infastidisce che sia il mio grillo parlante. La voce che tengo nascosta, tentando invano di soffocarla. Di me e Antonio, poi, riesce sempre a fare un'analisi lucida, fin troppo aderente alla realtà. Però ora c'è Leo nei miei pensieri. Ho fatto l'amore con lui. Ero sincera mentre stavo tra le sue braccia. Il mio interesse non era uno scatto di rabbia contro il mio ex, come potrebbe pensare mia madre, se venisse a sapere della nostra relazione. Oramai la definisco così, perché sento che siamo davvero una coppia.

Forse, prima del nostro incontro, avrei dubitato dei miei sentimenti, adesso no. Ne sono innamorata. Sento che il mio cuore vibra per lui. E lo cerca in ogni momento. A ogni *bip* ho un sussulto. Spero di non combinare guai.

L'idea del cinema in linea generale andava bene, ma questo film è melenso e noioso. Usciamo al primo tempo. Bianca vorrebbe andare a mangiare una pizza. Mamma ne è entusiasta. Scegliamo un locale appena fuori città. Conosco i proprietari, usano prodotti biologici, mi fido di loro. La serata trascorre piacevolmente. Leo di tanto in tanto si affaccia sul display. Bianca se ne accorge e mi fa un sacco di domande. Farfuglio risposte vaghe e mia madre mi guarda storto. Faccio credere a entrambe che dall'altra parte ci sia Mauro, ma né l'adolescente guardinga né la veterana mi credono. Scuotono la testa a turno.

Mia figlia all'improvviso mi strappa il telefono di mano. Si allontana. Comincia a prendermi in giro. Legge ad alta voce gli ultimi messaggi ricevuti in ordine di tempo. E poi grida il suo nome: – Leo, Oh mio Leo, Leo caro, Ti amo Leo.

Sta mimando una scenetta poco divertente. Finge che sia io a chiamare il mio nuovo amore. Mi sta facendo venire il nervoso. Con uno scatto mi alzo e afferro il mio cellulare. Sono furiosa e mi sto vergognando come una ladra. E tutto questo davanti a mia madre, che non fiata, e di fianco, a un tavolo, quattro persone ci osservano allibite.

Finiamo di cenare in un tetro silenzio, pago il conto e saliamo in macchina.

Mai come questa sera avrei desiderato mollare un ceffone a mia figlia.

Mamma continua a non dire una parola fino a quando ci saluta sotto casa, raccomandandoci di non litigare. Mentre faccio retromarcia, incrocio lo sguardo di Bianca, che subito si volta verso il finestrino per non darmi soddisfazione.

Non le dico niente. Per esperienza so che si aspetta da me una ramanzina. Non le darò la prova che attende, però nessuno deve osare ridicolizzarmi, tantomeno una quindicenne.

Non appena arriviamo a casa, ci scambiamo con freddezza la buonanotte e ognuna si rintana nella sua camera.

Sapevo che sarebbe arrivato questo momento. Ero cosciente che avrei dovuto affrontare le sue resistenze. Innamorata com'è di suo padre, era inevitabile. E non avrei chiesto di meglio che metterla a parte del mio nuovo amore, però con la dovuta calma. Invece così su due piedi siamo rimaste di sasso entrambe, e io sono pure sprofondata.

Domani cercherò di raccapezzarmi alla meglio.

Leo mi invia l'ultimo saluto da Roma con un disegno scarabocchiato da lui sul display. È un cuoricino con le nostre iniziali. Non gli dico niente di quello che è accaduto. Rovinerei la dolcezza di un momento così bello, e il cuoricino appena visionato si spezzerebbe nello stesso istante. Per non farlo preoccupare, rispondo con una nota vocale, informandolo che sto andando a dormire. Concludo con un *Mi manchi, amore*, che ora serve più a me, per darmi coraggio e la forza per resistere ai colpi che continuano ad arrivare.

Se le stanno dando di santa ragione.

Davanti al bar qualcuno dice proprio questa frase. Mi faccio spazio tra la folla e capisco che la figura stesa per terra (ancora un'altra!), che cerca di divincolarsi dalle grinfie di un gigante con la testa rasata e le braccia tatuate, è Mauro.

– Ma che succede?! – urlo per distrarli. – Chiamate i cara-

binieri – aggiungo subito dopo, quando capisco che non è una lite fra ragazzini.
Qualcuno col cellulare ha già avvisato il 112. Sonia è in un angolo, appartata, e piange. Appena l'energumeno si rialza, intravedo Mauro a gambe aperte. Ha la testa girata da un lato ed è privo di forze. Fatica a rimettersi in piedi. Chiedo a Sonia cos'è accaduto. Mi ripete a mo' di cantilena che è colpa sua, se ne andrà via senza bisogno di essere licenziata.
– Ma cosa è successo? – ripeto. – Ti prego, spiegami.
Il ragazzo con cui era fidanzata le ha chiesto di tornare insieme, ma lei ha risposto secca di no, che non se la sentiva. Una, due, tre, dieci, venti volte. Allora lui, ingelosito, ha voluto vedere dove lavora, capire se la vita di città le abbia fatto montare la testa. E l'ha trovata che scherzava con Mauro. Se la ridevano di gusto, mentre preparavano dei caffè. A quel punto, al macho inviperito, è partita la furia cavallina e se l'è presa col primo che ha incontrato. Mauro cercava solo di difenderla e metterla al riparo da un raid punitivo.
– Vai a casa e cerca di riprenderti – ho detto al mio amico, alquanto sconvolta.
È uscito dal bar in silenzio, stravolto anche lui.
Sonia mi prega di non fare il nome del suo ex ai carabinieri, perché altrimenti sarebbe la fine.
– Mi chiedi un favore troppo grande, ragazza mia. È una responsabilità che non voglio prendermi. Lo faccio solo se mi prometti di parlarne con tuo zio. E domani lo aspetto qui. Questa storia è troppo pericolosa, e non ho voglia di guai. Se dovesse accaderti un guaio, lo sai che ci andrei di mezzo anche io? È un reato questo, si chiama favoreggiamento. Per favore, non complichiamo le cose. E per oggi tornatene a casa anche tu.

Mi giura che lo farà. E che domani verrà accompagnata senz'altro da suo zio. La giornata è cominciata male.
Chiamo Leo al telefono, ma non risponde. Immagino sia già al lavoro, oppure dorme e non ha sentito gli squilli. Arrivano i carabinieri e con studiata nonchalance parlo di una lite tra ragazzi. Mi fanno delle domande. Li convinco che è stata davvero una stupidaggine. Spiego che non conosco il tipo che ha aggredito Mauro. Intuisco che non mi credono. Cerco di portare il discorso a mio vantaggio. Un tipo è arrivato qui, ha preso a legnate il mio banconista e se n'è andato. Fine della storia. Ho risposto «Non lo conosco» cento volte! E non lo conosce nemmeno Mauro. Men che meno l'altra ragazza che è stata assunta da poco.
Ma quand'è che Dio finirà di mettermi alla prova?
Adesso al bancone ci sono solo io e dovrò anche occuparmi della cassa. Squilla il telefono. Non posso, sono già abbastanza stressata. La suoneria continua a intonare la melodia che Bianca mi ha impostato. Servo due caffè e mi avvicino alla mensola dove tengo in carica il cellulare. Era Leo.
Riprovo: occupato. Sto per tornare al bancone, e mi sento chiamare alle spalle. È lui, mio Dio!
– Sei matto!
– Mi mancavi – dice languido e mi dà un bacio.
– E guarda caso arrivi quando è appena capitata una rissa. – Gli racconto di Sonia, delle botte che ha preso Mauro e mentre srotolo la matassa, entra Antonio.
È passato per salutarmi e guarda Leo come un dobermann che sta per azzannare la preda. Gli chiedo se vuole bere qualcosa e mi risponde che avrebbe voglia di un tè. Imbarazzata faccio le necessarie presentazioni. Mi sposto verso il bancone per prepararglielo e li vedo parlare del più e del meno. Per evitare tensioni ritorno subito da loro...

– Dunque, che mi dite, ragazzi?

Che frase stupida per rompere il ghiaccio.

– Io e Antonio ci conoscevamo già. O meglio, lui era amico di un mio carissimo amico, e conosce anche Valerio – dice Leo.

– E chi non vi conosceva in città? – commenta Antonio con una certa ironia. – Tuo padre era un personaggio pubblico. È stato anche assessore regionale, no?

– Vedo che hai un'ottima memoria. Penso che io e te siamo stati anche avversari in qualche partita di calcetto – aggiunge Leo.

– Ah, questo non lo ricordo. Ma ero una schiappa col pallone. Lo ammetto e non me ne vergogno.

Noto con stupore che Antonio sta sulla sue e tronca ogni tentativo di dialogo da parte di Leo, il quale, capita l'antifona, dopo qualche minuto si allontana all'esterno per parlare al telefono.

Ma Antonio non *sembra* infastidito, Antonio lo *è*, e non lo nasconde proprio, anche se sa che non può rimproverarmi nulla. Beve il tè e mi chiede di Bianca. Lo rassicuro e gli chiedo come sta.

– Non bene – risponde, e dal colorito del suo viso traspare una sofferenza che non riesco a decifrare. Lo bombardo di domande, ma lui nicchia. Si vede che l'argomento lo disturba.

– Hai fatto gli esami?

– No. Ora non voglio. – E mi stoppa.

Passano pochi minuti e va via. Non saluta nemmeno Leo, con la scusa di un impegno importante. Stavolta l'ho capito che è geloso. Non so se si tratti di amor proprio ferito o se sia più questione di possessività, ma le due sfumature si assomigliano.

Leo mi chiede subito se Antonio è il mio ex marito. Una domanda retorica. L'ha già capito.

– "Ex" non proprio. Siamo ancora sposati. Sì, comunque è lui.

141

– Ti ama ancora. E non lo nasconde nemmeno – conferma con una punta di fastidio.
– Ma smettila, che dici?
– Vuoi scherzare. Se avesse potuto, mi avrebbe mollato un pugno.
– Comunque non è più affare mio. È stato lui a rompere il giuramento. Ora ritengo che la questione debba essere interrotta qui.
– Questo non vuol dire che è finito l'amore tra voi – sentenzia alla fine.
– E invece sì – commento, e non intendo parlarne ancora.
Leo aspetta una mia smentita. Non replico. Mi sento offesa. È come se mi avesse dato della bugiarda. Bugiarda per tutte le volte che in questi giorni gli ho scritto *Ti amo* al telefono. E ci credevo.

Poi, per rimettersi in linea, prosegue a parlare del film. Le riprese cominceranno a breve.

– Dopo le festività natalizie sarò più libera. Potrei venire sul set, e finalmente conoscere i tuoi attori da vicino.

– Farai molto di più. Ti occuperai dei loro pasti. Sarai la nostra distributrice di cestini per il set. Che ne pensi? Ti farò parlare con il produttore esecutivo e curerai la preparazione di pietanze bio per tutta la troupe.

– Dici davvero? Per me sarebbe un onore. Ma ho paura di non essere all'altezza. Io ho soltanto un piccolo bar di provincia.

– Non c'è bisogno di grandi cucine. Basta la buona volontà. Fidati. La responsabile ti spiegherà che cosa serve. Piuttosto, posso portarti a cena stasera?

– Stasera non posso. Bianca ha da studiare fino a notte fonda, e le ho promesso che sarei rientrata prima per farle un brodino.

– Allora invitami a casa tua.

Non volevo aprire questa triste parentesi, eppure sono obbligata dalle circostanze. Gli racconto della serata in pizzeria e lui resta in silenzio. Mi chiede se può parlare con Bianca, rispondo che non è tempo per un azzardo simile. Prima è necessario che sia io a spiegarle che la nostra storia sta diventando una relazione importante. Altrimenti la traumatizzerei.

– Mi piacerebbe esserci quando accadrà. Sono parte in causa, non dimenticarlo.

Gli spiego che un'adolescente ragiona col cuore. A questa età hanno le loro paranoie. E poi c'è la gelosia nei confronti di sua madre, l'attaccamento morboso al papà, e la speranza che si possa tornare a essere una famiglia unita. Un mucchio di storie che non si cancellano con un discorsetto al ristorante. Mi sembra che ci stia rimanendo male, persino un po' umiliato.

Il mio desiderio di donna mi spingerebbe a stare con lui adesso, per abbracciarlo e infondergli fiducia, ma Bianca è la priorità. Mia figlia sarà sempre la persona più importante al mondo, non potrei derogare, per nessuno al mondo. Penso che sia comprensibile. Gli prometto che domani ne parleremo meglio, sperando che Mauro non rimanga a letto spossato. Mi saluta con l'aria di un cane bastonato e se ne va.

Prima di chiudere il bar, provo a chiamare Mauro al telefono. È ancora sotto choc per le botte e la violenza con cui si è accanito quel gigante tatuato. Eppure non è affatto arrabbiato con Sonia. Anzi, mi prega di rassicurarla sul fatto che le vuole bene, e che non deve sentirsi in colpa. Io invece sono preoccupata per avere raccontato frottole ai carabinieri. L'ho fatto per lei, per non crearle ulteriori tensioni, e per non entrare nei meandri di una torbida storia che mi ripugna a prescindere. Ma domani dirò a suo zio che, se dovessi rivedere quel tipo dalle nostre parti, parlerò io stessa con i carabinieri. Non posso rischiare che accada qualcosa a una ragazza a cui tengo molto. E, per inciso, nessuna donna deve rischiare per un pazzo che non si rassegna. Anzi, mi pento di non averlo denunciato subito.

Da quando siamo andate in pizzeria, io e Bianca abbiamo cercato di evitarci con cura. O meglio, è lei a starsene per conto suo, impedendomi così di riportare il discorso su Leo e sui messaggi che ci inviamo. Lo farò stasera a cena. Devo.

Al mio ritorno si affaccia dalla sua camera e mi saluta con un «Ciao» laconico.

Dov'è che ho sbagliato? Perché ama punirmi con i suoi silenzi mortali?

Mi ricorda Giovanna. Hanno lo stesso carattere indomito.

A tavola la fisso ripetutamente. Lei distoglie lo sguardo con abilità. Poi le alzo il mento con la mano e la prego di ascoltarmi.

– Bianca, perché fai ancora il muso? Io credo di essere stata sempre onesta con te.

– Cooosa? – Era pronta ad aggredirmi da chissà quanto.

– Sì, proprio così. Sono stata sempre onesta e sincera. E anche nel caso di quei messaggi, non intendevo nasconderti nulla.

– Eh già! L'ho visto...

– Non è come pensi. Non giudicarmi.

– Sei tu che mi stai giudicando, mamma.

– Niente affatto, e ora ascoltami. Ho incontrato quest'uomo per caso. Era qui in città per lavoro, ed è entrato al bar. Chiacchierando ho scoperto che ci eravamo conosciuti da ragazzi, e abbiamo cominciato a parlare...

– Sembra una favola di Natale... Non ci credo – mugugna col broncio.

– È così, non interrompermi per favore. Si chiama Leo, era amico della zia Giovanna. Capirai che quando ho scoperto questa coincidenza, mi sono interessata ancora di più a lui. E poi ci siamo visti, siamo usciti insieme. La sera in cui ti ho detto che ero a cena con Sandra, in effetti stavo in sua compagnia. Mi dispiace averti raccontato una frottola, e per questo ti chiedo scusa. Ma se ti avessi rivelato che uscivo con un uomo, ti saresti risentita. Io in quel momento avevo bisogno di parlargli, per farmi raccontare qualcosa di mia sorella.

– Che c'entra lui con la zia?

– Lasciami finire, ti prego, non farmi domande. Poi risponderò a tutto, ma dopo. Ho paura di perdere il filo del discorso.

– Va bene.

– Conosceva tua zia di riflesso perché suo fratello era legato a lei. Una storia molto importante, che però era ostacolata dal fidanzato di allora di Giovanna, tale Giuseppe. Già pronunciare il nome di quel bastardo mi fa male, perché la faceva soffrire. Ogni volta che ricordo certe situazioni, mi viene il voltastomaco. Leo è un uomo dolce, perbene. Ci siamo visti ancora, dopo la prima cena insieme, e abbiamo parlato. Non c'è niente di male se tento di instaurare un rapporto con qualcuno che mi piace. Ne avrei diritto anch'io, o no? Pensi che sia facile per me sapere che con tuo padre è finita? Fino all'altro giorno gli ho chiesto se voleva che andassi con lui dal medico, e mi ha risposto picche. Credo che non fosse solo. A lui di me non importa più nulla. Mi spieghi perché dovrei pendere dalle sue labbra, dopo quello che è accaduto? Ti ho anche domandato se per te fosse importante che tornassimo insieme, e mi hai fatto capire che andava bene così, che non soffri più per questo. Ora dimmi: che cosa faccio di male a uscire con un uomo che mi fa provare sentimenti di cui mi ero dimenticata?

– Sembra il racconto di una fiction, mamma.

– Infatti, sembra anche a me. Ma la vita vera a volte è ben più complessa di un film. E comunque non è questo il punto. A me interessa sapere se pensi che io stia sbagliando.

– Non lo so, mamma...

– Ok. Però ora smettila di trarre conclusioni senza sapere. Voglio solo che tu comprenda che, anche se dovessi innamorarmi di una persona che non è tuo padre, fra me e te non cambierà nulla. Noi siamo e resteremo unite per la vita. Non ti farei mai un torto. Capito, stupidina che non sei altro?

Viene verso di me e mi abbraccia. Sento una vibrazione forte. So che è dalla mia parte. E so che niente al mondo intralcerà il nostro affetto.

Si fida delle mie promesse, e io l'ho collocata sul piedistallo che merita. La mia principessa meravigliosa, che nessuno mai dovrà far soffrire. Anche se so per esperienza che quella appena pronunciata è una frase non veritiera. Sarà inevitabile per lei trovarsi davanti a bivi drammatici. Il dolore è il pane che ognuno di noi deve addentare se vuole crescere. Ma, quando arriveranno quei giorni bui, sarò io la sua luce, come adesso lo è lei per me. E sarò anche la sua energia, le braccia che la terranno stretta quando piangerà e le verrà voglia di dire «Non ce la faccio».

Come so che è stato giusto non raccontarle ancora dei travagli di Giovanna, perché è meglio procedere con le dovute precauzioni. Di sua zia vorrei che mantenesse un'immagine edificante, immacolata. E non è inganno. Piuttosto desiderio di preservare un'adolescente inesperta da faccende che non ha vissuto in prima persona. E c'è anche il desiderio lecito, da parte mia, di proteggere la memoria di mia sorella. Nessuno dovrà mai evidenziare quella brutta zona d'ombra in cui si era ritrovata per errore. Lo ripeto, perché sia chiaro anche a me stessa: per errori, sottolineo, scaturiti dalla sua ingenuità. Per cui, qualche giorno prima che il film sia nelle sale, spiegherò a Bianca che esistono drammi che non abbiamo preventivato, e che talvolta veniamo sommersi dal fango anche senza volerlo. La volontà. Ah, questa nobile intenzione. E invece la volontà in certi contesti non è abbastanza forte per opporsi come vorrebbe. Mi sdraio sul letto, sfinita. Quante emozioni in una sola giornata.

Pulce si accuccia di fianco a me. Lo accarezzo prima che si addormenti. Questo cane è stato la mia cura nei giorni di malinconia dopo la separazione. Ci lega un affetto indescrivibile. Mi segue ovunque, anche quando vado in bagno. Ritrovarlo al mio ritorno a casa che scodinzola dietro la porta, mi dà una grande gioia. E una benefica euforia.

Stasera non piango. Non ne ho motivo. Semmai potrei ubriacarmi per la soddisfazione di essere riuscita, malgrado tutto, ad arrivare sin qui, illesa.

L'ultimo messaggio è per Leo. Gli scrivo *Bentornato, mi manchi. A domani. Ti amo.* Spengo la luce, ho voglia di non pensare più a niente. Piuttosto mi auguro che mia sorella mi venga in sogno e mi dica qualcosa di importante. Non accade da tempo, e sarebbe una bella sorpresa.

Sulla strada per accompagnare Bianca a scuola c'è una fila interminabile. Succede puntualmente ogni volta che piove. La città si paralizza, ed esce il peggio di ogni automobilista. Incapaci che accelerano quando sarebbe il caso di non farlo, doppie file che diventano terze e quarte, e osceni spettacoli di mentecatti che scrivono messaggi al cellulare mentre guidano, rischiando di mettere sotto ignari passanti.

Chiedo a Bianca se le nostre confidenze di ieri sera le abbiano disturbato il sonno. Mi risponde di stare tranquilla, perché lei sa che sono una persona seria. Ascoltarla, anche mentre guarda di continuo il cellulare, mi rinfranca. Stavolta sono io a domandarle con chi chatta con tanto ardore.

– Fatti gli affari tuoi! – Me lo dice sorridendo, però, e io intuisco che deve trattarsi di qualcuno che le piace.

– Ehi, su, parla...

Il suo sorriso è una risposta affermativa.

– Ti va di dirmi come si chiama?

– Mattia.

– È carino?

– Uffa! Che c'entra? Potrebbe piacermi anche un mostro!

– Già! Hai ragione. È stata una domanda stupida. Chiedo perdono.

– Però è carino e...

– Allora era solo per fare polemica – faccio notare.

Mi schiocca un bacio sulla guancia e mi confessa che ancora è un sogno proibito. Lui non sa niente, ma a lei piace da morire.

Torno indietro nel tempo e le racconto di quando ho visto suo padre per la prima volta. Giel'avrò ripetuta mille volte questa storia, ma vedo che a lei interessa, forse perché a ogni puntata aggiungo un elemento nuovo. Oggi le faccio il ripasso di com'era vestito e di quanto fosse antipatica la ragazza che si portava appresso, per farmi ingelosire. Lei sorride, batte le mani quando arriviamo al punto in cui io ho avuto la meglio sull'antagonista. A me invece viene il magone, puntuale. Se fossimo rimasti ancorati al nostro entusiasmo, oggi Leo non esisterebbe, mia figlia avrebbe suo padre accanto per ricevere da lui il bacio della buonanotte, e mia madre sarebbe più tranquilla.

La fedeltà. Mi sono domandata a più riprese il senso di questa parola, cercando di privarla della presunzione che come principio contiene. Già. Anche l'obbligo alla fedeltà distrugge i rapporti. E rade al suolo anni di compromessi nelle coppie. Ma è sempre giusto sacrificare gli equilibri duramente conquistati per delle semplici scappatelle? Scopate. Preferisco chiamarle così, perché tali si manifestano poi, nella loro insignificante sostanza. Non sembro più io, mentre mi pongo certe domande. Fino a ieri avrei giurato tutto il contrario.

Eppure, se analizzo questi ultimi anni, non so se il mio orgoglio mi abbia portata sulla strada giusta. A inseguire le tracce dei traditori si perde il vero senso della complicità e del conforto. Oggi perdonerei Antonio, sì. Gli direi: «Ti piace scopare in giro? Vai. Ma se c'è del bene tra noi, e non ti sei innamorato perdutamente di un'altra, restiamo insieme. Facciamolo per Bianca».

Con la maturità passano certe smanie, si pensa ad altro. Sul piatto della bilancia comincerà a pesare il senso di fallimento indotto da scelte estreme, altro che dignità offesa e sbandierata ai quattro venti.

Mi chiedo, per la seconda volta, se asserendo ciò io non stia manifestando una discutibile instabilità mentale.

Da quando sono diventata paladina delle coppie aperte? No, è che... stava parlando l'altra Flora. Quella che avrebbe voluto salvare il salvabile, e che si fa un sacco di domande. Perché la fedeltà, se si è sinceri con se stessi, non può esistere come concetto. Siamo animali. Ci imponiamo delle regole per non far soffrire chi ci ama, e perché sin da bambini i precetti religiosi hanno offuscato la nostra libertà di analisi. Da queste forzature costruiamo il postulato per pretendere l'esclusiva del corpo e dei pensieri di chi amiamo, illudendoci di poterlo tenere sempre sotto controllo. Ma è a monte che si commette l'errore. Sto farneticando, o semplicemente costruendo una realtà virtuale? Mi sento scossa dai miei stessi pensieri. E non voglio andare oltre.

Un tipo con uno scooter gigante si affianca alla mia Panda e mi punta il dito medio, accompagnato da un urlo sinistro. Il suo insulto si è già perso nell'aria, benché il suono fosse troppo distinto per non essere carpito tra i rumori delle altre automobili. Si è offeso perché ho perso un misero secondo per decidere se andare a destra o a sinistra. Siamo diventati isterici in massa, come un gregge impazzito. La strada è la migliore prospettiva per osservare i comportamenti degli altri e analizzare le nostre nevrosi sociali. Uomini e donne come automi, telecomandati per portare avanti una guerra quotidiana all'ultimo asfalto.

Arrivo al bar in ritardo. Mauro ha già provveduto, da due ore almeno, a sistemare tutto. Intravedo in lontananza lo zio di Sonia che mi aspetta seduto a un tavolino. Lei non c'è, ma lo immaginavo. Lo prego di scusarmi e passo alla cassa per poggiare la borsa sullo sgabello, poi ordino un caffè a Mauro, avvicinandomi al suo volto per constatarne i lividi. La tigre con la testa rasata gli ha fatto proprio male. Lo guardo senza dire nulla, ci capiamo al volo oramai. Mi ricordo del mio ospite e gli chiedo se vuole anche lui un caffè. Mi risponde con un cenno affermativo.

È venuto per dirmi che Sonia non tornerà: si sente in colpa, e non gliene importa niente dei soldi che le devo. Mi fa sapere, tramite il suo portavoce, che intende rinunciare. Sono già bastati i guai che mi ha creato. La sua famiglia è pronta a risarcire Mauro per i danni dovuti alla colluttazione. Rimango di stucco, anche se... conoscendo Sonia avevo già ipotizzato un'uscita di scena così dignitosa. Insisto. Non è giusto che per un ex fidanzato psicopatico paghi lei, con la sua libertà. Racconto dei carabinieri e della loro aria giustamente sospettosa.

Capisco dalle risposte che ascolto in sequenza che la decisione è stata presa, e che l'ex fidanzato geloso è già stato redarguito a dovere. Anche la famiglia di lui sa, e stanno procedendo affinché vada via dal paese. Ci salutiamo con una stretta di mano, evitando di manifestare la tristezza che proviamo entrambi.

Gli raccomando di dire a sua nipote che la porta qui per lei è sempre aperta, e che sarebbe meglio che in futuro stesse più attenta agli uomini, perché di loro…

Invece no, non voglio dirlo.

Di quello stronzo non ci si può fidare. Non sono tutti uguali. Mio padre per esempio era una persona per bene. Anche Antonio lo è, a modo suo, e Leo, e Mauro, e… ne conosco tanti.

Al bancone stamattina serviamo molti caffè, cappuccini, toast, brioche, spremute e panini da asporto. Un'elegante signora di mezza età si lamenta perché con questa calca il personale scarseggia.

– Ma non avete altri aiutanti? – mi chiede.

– Avete, chi, mi scusi?

– Avete voi che state qui, intendo.

– Come vede siamo in due e stiamo facendo il possibile. Credo che abbia aspettato poco più di un minuto, non mi sembra così grave.

– Ho fretta – mi risponde secca.

– E allora questo bar non fa per lei: qui amiamo servire i clienti con la dovuta calma…

Esce e mi dà le spalle, mormorando qualcosa. Ne ho piene le tasche di gente maleducata. E la signora ha scelto proprio la giornata sbagliata per lamentarsi.

Finita la sceneggiata mi rivolgo a Mauro pregandolo di tornarsene a casa. Non può stare in piedi tutto il giorno, acciaccato com'è.

– Non se ne parla –risponde con tono deciso. – Immagina cosa potrebbe accaderti, se entrassero due o tre clienti come la signora di poco fa, e senza il mio aiuto!

Ringrazio Dio ogni giorno per avermelo fatto conoscere. Un lavoratore attento, preciso, generoso. Nemmeno se l'avessi cercato su un catalogo per dipendenti senza macchia l'avrei trovato. E non si lamenta mai. So delle sue enormi difficoltà economiche, so delle sue delusioni amorose, ma qui si presenta sempre col sorriso. Gli chiedo se ha bisogno di vedere un medico, ma mi assicura che domani prenderà un permesso all'ora di pranzo per andare dal suo.

– Perché non vai adesso? – gli chiedo. – All'ora di pranzo sarò qui con Leo e posso sbrigarmela da sola.

– Cioè, tu vuoi dirmi che non hai bisogno di me, mentre il tuo boyfriend viene a trovarti? E chi servirà la mandria che si riverserà qui all'ora di pranzo chiedendo panini e insalate? Ma fammi il piacere!

– Sei un mascalzone! Però ti voglio bene.

– Sono uno che spera che questa sia la volta buona per te.

– Mauro, sono confusa e ho paura.

– Provare paura è normale quando ci si innamora. Invece vorrei deliziarti con una novità fresca fresca – sussurra con il tono delle confidenze intime.

– Dimmi, sono tutta orecchie.

– Serenella è tornata in città. Il suo bel maschione l'ha mollata per un aitante surfista. Lo vedi che ho ragione io? Quanti gay ignari di esserlo!

– Ma che dici? Davvero?

– Giuro, l'ho sentito dire da mia sorella. Lei è amica della madre. Dunque, nessuna possibilità di errore.

– Pensi che se la chiamassi tornerebbe a lavorare da noi? –

gli chiedo, sperando che la desaparecida sia alla ricerca di un lavoro.

– Perché non provarci? – mi suggerisce. – Abbiamo bisogno di un aiuto. Non possiamo stare in due a servire i clienti. E c'è urgenza di una terza persona anche per quando tu sarai altrove.

– Hai sempre ragione, ragazzo mio! Proverò a contattarla.

La mia ex dipendente, che ha lavorato per me per un breve periodo e che ai tempi si licenziò per poter vivere in libertà un amore tutto brividi e barca a vela, dandomi un preavviso davvero ridicolo, mi risponde con tono gioioso. Non so se stia recitando una parte ben studiata, o se la fine di quell'amore l'abbia tutto sommato alleggerita di una delusione di troppo. Mi informa che passerà subito dopo pranzo e io la prego di venire invece verso le diciassette. La aspetterò curiosa di scoprire che effetto le abbiano fatto i Caraibi. Dal tono con cui cinguetta, però, posso intuire che di certo hanno raddoppiato la sua allegria, e per la sottoscritta è già tanto.

La storia tra me e Leo cresce e sta diventando un amore profondo.

Lo penso perché intuisco che, arrivati sin qui, lui voglia un impegno concreto in tutti i sensi. Vuole conoscere mia figlia, mia madre, vuole presentarmi ai suoi e condividere insieme più tempo possibile.

Sono frastornata e insieme felice. Non ho cercato tutto questo, mi è capitato fra capo e collo. Osservando la mia mano intrecciata alla sua, vedo che stanno bene, formano un disegno perfetto. Ognuno ha il suo passato di sofferenze e di gioie (le mie sono più amarezze, inutile negarlo), e forse questo potrebbe essere un buon punto di partenza per evitare nuovi errori.

Rispondo alle sue richieste confermando che sì, lo voglio anche io, ma preferisco andare per gradi. E vorrei che Bianca lo incontrasse. Le invio un messaggio al cellulare pregandola di passare dal bar non appena uscirà da scuola. Oggi pranzeremo qui. Risponde con l'emoji del pollicione in su. La aspetto, dunque. Vorrei non urtare la sua sensibilità, però. Potrebbe sentirsi ingannata, trovando qui anche Leo, e raccontarlo a suo padre inviperita, o potrebbe uscirsene rimproverandomi aspramente. Ma il momento giusto non esiste. Oramai ne sono convinta. Capirò dalla sua reazione se ho sbagliato o meno.

Leo è accanto a me, e mi racconta dei progressi della preparazione del film. Stanno andando avanti e quasi tutti gli attori hanno già firmato il contratto. Mancano pochi dettagli e poi potranno partire. Le location le conosco, e ho letto anche parzialmente la sceneggiatura. Forte, drammatica, a volte anche comica. Giovanna era così. Un insieme di stonature che, osservate nel complesso, costituivano il suo fascino, la sua profondità immensa. Valerio non lo conosco di persona, non ancora, ma verrà qui la prossima settimana. Chissà che effetto mi farà stringere la mano all'uomo che ha amato perdutamente mia sorella, al punto tale da non dimenticarsi di lei, nemmeno dopo la sua morte. Un amore estremo, che ha voluto accompagnarlo anche quando si è rifatto una vita, sposato con un'altra donna, con la quale ha messo al mondo dei figli. È docente di Letteratura alla Sorbona, questo mi conforta. Saprà essere un faro per i suoi studenti. Insegnerà loro l'importanza dei valori umani. Sorella mia, vivi in noi, sei con noi tutti i giorni. Ti abbiamo amato in molti. E ti ameremo fino all'eternità.

Vedo Bianca oltre il vetro della porta scorrevole. I suoi passi sono veloci, entra saltellando. Si ferma davanti a noi e saluta.

Ignora volutamente Leo, che con estrema delicatezza, intuendo il suo disappunto, le rivolge qualche domanda: «Come va a scuola?», «Quanti anni hai?», «Davvero ti piace recitare?», e bla bla bla. Le propone di fare un provino per un film (io so di cosa parla), ma lei risponde che preferisce prima studiare recitazione e poi mettersi alla prova. Sono d'accordo anche io.

Stiamo al tavolo da un'ora e Bianca sembra impaziente di andarsene via. Per quasi tutto il tempo ha digitato sul cellulare con frenesia, inviando anche note vocali. Con chi poi? A chi si rivolge con tanto ardore? A suo padre? Alla sua amica del cuore? Ma che modi sono questi?! La scusa sono i compiti che ha assegnato la professoressa di greco. Ora ha fretta, deve andare. Saluta Mauro, si scambiano un bacio. E stringe con distacco la mano di Leo.

Sento che oggi ho fatto un buco nell'acqua. A mia figlia non piace quest'uomo. Anzi, a mia figlia non piacerà mai nessuno che non sia suo padre. Io, invece, oramai ci sono dentro. Leo mi ha coinvolta, con lui sto bene. Parliamo di tutto e quando facciamo l'amore il mio corpo vibra di una forza nuova. E non voglio che si stanchi di me. Per questo temo che dovrò combattere per noi. Ma sono pronta a sobbarcarmi l'ingrato compito. Avanti tutta.

Stasera ceneremo insieme. Mi porterà a Brolo, a mangiare pesce. Io preferirei rimanere da lui in hotel, a godermi il calore delle sue braccia. Domani dovrà tornare a Roma. Dio, che fatica gli amori sottoposti ad arrivi e partenze, sempre messi alla prova dall'incedere di impegni e doveri.

Mentre siamo a cena, provo una tristezza crescente. Impossibile non cedere allo sconforto pensando che domani se ne andrà. Ricominceremo a inviarci messaggi, telefonate rubate al lavoro, gelosie non dichiarate, almeno da parte mia, e tutti i rituali di una coppia che si manca. Ma non farò più l'errore di mostrarmi possessiva. Lui al riguardo è meno studiato di me: in due casi non ha resistito. L'ultimo è stato quando ha incontrato Antonio al bar, e poi nei giorni precedenti, la sera in cui per telefono gli ho detto che sarei andata con Sandra a ballare. È chiaro che, non conoscendomi a fondo, ha temuto che potessi essere una di quelle quarantenni alla ricerca della giovinezza perduta, come le mie coetanee che si affacciano con le loro foto sexy su Instagram. Per un "Like" in più spesso perdono la faccia, a discapito della loro credibilità. Perché? Perché siamo diventati tutti così esibizionisti? A chi serve questa offerta esagerata di tette, culi e sguardi languidi?

Io sono sintonizzata su altro canale. Coi social ci litigo ogni volta. Leggendo commenti stupidi di pseudo-amici, evito di dare risposte. Tutt'al più, la bacheca di Facebook mi serve per pubblicizzare qualche evento che faccio al bar, tipo cocktail, brunch, presentazioni di libri pubblicati da piccoli editori, e devo ammettere che aiuta molto. Una vetrina virtuale che bisognerebbe sfruttare solo con questa finalità. Se ne occupa più che altro Mauro. Bisognerebbe vederlo mentre interagisce con certi clienti ottusi. E giù a minacciarli di bloccarne i loro profili. Mentre se qualche bel ragazzo gli fa i complimenti, allora si squaglia.

La serata finisce con me e Leo che facciamo l'amore. Stasera lui mi sfiora con il tocco di chi teme di rompere una donna di cristallo.

Gli chiedo perché e mi risponde che non ha alcuna voglia di andarsene, e che possedermi è diventato quasi drammatico. Mi preoccupo. Non afferro il senso della frase. Poche parole tese a un significato profondo. Stare con me, sentirmi e mischiarsi

tutt'uno con la mia anima, è diventato imprescindibile. Lo vuole adesso. Non ha senso aspettare. E aspettare chi? Perché?
Cosa vuoi, Leo? Cosa cerchi di dirmi?
Non parlo. Le tengo per me queste domande.
Ma non serve che sia io a tirargli fuori quello che ha già deciso da qualche giorno, e che anzi freme perché sia chiaro soprattutto a me.
Nella dichiarazione d'amore che mi sta offrendo, c'è l'uomo che ogni donna desidererebbe al proprio fianco. Esalta la pienezza di un sentimento che ha travolto entrambi, senza farsi preannunciare. È arrivato e basta. Dobbiamo solo accoglierlo e dargli importanza. E pensare che, negli ultimi mesi, io mi sentivo uno straccio, non mi consideravo affatto. Non esistevo.
Leo vuole vivere con me.
Abitare nella stessa casa. Non importa se qui o a Roma. Dove sarà lui, e dove sarò io, quello diventerà il nostro rifugio del cuore. E vuole pensare a mettere su famiglia.
– Non è tardi per un figlio.
Mi si blocca la deglutizione. Ho sentito bene quello che ha appena detto? È possibile?
– Un figlio lo farei solo con te. Con nessun'altra ho avvertito questo bisogno impellente. Vorrei che fossi tu la donna con la quale fermarmi e pensare un po' anche a me, non solo al lavoro. Sarai la mia famiglia.
Immagino questo bambino, e un secchio di acqua gelata mi scende sulla testa, e poi anche sul resto del corpo. È la felicità che mi dà i brividi. Non avrei mai pensato a un piccolo Leo che mi sorride tra le braccia. O a una piccola Flora che gioca con Bianca. È troppo. E ne ho paura. Non ho mai avuto tanta fortuna nella vita.

Sono sul balcone e fumo una sigaretta. Ho smesso di dipendere dalla nicotina da due anni, ma ci ricasco di tanto in tanto. Sarà la tensione. Stasera Leo voleva che rimanessi a dormire da lui. Al nome "Bianca" ha allargato le braccia pregandomi di scusarlo per avere insistito più del dovuto. Avrò mai il coraggio di portarlo qui? Dopo quello che ci siamo detti, o meglio, che lui mi ha dichiarato commuovendosi fino alle lacrime, dovrò pensarci. Non è più tempo di indugi. Il nodo è che nel mio letto ho dormito solo con Antonio e con mia figlia. Era il talamo della casa dei sogni, quella che abbiamo messo su io e il mio ex, sperando che fosse per sempre. Sarebbe un'eresia, un insulto a qualcosa di sacro. Peccato che fossi la sola a pensare tutto questo! Anche se è finita come è finita, il nostro letto dovrà comunque rimanere legato al ricordo di noi. Giuro, solo una rinuncia dovuta al rispetto per il mio, nostro passato.

Per un po' io e Leo andremo avanti sforzandoci di affrontare i disagi che nascono da una relazione tra adulti con un vissuto alle spalle, e che contempla il compito di preservare la sensibilità di altre persone a noi vicine, sperando però che prima o poi anche loro comprendano le nostre esigenze.

Guardo il mare. Stanotte è agitato quanto me. Si frange sugli scogli e produce una schiuma densa. Riesco a vederla, tanto è copiosa e bianca. Illuminata dalla luna ha un fascino che estasia. Un soffice e vaporoso manto candido che mi riporta alla magia di certi racconti che mi leggeva mio padre quando ero bambina.

Giovanna dormiva accanto a me, ed essendo più grande i libri preferiva leggerseli da sola. Li divorava. E mentre papà mi faceva chiudere gli occhi con la sua voce bassa, imbastardita dal fumo delle sue immancabili Marlboro rosse, lei inventava un mondo tutto suo che nessuno conosceva.

È stato intorno ai diciassette anni che è cambiata all'improvviso. Ogni giorno più irascibile, ogni giorno più incontentabile. Mia madre si era immolata per la causa della sua felicità. Faceva di tutto per compiacerla, sacrificando per forza di cose me. Ho cominciato in quel periodo a stare male per la gelosia. E mia sorella era l'unica a rendermi serena. Assurdo. Era la ragione del mio malessere e allo stesso tempo la mia fonte di gioia. Le stavo appresso come un cagnolino. Volevo che si accorgesse di me. E quando ho capito che anche per lei ero importante, sono guarita. Avevamo raggiunto l'apice della nostra complicità quando se n'è andata, ecco perché trovavo inammissibile che partisse per Roma. E credo che dopo aver letto la mia lettera avrebbe rinunciato. Una richiesta egoista, vero, ma a quell'età, e non solo a quella, l'affetto non segue i percorsi della ragione.

 E alla fine se ne è andata comunque.

 Stasera la cerco tra le onde. Spero di scorgerla riflessa sulla superficie del mare. Non accade. Lo dico sempre che i morti non possono decidere cosa fare e, anche se lo volessero, qualcuno che ne governa le azioni consiglierebbe loro di starsene alla larga dai vivi, per non essere coinvolti in problemi troppo terreni.

 Sorella mia, dammi un segno. Mi dichiaro atea per difendermi, ma in fondo, e lo dico solo a te, questo Dio inclemente lo cerco anch'io. Vorrei parlargli e dirgli in faccia che con noi non è stato sempre gentile.

13

Alle diciassette e trenta, con mezz'ora di ritardo, Serenella si materializza davanti a me coi suoi boccoloni biondi. Se n'è messo di fondotinta sul viso. È sempre bella e vistosa, e non è cambiata per niente. Pensavo che la vita di mare l'avrebbe resa più essenziale, ma vedo che il miracolo non è accaduto. Occhi da gatto sovrastati da un ombretto blu elettrico, naso da bambola, piccolo e dritto, e labbra allargate da un matita sbavata verso gli angoli. I capelli non si muovono nemmeno quando agita la testa. E ha le unghie trattate con gel color fucsia. Al polso indossa una serie di braccialetti di metallo che a ogni suo movimento tintinnano come campane. Sembra la visione di una donna che sta per andare al mare, o a qualche party sulla spiaggia, e invece siamo in inverno anche se non c'è bisogno del cappotto. Io non lo indosso da anni. Qui basta uno spolverino. Semmai a febbraio ci sarà la solita settimana di gelo, ma finisce lì l'emergenza. Serenella mi spiega che rimarrà da queste parti fino all'inizio dell'estate, e poi vorrà provare l'esperienza dei villaggi turistici.

Dapprima sono tentata di dirle che in questo caso dovrò rinunciare, ma in quattro e quattr'otto faccio due conti, e preferisco che sia lei a sostituire Sonia e non una ragazza qualunque da istruire daccapo. Per me sarebbe troppo faticoso. E non è da scartare l'evenienza che anche una *new entry* mi molli dopo

pochi giorni per stress da super lavoro. Lei, perlomeno, conosce già i meccanismi, tanto che potrebbe portare avanti l'attività persino da sola, e ha confidenza con gran parte dei clienti. Il mestiere lo ha appreso in ogni sua sfumatura. E ha la sua importanza anche il fatto che sia una persona gentile ed estroversa.
– Se vuoi puoi cominciare domani.
– Certo. Ci vediamo, allora!
– Ok, e grazie per essere venuta.

Ho il cellulare zeppo di messaggi di Leo. È appena arrivato a Roma. Si sente piuttosto stanco, ma sarà costretto a correre difilato in ufficio perché ha molto lavoro arretrato. I giornalisti cominciano a essere curiosi del suo nuovo progetto, vorrebbero sapere. Con l'ultimo film da lui prodotto hanno portato a casa tre David di Donatello. Ho cercato su Internet ed è venuto fuori che la sua casa di produzione ha all'attivo tredici film, di cui otto hanno partecipato a importanti concorsi anche all'estero. Niente male per uno che è ancora giovane. Non so perché, ma penso che con questo progetto farà strike. Non lo dico perché racconta in parte la storia di mia sorella e Valerio, e di conseguenza anche la mia, ma perché sono convinta che tutto ciò che rimane sospeso nella sfera dei sentimenti coinvolga l'umanità intera. Ognuno di noi ha alle spalle esperienze interrotte, rapporti rimasti in bilico su qualche filo di incomprensione, liti mai concluse. E di questi rapporti col tempo si sente il peso. Finché siamo giovani, il lavoro, la famiglia, gli amici, le ambizioni, ci distraggono dai nostri affanni. E poi di botto, un giorno, ci fermeremo allarmati da una strana inquietudine. Rimarremo immobili a contemplarla. Con gli occhi arriveremo in quel punto racchiuso in una bolla visibile solo a noi. Agli altri non sarà consentito frugare nei nostri dolori. Pornografia dell'anima che non permetteremo a nessuno di compiere. Lì, in quel punto preciso, sprofondando nei nostri abissi, incontreremo le miserie più atroci. Ferite che per il troppo dolore non si sono rimarginate. E nascerà il rimorso di non aver prestato loro le dovute attenzioni.

Stasera a cena abbiamo invitati. Verranno i miei ex suoceri a trovare me e Bianca.

Da quando il papà di Antonio è uscito dall'ospedale, mia figlia mi ha chiesto ogni giorno di andarlo a trovare, ma tra il lavoro, mia madre, Leo, e i problemi che nascono come funghi, mi sono limitata a lunghe telefonate. Sia lui che la moglie sono molto comprensivi. E non mi hanno mai fatto pesare la mia inaffidabilità forzata. Tento di esserci come posso, ma poi all'ultimo momento devo rinunciare.

Trascorriamo una bella serata, ricordando i tanti momenti felici della nostra vita. Mia suocera mi informa che nell'ultimo periodo Antonio l'hanno visto poco, anche in ospedale. Fortuna che hanno altri figli, perché se fosse dipeso da lui, suo padre poteva marcire in quella stanza in compagnia degli altri degenti.

Consiglio loro di non farci caso, sicuramente sarà alle prese con qualche nuovo amore.

– Ma che dici, Flora? Non parlare di amore. Mio figlio amerà sempre e solo te – lo dice con rammarico, stringendomi la mano subito dopo, come farebbe con una figlia. E mi scendono giù due lacrimoni sul viso. Il rimpianto per ciò che non è stato si ficca nel fianco e fa male.

Franco, il papà di Antonio, va pazzo per la mia pasta con i broccoli. E chiede il bis. Mi racconta dell'intervento al ginocchio minuziosamente.

– Pensavo che portare una protesi fosse una cosa dell'altro mondo, e invece dopo un mese eccomi qua. Certo, ancora ho bisogno della stampella, mi sento insicuro, però cammino, e questo per me è già un miracolo.

– Mi fa piacere – rispondo, soddisfatta nel vederlo così in forma.

Sento che malgrado tutto siamo una famiglia. Mia figlia è felice. I suoi occhi esprimono la gratitudine che solo un giovane cuore sa provare così intensamente. Non potrei immaginarmi separata da loro. Nemmeno se dovessi diventare la madre di quel bambino. Il piccolo Leo o la piccola Flora si aggiungerebbero al gruppo, semmai.

Ma non ero io quella che criticava le famiglie allargate?

Come si cambia quando dentro alle scelte difficili siamo noi a esserci dentro.

I continui segnali acustici dei messaggi di Leo mi fanno trasalire. E ogni volta Bianca cerca il mio sguardo. Vuole farmi capire che mi segue passo passo. Immagina. Anzi, sa, osserva, filtra, elabora. Non mi nascondo perché non ne ho motivo. Le sorrido e lei si volta da un'altra parte.

Apro il regalo che mi hanno portato Marta e Franco, e per poco non piango. Una bellissima lampada in vetro di Murano. Splendida. La sistemo su un piccolo tavolo da appoggio tra i due divani e insieme ammiriamo i riflessi che emana il diffusore blu e azzurro.

Non ricordo mai uno screzio tra noi, mai un'incomprensione. Ci siamo rispettati anche quando le liti con Antonio erano quotidiane. E non hanno parteggiato né per l'uno né per l'altra, anche se, sotto sotto, sapevo di essere l'unica tra noi ad avere la loro solidarietà. Spero che la mia nuova relazione non si scontri con le aspettative delle persone che oltre ai miei familiari amo di più. Ne soffrirei troppo.

Alla fine Bianca mi chiede di andare a dormire dai nonni.

Domani è domenica, e non ha compiti da fare a casa. La lascio andare, così io potrò fare visita a mia madre mentre lei approfitterà per stare a pranzo col suo papà.

Mi manchi.

C'è scritto questo nel messaggio di Leo della buonanotte.

Anche tu, rispondo.

Ti amo, ribatte.

Sembra una partita di ping-pong. E io mi riaddormento nel mio letto da sola avvertendo la tristezza di una casa silenziosa.

– Com'è che non c'è Bianca?
– È dai nonni, mamma.
– Ah.

È sempre stata gelosa di Marta e Franco, anche quando ero fidanzata. Pensa che possano toglierle qualcosa. Credo che un po' invidi la loro unione familiare, la serenità che manifestano agli altri. In me suscita invece solo ammirazione. Anche noi eravamo una bella famiglia, prima di...

Resto a pranzo da lei e mi intristisco. Questa villetta ha sempre le persiane abbassate, un silenzio terribile. Capisco perché, quando la chiamo, mamma mi risponde con un voce intrisa di noia, malavoglia. Non c'è vita. Mi viene in mente un'idea e la butto lì.

– Perché non vendi qui e compri un appartamentino vicino al mio?

– Non pensarci proprio – mi risponde, senza rifletterci sopra.

– Mamma, abiti in una villa troppo grande per una persona sola. Guarda quanto spazio inutilizzato in questo salotto. Se lo misuri è circa il perimetro del mio appartamento.

– Le case moderne non mi piacciono. Stanze piccole e muri sottili. Tuo padre lo diceva sempre.

– Nella mia zona ce ne sono di belle.
– Al mare mi viene l'ansia. Quando fa brutto tempo si vola.
– La sua voce è già diventata lamentosa.
– Sì, ma quando è estate diventa un incanto. – Cerco di farle vedere il lato positivo di un eventuale cambiamento.
– D'estate si suda e basta. – Non c'è speranza nelle sue parole.
– Dài, mamma. Non voglio pensarti così lontana da me...
– Flora, non insistere, io da qui uscirò solo quando sarò morta. E prego che Dio mi chiami presto.
– Ma che dici? Alla tua età? Hai ancora mille cose da vedere. Per esempio il diploma di Bianca, la sua laurea, il giorno che si sposerà.
– Eh! Allora sarò già morta davvero.
– Ma sei ancora così giovane.
– Sono stanca, Flora. Stanca.
– Ma di cosa? Mamma parliamo, voglio aiutarti. Alla tua età non puoi pensare a morire. C'è gente che si sposa a settant'anni, e tu ne hai ancora sessantotto.
– Ma non hanno passato i miei guai – commenta.
– Come no! La madre di una mia amica ha perso due figli in pochi anni. Capisci? Eppure è lì. Va avanti, anche nel ricordo straziante degli affetti perduti. Mamma, ti prego, così mi fai male.

Ho bisogno di sconvolgerla, dirle qualcosa per scuoterla. Trovo lo choc giusto. E allora ci provo.

– Ci tengo a farti sapere una novità. Mi sono innamorata.
– Eh?! Cosa?
– Sì, mamma. Ho conosciuto un uomo che mi piace da morire.
– Ah! Ora capisco perché l'altra sera in pizzeria te la sei presa con Bianca che leggeva i tuoi messaggi al cellulare. E questo chi è?

165

– Un ragazzo che è vissuto qui fino ai diciotto anni.
– Lo conosco? – mi chiede.
– Non credo. Appartiene a una famiglia molto ricca.
– Stai attenta, allora. Brutta gente.
– Non essere prevenuta. È un bravo ragazzo e mi vuole bene.
– Ti vuole già bene? E da quanto state insieme?
– Da circa un mese.
– Tu sei andata fuori di testa, figlia mia. Ma come fa uno a volerti bene se lo frequenti da un mese?
– È una storia importante. Stiamo bruciando le tappe.
– Pensa a non bruciarti tu, piuttosto. Non voglio sapere altro. Sono sconvolta. E pensa a Bianca, soprattutto. Non fare pazzie, che poi i figli pagano le nostre colpe.
– Non dirmi quello che devo fare con lei. Sono madre, come sei madre tu. Nessuno è infallibile. Gli errori li hai commessi anche tu con me.

Mi pento subito per questo singulto di rabbia. Non dovevo.

Penso che questa sia una domenica da dimenticare, e che non avrei dovuto raccontare nulla a mia madre. Afferro la borsa poggiata su una sedia ed esco. Appena fuori incontro Laura. Stavolta, a differenza della brutta figura che ho fatto con la sorella, sono io a riconoscerla per prima. È scesa giù per portare fuori il cane dei suoi, e per prendere una boccata d'aria. Ci abbracciamo, riconoscendo nei nostri occhi una forte emozione, e un passato comune che non si è mai interrotto.

Dai ricordi che ho di lei, osservo che non è cambiata granché, e l'affetto che dimostra subito nei miei riguardi mi accarezza con un vento lieve. Ora le sue braccia si poggiano sul mio spolverino di tessuto tecnico. Il suono che mi arriva serve a ridestarmi da un breve sogno, in cui ridevamo per delle stupidaggini e avevamo sempre desideri da inseguire. Siamo state più che amiche. Il nostro rapporto andava oltre qualche giro in motorino.

Mi parla di sua sorella, annunciandomi che proprio ieri Antonella per telefono le ha raccontato di essersi ricordata degli elementi nuovi sulla storia tra Giovanna e Valerio, e che presto li riferirà anche a me. Chiedo a Laura se anche lei sappia qualcosa di loro e mi risponde di sì. Ne parla con discreto distacco, e questo mi dà tranquillità. Avere di fronte una persona che non fa trasparire amarezza, mi serve per non enfatizzare la potenza dei miei ricordi amari. È già pesante l'agitazione che mi si è formata dentro, come un blocco di cemento armato, stazionato all'altezza del petto. Eccoci, la verità è servita. Ascolto.

– Giovanna voleva scappare con Valerio. Lo aveva detto ad Antonella un pomeriggio che erano uscite insieme. Lo amava, ed era felice con lui. E Valerio era innamorato di lei. Quando Giuseppe venne a saperlo, reagì in malo modo, minacciandola che se lo avesse lasciato, avrebbe raccontato tutto ai vostri genitori, e non solo. Lei gli doveva dei soldi, che non sapeva dove andare a prendere, per cui la forma migliore per pagare quel debito, era spacciare per conto del farabutto. Controllata a vista.

Non riesco a crederci. Così giovane e già così tormentata. Le chiedo, con una punta di rabbia, perché, se erano tanto amiche, Antonella non abbia cercato di aiutarla a venirne fuori, anche usando la forza, o imponendosi in altri modi.

– Flora, Giovanna in quel periodo l'aveva allontanata. Lo ricordo bene anche io. E lei ci aveva sofferto molto. Di certo Giovanna l'aveva fatto per proteggerla, ma questo a quel tempo non lo avevamo capito. Per cui confidavamo in Valerio: eravamo certe che l'avrebbe salvata dall'inferno.

– Ma aveva solo vent'anni, perdio! Potevate avvisarci.

Mi allontano presa da altri pensieri, e non mi accorgo di essere andata via senza salutarla. Per oggi non voglio più saperne di discorsi tristi e ricordi tossici. Vado a prendere Bianca dai miei suoceri.

Ferma sotto casa di Franco e Marta, prendo il cellulare dalla borsa e compongo un messaggio. È per Antonella. Vorrei che lo inoltrasse a Laura, di cui non ho il numero. Le chiedo scusa per essere andata via senza dirle grazie, e soprattutto la prego di non considerare le mie accuse rivolte al passato. Eravamo troppo giovani per capire l'essenza del male e la facilità con cui si sarebbe potuto insinuare nelle nostre vite. A posteriori è tutto più facile.

Antonella è online. Pochi istanti dopo mi risponde di stare tranquilla, che ci penserà lei a spiegare tutto a Laura, e aggiunge una faccina solcata da una lacrima.

Non salgo su dai miei suoceri, ho la faccia stravolta. Invio un messaggio a Bianca pregandola di scendere appena si libera, perché io non ho trovato parcheggio nei dintorni. Bugia necessaria. E nell'attesa che arrivi, mi strofino sul viso, con tutta la forza che ho, una salviettina umidificata. Copro gli occhi con un paio di occhiali da sole trovati nel vano portaoggetti. Quando Bianca apre lo sportello mi sforzo di ricompormi, per apparire più o meno tranquilla, e aggiungo l'accenno di un sorriso per non preoccuparla.

Ma non appena seduta, mia figlia mi guarda e mi dice: – Mamma, perché piangi?

– Io? Ma va'...

– Be', anche se non stai piangendo adesso, lo hai fatto da poco, e togliti questi occhiali perché il sole non c'è.

– Pensavo alla zia, ho incontrato una sua amica poco fa, vicino a casa di nonna.
– Mi dispiace... Senti mamma...
– Dimmi, tesoro mio....
E mi chiede se io sappia che impressione ha avuto di lei il mio amico. Parla di Leo, anche se evita accuratamente di pronunciarne il nome.
– Ha detto che sei carina e molto simpatica. E tu di lui cosa pensi?
– Mi sembra un tipo tosto.
– Dici?
– Sì, è un bell'uomo e ti guarda da innamorato.
– E che ne sai tu di sguardi innamorati?
– Dài, mamma, non prendermi in giro.
– Ma no, sono felice che ti abbia fatto una buona impressione.
– Sì, però papà è più bello.
– Papà per te sarà sempre il migliore, ed è giusto così. A tuo padre vorrò sempre bene, credimi.
– Ti credo. Basta che non lo tratti male.
– Promesso. Qualunque cosa farà, cercherò di bendarmi gli occhi, ok?
Fermo l'auto in una piazzola e la abbraccio forte. Sono commossa. Piango.
– Perché piangi ancora, mamma?
– Perché sono felice. Perché ti amo. Perché sei la migliore figlia del mondo. Perché senza di te la vita sarebbe una galleria buia senza fine.
– Amen, mamma, amen.
Smetto di piangere e insieme scoppiamo in una risata. Per cena la informo che ho preparato una zuppa di verdure. Poi un bel filmetto su Netflix e subito a nanna.

Domani ricomincia la settimana, e dobbiamo essere belle agguerrite per affrontare sette giorni di avventure, sette. Ci aspettano novità, speriamo buone, qualche guaio senz'altro (quelli li metto in conto per onestà intellettuale) e chissà cos'altro ancora. Più che altro desidero che Leo si decida a tornare presto.

14

Stamattina un dipendente della L.S. Production è passato al bar per avvisarmi che tra due settimane cominceranno le riprese del film. Sarò io a occuparmi dei cestini per la produzione. Mi elenca le richieste, il tipo di contenitori che serviranno, e mi parla di soldi.

– Guardi, è la prima volta che faccio una cosa simile. Dovreste farmi voi una proposta.

Scrive su un foglio la cifra che intendono offrirmi per il servizio, e la trovo dignitosa. Potrò preparare un menu variegato, con bibite incluse. Il margine di guadagno mi basta per sbizzarrirmi. Prima che vada via gli offro un caffè. Da quello che mi dice, intuisco che non sa niente di me e Leo, per cui, senza far capire le mie intenzioni, mi spingo a fargli domande che includono una mini-indagine sul suo capo.

Vorrei farmi un'idea di cosa pensano gli altri dell'uomo di cui sono innamorata. Se è affidabile nel lavoro, e se gli portano rispetto.

Certo, non pretendo che il tipo mi racconti dettagli che potrebbero metterlo nei guai, ma se lo stimano sarà evidente anche da una semplice battuta.

A fine chiacchierata, realizzo che Leo è il capitano di cui si fida tutta la ciurma, e questo mi rende orgogliosa. Un po' come

171

me, che porto avanti la mia piccola imbarcazione composta oltre che dalla sottoscritta, anche da mamma e figlia.
– E poi sa, signora, il dottor Stasi è un uomo del Sud come noi.
– Anche lei è di queste parti?
– Io sono lucano.
– Ah, ecco, non capivo che accento fosse il suo – dico sorridendo. – In Basilicata si mangia meravigliosamente. Come si chiama la ricetta dei peperoni? Adesso mi sfugge...
– Peperoni cruschi – conferma.
– Ecco, proprio quelli. Li ho mangiati a Lavello e me li ricordo ancora. Ho un'amica lì, si chiama Alessandra. Mi ha fatto venire voglia di telefonarle.
– Brava! Lo faccia. Mai perdere un'occasione per dire «Ti voglio bene» a qualcuno che ci sta a cuore.

Quando va via, avviso Mauro che sto per scendere a preparare le insalate. Oggi è un po' giù. Lo capisco. Il suo tentativo di dare senso a un incontro con un ragazzo milanese è finito nella spazzatura. Gli ho consigliato di andarci coi piedi di piombo con gli uomini, ma subito dopo mi sono pentita. Proprio io penso di essere un modello di perfezione per dispensare consigli? Dovevo evitare, come ho già fatto con Sonia, non riferendo nulla a suo zio.

Con Leo mi sono lasciata andare dopo pochi giorni, mi sono fidata. Poteva finire male, e invece stiamo facendo progetti, e ho trovato la forza per ridimensionare le mie ansie.

"Amore", che parola impegnativa. Un'oscura forza che si frappone tra noi e le nostre apparenti convinzioni. Avrei pensato che mi potesse accadere di tutto in questo periodo, ma mai di innamorami. E di uno che ha perfino conosciuto mia sorella! Come se lei lo avesse guidato per arrivare sino a me. Per seguire la mia scia. Io, pesciolino rosso che nuotavo al riparo nella mia boccia. È venuto a prendermi, sì, e mi ha tirato fuori. D'ora in poi, prometto, imparerò a cavarmela anche in mare aperto, e ci prenderò gusto.

Mentre rimugino sugli ultimi eventi, mi chiama Mauro a gran voce dalla scala, avvisandomi che il telefono non smette di squillare da almeno un quarto d'ora. Salgo in fretta preoccupata. Il terrore che possa essere accaduto qualcosa di brutto a Bianca. Mia madre che ha deciso di farla finita. Antonio che potrebbe avere avuto un incidente. Guardo il display. In apnea.

È Leo.

Vorrà dirmi che gli manco, o invitarmi a Roma questo weekend.

Lo richiamo: ha il fiatone. Corre da un ufficio all'altro da stamattina alle sette. Mi avvisa che venerdì verrà a trovarmi con Valerio.

Mi agito, non so perché. Non conosco suo fratello, ma so da qualche settimana che in parte la sua vita è stata intrecciata con quella di mia sorella, e di conseguenza anche con la mia.

Mi catapulterà in un passato che pensavo di avere abbondantemente conosciuto, e invece, dopo anni di sonno perduto, chissà quanto mi resta ancora da sapere. Negli ultimi mesi di vita, Giovanna avrà affrontato mille peripezie. Senz'altro era diventata più fragile. Però vorrei lasciare quei segreti abominevoli nel limbo in cui lei li aveva nascosti. Ciò di cui non andava fiera.

Basterà che io guardi negli occhi quest'uomo, e dalla prima impressione saprò se posso fidarmi di lui. Dopo quello che mi ha detto Laura, confortata da Antonella, il controcanto di questa storia, non dovrò andare troppo a fondo. So già quello che mi basta per riprendere fiato, e anche per mettermi l'anima in pace con il passato. Eppure, raccontata da Valerio, la storia potrebbe apparire diversa. La sua voce mi accompagnerà verso nuove consapevolezze. Gli farò un'unica domanda. L'unica fondamentale: se quella sera anche lui aveva deciso di scappare con Giovanna, o se erano solo le tragiche fantasie di una disperata. Era uscita di casa sbattendo la porta. Sembrava arrabbiata. Forse perché mia madre le aveva detto che era troppo tardi per andarsene in giro col motorino. Non so. Vorrei ricostruire le sue ultime ore. Non avrei bisogno d'altro. Mi basterebbe per mollare la disperazione che mi tiene aggrappata a un ricordo molesto, e mantenere per il futuro solo l'immagine del suo sorriso. Un quadro perfetto, visto dalla mia prospettiva.

Chiedo a Mauro di finire il lavoro che avevo appena cominciato. Non ho la testa per concentrarmi. Finirebbe che al posto del pollo nell'insalata metterei la nutella. Ogni volta che torno nella palude dei miei ricordi sto male. Non devo. Ora è tempo di guardare avanti. Questa è una frase ragionata che mi ripeto per crederci almeno in parte.

Nel frattempo arriverà la mia aiutante a darmi una mano. Rimango al bar ancora per un'ora, e poi vado ad accompagnare mamma dal dottore. Da due giorni è prigioniera di un fortissimo mal di schiena.

Il dottor Mazza ci aspetta con la sua consueta pazienza. Conosce i miei orari e sa che la pausa pranzo è la parte della giornata di cui posso approfittare per risolvere i miei problemi personali. Visita mamma con grande attenzione e poi le prescrive un antidolorifico. Mentre lei si riveste, mi chiede come sta Antonio. Rispondo che non lo sento da giorni e che sono preoccupata.

– C'è qualcosa che dovrei sapere?

– Non so se posso permettermi. La legge sulla privacy mi obbligherebbe a non dirti nulla, ma visti i rapporti tra noi, mi sento di confidarti che gli ho consigliato degli esami accurati.

– Di cosa parli? – chiedo allarmata.

Mamma è ancora dietro il paravento, e lui parla a bassa voce.

– Vorrei che facesse al più presto degli esami del sangue e una TAC. Non mi convincono i suoi sintomi, soprattutto la perdita di peso.

– È solo un approfondimento, o...? Non è niente, vero?

– Non so che dirti. Io per abitudine cerco di essere sempre positivo. Però non farmi fare diagnosi senza aver visto prima i risultati.

– Da quanto non lo vedi? – gli chiedo in preda al panico.

– Da un mese circa. È scomparso. Sai com'è! Mette la testa sotto la sabbia.

– Non preoccuparti. Ci penserò io – aggiungo.

In meno di un minuto ho perso dieci anni di vita. Mamma torna da noi abbottonandosi la camicetta.

– E allora, signora mia, mi sembra che la visita non abbia evidenziato niente di grave. Faccia queste punture per una settimana e mi tenga informato.

Esco dallo studio e avverto un crescente tremore alle gambe.

Antonio e la sua bella faccia. Antonio il giorno del nostro matrimonio. Antonio in quella mattina disgraziata che mi confermava che sì, mi aveva tradita. Antonio che mi offendeva con continue bugie, ma alla fine mi ha sempre voluto bene. E poi c'è Antonio nel presente, con Bianca: proprio meraviglioso vederli insieme che si abbracciano e si danno baci. Ma perché sto pensando a tutte queste fesserie? Antonio non è mica morto. Antonio deve fare solo degli esami del sangue e una TAC. Li farà, e poi il dottore gli darà dei farmaci e lui guarirà. Antonio, non fare brutti scherzi. Potrei morire io.

Lascio mamma davanti all'ingresso della sua villetta e mi

scuso con lei se non scendo, ma al bar ho troppo da fare. Recito un ruolo che non mi piace, quello della donna serena e tranquilla. Bianca, mentre eravamo dal dottore, mi ha inviato un messaggio per dirmi che era già a casa, e che avrebbe studiato tutto il pomeriggio per il compito di italiano. La chiamo e le chiedo di suo padre. L'ha sentito stamattina e stava bene, mi assicura, e aggiunge che si vedranno domani sera per andare al cinema. Allora mi tranquillizzo. Se Antonio stesse male non avrebbe alcuna voglia di andare a vedere un film. Mi impongo di credere che sia tutto sotto controllo. Mi racconto questa versione per non impazzire.

Decido di chiamarlo, evitando di fargli sapere che il dottor Mazza mi ha riferito informazioni delicate sul suo conto. Gli chiedo come sta. Risponde che ancora digerisce male, e che per questo motivo non mangia come vorrebbe da settimane. Solo pasta in bianco e pesce lesso, e pare che stia migliorando.

– Hai fatto qualche esame? – gli chiedo, per entrare in punta di piedi nel discorso.

– Dovrei fare una TAC, ma ho paura.

– Paura di che, scusa? Andiamo insieme. Te lo avevo già proposto io.

– Allora non hai capito?! Ho paura di mettermi dentro a quel tubo.

– Ma è una cosa da niente, e il liquido di contrasto non lo sentirai per niente. L'ho fatta l'anno scorso e sono ancora qui.

– Ok, ma rimandiamo alla prossima settimana. Magari ti avviso.

– Magari? Posso venire o no? Parla chiaro!

– Certo che puoi venire. Ma non dirlo a Bianca, non voglio che si preoccupi.

– Va bene. Allora aspetterò che mi chiami.

Per oggi la giornata è andata a farsi benedire. Non ho voglia di tornare al bar, sorridere ai clienti, sentire i problemi di tutti e parlare di stronzate di cui non mi importa un accidente. Sapere se il tizio ha consegnato le bibite, se la macchina del caffè ha ancora quelle perdite d'acqua, o se la resistenza della lavastoviglie deve essere ricontrollata ancora o... che ne so. Vadano tutti a quel paese. Se potessi chiudere gli occhi e tapparmi le orecchie lo farei volentieri, aspettando i risultati dell'esame di Antonio. Non deve accadergli nulla. Non sono pronta per affrontare una... Una che? Ma che dico? Sono pazza? Sto costruendo castelli in aria perché sono geneticamente portata all'esagerazione. Anche Bianca può confermare la mia attitudine alla tragedia quotidiana. Il dottor Mazza ha semplicemente detto «È solo un approfondimento». Dunque, basta!

Stasera io e Bianca ci godiamo una tempesta di pioggia e scirocco al riparo della nostra casetta. Questo piccolo appartamento mi è sempre sembrato una reggia. Quando io e Antonio lo abbiamo acquistato eravamo nel periodo più drammatico dal punto di vista economico, e malgrado ciò abbiamo voluto accollarci un impegno così gravoso. Fu mio padre ad aiutarci, consegnandoci una busta con un assegno. Ancora me lo ricordo lo sguardo sorpreso del mio ex. Pardon, è ancora mio marito. Papà mi disse che aveva lavorato duro per permettere a me e a Giovanna una vita tranquilla e, visto che lei non c'era più, ora poteva allargarsi, dandomi anche la sua parte. Quanto ho pianto quel giorno. E chi può scordarselo?

Sotto questa tempesta di grandine e vento, stasera tremano anche i vetri delle finestre. E le onde saltano fin sulla strada, quasi a volersi mangiare i muri dei palazzi. Chi abita al pianterreno subirà senz'altro dei danni. L'acqua è arrivata fin dentro le vie più nascoste. Riesco a malapena a distinguere le luci sul lungomare. Nel nostro condominio è mancata anche l'energia elettrica. Bianca ha paura dei temporali, e anche a me suscitano inquietudine. Stasera ne ho davvero tanta dentro.

Sono nata piena di ansie, ma mai l'ho fatto vedere. Questa peculiarità apparteneva a mia sorella. Era lei a non nascondere la sua eterna insoddisfazione per quello che non riusciva a mettere in pratica. Diceva sempre (e io la subivo come una minaccia che poteva concretizzarsi) che un giorno sarebbe andata via, per ritornare una volta dimostrate le sue reali capacità.

Papà e mamma la guardavano esterrefatti. E si domandavano dove avessero sbagliato. Si sono lasciati sopraffare da un senso di inadeguatezza che è stato anche la nostra rovina. Con Bianca cercherò di non ripetere quegli errori. Ecco perché, pur correndo il rischio di apparire troppo severa, desidero che percepisca la mia autorevolezza.

Ci addormentiamo abbracciate. Durante la notte la sento rigirarsi nel letto e parlare nel sonno. Chissà che sogni sta facendo. Se le dicessi che suo padre non sta bene le toglierei la serenità. Però un giorno potrebbe rimproverarmi di averla esclusa da una verità che invece le appartiene, e io non saprei come difendermi. Deciderò dopo gli esami.

Venerdì è arrivato.

Aspetto che Leo mi chiami per sapere dove andremo a pranzo. Ho detto a Bianca di fare da sola. Le ho lasciato tutto pronto in tavola, come sempre. Stavolta l'ho informata che incontrerò sia Leo che Valerio, non voglio che pensi che ha una mamma bugiarda. Tanto, oramai, mi sembra che abbia accettato con una certa benevolenza la mia scelta. È conscia del fatto che intendo frequentare quest'uomo perché mi piace, e non ha protestato.

Mi chiede di lui, legge i messaggi sul mio cellulare, e per alcuni sorride, prendendomi in giro.

Ci vuole pazienza con i figli, lo ripeto, e tanta cura. A volte sanno essere il nostro specchio come nessun altro riuscirebbe a fare, e possono anche insegnarci a trovare le giuste risposte che altrimenti non arrivano. Con Bianca non ho mai avuto problemi a mostrare le mie fragilità. E vedo che di queste esperienze fa tesoro. È ben più adulta dell'età che ha. Tra una lezione e l'altra mi invia un messaggio: *In bocca al lupo mamma, spero di conoscere presto anche io Valerio*. Mi viene da piangere. Quanta tenerezza leggo nelle sue parole. E quanto amore per sua zia.

Gliene ho parlato così tanto che alla fine si è affezionata a lei, anche senza aver avuto la possibilità di conoscerla, dialogarci, assorbire il suo essere attraverso una frequentazione quotidiana. Sarebbe stata un'alleata meravigliosa per mia figlia. Era sempre tanto socievole coi bambini. Le piacevano da morire. E piacciono anche a me, infatti ne avrei voluti altri, ma con quello che Antonio mi faceva patire...

Bianca è la mia luce. Mi sorride ogni volta che glielo dico, e mi ripete che è una frase esagerata, e poi aggiunge divertita: «Amen, mamma, amen». Le sembra un tantino presuntuoso che io la chiami in questo modo, "Luce della vita mia". Eppure, per me è davvero luce, incanto, gioia. Una realtà incontrovertibile.

Trovarmi davanti Valerio è uno choc. Tremo, piango, sorrido, mi blocco e non parlo. Poi lo abbraccio e lui mi trattiene a sé. Mi accarezza i capelli, mi sussurra che è bellissimo avere la possibilità di sentire il mio calore e guardare i miei occhi. La stessa intensità dello sguardo di Giovanna.

– Ti prego di scusarmi, non volevo commuovermi così...

– Se continui, però, qui piangiamo tutti e non basteranno i fazzoletti, dice.

Ha una leggera cadenza francese che lo rende alquanto affascinante. È gemello di Leo, ma nell'insieme sono diversi. Solo la bocca e il naso hanno tratti comuni, per il resto il fratello che non conoscevo ha un corpo più possente.

Siamo andati al mare, fuori città, a Torre Faro. Dopo la tempesta il cielo è terso e c'è ancora un po' di vento. Pranziamo in un ristorante alla buona, e malgrado la bella giornata, scegliamo di sederci all'interno, per evitare di beccarci un raffreddore. Restiamo in silenzio in più di un'occasione, e questo mi dà il tempo di metabolizzare le mie emozioni. Quando ci servono l'amaro, Leo va fuori a fare una passeggiata. Lo so perché ha deciso di allontanarsi, e gliene sono grata.

Riemergono in un istante tutti i ricordi di Valerio, innamorato di Giovanna. È un fiume in piena. La potenza di quell'amore, dapprima non corrisposto da parte di lei, ma poi con una stupenda ripresa, inonda il suo racconto, lo fa diventare una scena reale, viva, attuale. Sono lì con loro, ne sento le vibrazioni. Valerio ora piange e mi parla dei suoi sensi di colpa per aver preteso che lei lo raggiungesse quella sera. Ma, se non lo avesse fatto, sarebbe stata comunque la fine. Mia sorella dentro quella gabbia infernale c'era dentro con tutta se stessa, e correva il rischio di essere punita con qualche dose di troppo, o picchiata fino a morire. Ecco perché lo stava raggiungendo, per programmare con lui la fuga, lontano da qui.

– Prima di chiudere il telefono mi ha detto che aveva capito di amarmi, e che fra noi non era solo sesso. Voleva lasciare quell'impostore e fissare una data per organizzare la nostra partenza. Stava venendo per dirmi questo, e per farsi perdonare di tanti inganni non voluti. E poi non l'ho vista più.

Dunque ora so che anche Valerio era deciso a scappare via con lei.

Non chiedo altro. Ho avuto anch'io la mia dose, di bene stavolta: la possibilità di immaginarmi mia sorella prossima alla più dolce conclusione. Ha imbevuto il suo addio al mondo con tanta speranza per il futuro.

Resto in albergo con Leo fino a pomeriggio inoltrato. Non so se al bar hanno avuto bisogno di me, ma nessuno mi ha chiamata. Il cellulare l'ho tenuto acceso solo per Bianca e per mia madre. Mentre mi rivesto, vedo il nome di Mauro in cima alla lista dei messaggi volutamente non letti.

Evito di aprirli, tanto sarà qualche comunicazione di servizio. Non voglio essere distratta da richieste che mi porterebbero con i pensieri fuori da qui. Invece davanti ai miei occhi c'è Leo. Con la sua fulgida bellezza. Spalle dritte e portentose, e due braccia che mi hanno avvolta in queste ore lasciandomi segni evidenti.

Ogni volta che facciamo l'amore sulla mia pelle rimane traccia della sua forza, per ricordarmi quanto gli appartengo. Posso dirlo senza dubbi, sono innamorata pazza. E penso di meritarmela questa felicità.

Da quanto tempo la aspettavo?

La magia di ciò che sta accadendo, mi fa dimenticare lo sforzo della rimonta per arrivarci. Sono grata di tutto, anche del veleno che ho dovuto bere prima.

Racconto a Bianca ogni singolo passaggio dell'incontro con Valerio.

Siamo sedute al tavolo in cucina e stiamo cenando. Mi guarda tutt'occhi, e non trascura nemmeno i silenzi che inserisco tra una pausa e l'altra. Ancora adesso, attraverso il ricordo di quanto ho vissuto poche ore fa, provo le stesse emozioni e la stessa trepidazione. Lei è terribilmente curiosa di ogni dettaglio, mi corregge se dimentico o confondo delle date. Di sua zia ha una considerazione notevole, ecco perché devo raccomandare a Leo di non farsi sfuggire che il film parla di Giovanna e Valerio. Glielo dirò io, ma a tempo debito.

Bianca mi chiede se domani può incontrare il fratello di Leo. Vorrebbe fargli delle domande. Sapere alcune cose della sua amata zia. Rispondo che non so se ha già preso altri impegni. Hanno dei parenti in città, e credo che debbano procedere alla vendita di alcuni appartamenti di cui loro non vogliono più occuparsi. Con gli affitti affrontano solo problemi.

– Più tardi chiederò se è possibile.

– Ci tengo mamma.

Mi fa piacere vedere che Bianca si è appassionata a questa vicenda. Poi all'improvviso mi ricordo di Antonio. Presa da altri pensieri non mi sono accorta che mia figlia è rimasta a casa, invece di andare al cinema con lui.

– Sbaglio o dovevi uscire con tuo padre, stasera?

– Mi ha chiamata nel pomeriggio dicendomi che non stava bene.

– Cosa aveva?

– Mal di pancia. Boh, non so. Forse era una scusa.

– Io invece penso che ti abbia detto la verità. A te non mentirebbe mai. Che dici, lo chiamiamo? – le domando.

– Certo. Fai il numero.

Le si accende sempre una luce negli occhi quando parliamo di suo padre.

Antonio si è messo a letto e guarda la TV. Da quando in qua il nostro prode cavaliere preferisce restare a casa piuttosto che andare a divertirsi con sua figlia? Malgrado io faccia di tutto

per tirarlo su, continua a sorvolare e a non rispondere alle mie domande. Intuisco che non vuole dirmi come si sente. Forse è perché non vuole fare preoccupare nostra figlia. Allora lo invito a venire a trovarmi domattina al bar. Acconsente. Passo la notte a rimuginare sugli scenari più terribili. Entro ed esco dalla camera, facendo attenzione a non svegliare Bianca, che ha deciso di dormire con me nel mio letto. Nostro, direi. Passiamo più tempo avvinghiate tra le stesse lenzuola che ognuna nelle proprie.
Mi affaccio sul terrazzo e scruto il mare. Quasi calmo, dopo la foga dei giorni scorsi. E c'è vento. Rimango qui a tormentarmi fino all'alba. Realizzo che da quando ho conosciuto Leo questa è la prima volta che Antonio è riuscito a surclassarlo nei miei pensieri. Davanti a un problema di salute, tutto il resto passa in secondo piano. Mi comporterò in base alla gravità di ciò che dovremo affrontare, augurandomi che sia tutto un maledetto falso allarme.

Stanotte, o meglio stamattina, ho preso sonno poco prima che suonasse la sveglia. Quando il cellulare ha cominciato a emettere una musichetta sinistra, Bianca si è voltata dall'altra parte, mormorando che non voleva alzarsi. In effetti lei poteva restare ancora un po' a poltrire al calduccio.

Ora vado verso il bagno e sosto perplessa davanti allo specchio. Ho la faccia stanca, ma gli occhi seppure cerchiati emanano brillantezza. Li ho marroni, come quelli di mio padre, e le mie sopracciglia che le estetiste chiamano "ad ali di gabbiano" non le ho mai sfoltite per apparire più affascinante. Le ho lasciate così com'erano dal giorno in cui sono nata. Mia figlia dice che ho un naso perfetto, perché è piccolo e con la punta all'insù. A me piace, fa parte di me. Le mie labbra sono carnose al naturale, pronunciate nella parte superiore, per questo sembro imbronciata anche quando sono felice.

Ho letto da qualche parte che in America impazzano i *Lips Party*, feste nelle quali le donne stampano un bacio su un foglio e un esperto ne svela il significato. È la "lipsologia", ovvero l'interpretazione della forma delle labbra per capire chi siamo e il carattere che abbiamo. Ci sono almeno venti categorie di labbra, e altrettanti sottogruppi che un "lipsologo" può leggere e spiegare alle signore curiose. Per forma, intensità del colore, misura, e peculiarità varie. Follie del nostro tempo, insomma. Chissà cosa rappresenta la forma delle mie labbra. La prima qualità che dovrebbe emergere è il desiderio costante di essere sincera, che poi, a seconda dell'utilizzo che se ne fa, può diventare anche un difetto.

Sui miei capelli, invece, dovrei fare un discorso a parte, perché sono la mia disperazione. Detesto andare dal parrucchiere, per cui, quando sono impresentabile, li lego con un elastico o metto una pinza, e amen.

Ai lati del viso mi accorgo che sono comparse due linee oltraggiose e ben marcate, segni lasciati dal cuscino. Ci passo sopra le dita e cerco di distenderle. Niente da fare. Tornano alla loro forma originale, allora mi arrendo e prego che il fondotinta faccia il suo dovere. Non sono più una ragazza, devo piegarmi al tempo che passa e alla sua crudeltà. Un filo di trucco e poi via.

La giornata non sarà delle più facili, e un *bip* scuote il silenzio di casa.

È Leo che mi dà il buongiorno, quindi mi telefona, informandomi che oggi lui e Valerio saranno presi da impegni di cui farebbero volentieri a meno: agenzia immobiliare, visita a un fratello del padre e qualche giro per valutare gli ultimi ritocchi alle location del film. Gli dico a mia volta che ho già parlato con il responsabile della produzione per quanto riguarda il contratto per i pasti sul set. Ne è felice, e sottolinea che nessuno sa dei nostri rapporti. Lo fa per me, per evitare pettegolezzi, e perché nessuno possa dire che sono una donna che ha avuto la fortuna di essere aiutata dal produttore per fare affari. Non reciterei questa cattiveria, quindi è meglio che restino fatti nostri, ancora per un po'. E quando il film sarà pronto, si augura che saremo già una coppia dichiarata al mondo.

Mai prima d'ora qualcuno si era preoccupato di darmi una mano nel mio lavoro. Ho fatto sempre da sola. Ma è innegabile che se io e Leo non ci fossimo conosciuti mai e poi mai avrei avuto un'occasione così interessante.

Certo, il mio contributo non apporterà fama e premi a questa produzione, ma preparare da mangiare è pur sempre un nobile mestiere. Il cibo è nutrimento in senso lato. Prima di aprire la mia attività, ho frequentato un corso per cuochi. Mesi passati dietro ai fornelli per apprendere la difficile arte della cucina.

«In pentola ci cade anche la vostra anima, e il modo che avete di prendervi cura di chi mangerà le vostre pietanze», diceva uno degli chef a cui eravamo stati affidati.

È stato l'insegnamento che più mi è rimasto dentro. Ed è davvero così. Anche preparando due uova al tegamino possiamo fare la differenza.

La fantasia ha un ruolo primario. E io di novità ho bisogno ogni giorno. Le nostre insalate sono diventate un must tra gli impiegati che passano per la pausa pranzo. E divento ossessiva con i dipendenti, ricordando loro che anche il modo di servire può distinguerci da altri bar. La gentilezza non affettata, la capacità di capire al volo se un cliente non è propenso a dialogare troppo, oppure, al contrario, captare se una persona ha desiderio di scambiare quattro chiacchiere, sono elementi da non

sottovalutare. E infine la pulizia, quella su tutto. Dio, quanto mi arrabbio se Mauro o Serenella lasciano per terra qualche mollichina, o macchie di liquidi caduti accidentalmente. Dai bagni passo ogni ora, due al massimo. La prima impressione di chi ci entrerà sarà quella definitiva.
– Pensi di venire al bar oggi pomeriggio? Chiudiamo alle nove e poi...
– Certo – mi risponde Leo, prima che concluda la frase. – Passeremo io e Valerio.
– Quando, più o meno? – insisto.
– Verso le sei, per te va bene?
– Va benissimo. Ah, scusa, volevo sapere se posso dire a Bianca di raggiungerci. Vorrebbe conoscere tuo fratello, e penso che per quell'ora avrà già finito di fare i compiti.
– Altroché, Valerio ne sarà felice.

Esco di casa già in ritardo, ma non mi preoccupo. Oggi è toccato a Mauro alzare le saracinesche. Avrà già messo i cornetti nel forno e preparato la miscela del caffè. Al primo incrocio faccio inversione e imbocco la strada che porta da mia madre.
Preferisco accertarmi di persona che stia bene e che non abbia bisogno di nulla. Non è come telefonarsi. Lei poi il telefono non lo sopporta. E un po' la patisco anche io questa mania di vivere con il cellulare tra le mani da mattina a sera. Non sono una che invia WhatsApp molesti a raffica, o note vocali tanto per fare. L'arroganza di farsi anticipare da un messaggio parlante, la lascio a quelli convinti che sia giusto pretendere di essere ascoltati anche dall'amministratore di condominio, o dal medico di fiducia, persino quando non c'è un'emergenza concreta. Non so. Credo che l'educazione sia una bella virtù, e dovremmo riappropriarcene.

Trovo mamma che stende la biancheria fuori, e sta meglio. Mi chiede se oggi mi fermerò da lei a pranzo. La risposta negativa suscita sul suo viso una chiara delusione.

– Mi dici sempre di no, figlia mia.
– Mamma, ho troppi impegni... Credimi, non sono scuse le mie.
– Lo so, abbi pazienza anche tu, ma sto sempre qui da sola e mi annoio. Nemmeno Bianca ha voglia delle mie cotolette di melanzane?
– Oggi uscirà tardi da scuola, e poi deve fare i compiti.
– Può farli anche qui, sai?
– Facciamo un altro giorno, per favore. Tra l'altro mi sono ricordata che deve andare ancora dal dentista.
– Ma non aveva la visita giorni fa?
– Allora, non conosci ancora come dovresti il tuo ex genero, mamma! Comunque questa volta non salterà l'appuntamento di sicuro, perché sarò io ad accompagnarla.

La saluto con un misto di rammarico e senso di colpa. Puntuale, mi si conficca nel fianco e non mi abbandonerà per tutta la giornata.

Riprendo la tangenziale e il traffico è asfissiante. Sulla strada guardo il mare. Osservo i traghetti che vanno avanti e indietro. Lì sopra c'è un universo che si muove indipendentemente dal tempo. Navigano col sole, col vento, con la pioggia, e si fermano solo quando c'è burrasca grossa. È in questo punto che si avverte per intero la realtà di vivere su un'isola. Solo qui. Io vivo nel luogo in cui la mia terra saluta gentile chi arriva, dandogli il benvenuto, e apre i fazzoletti sventolando l'addio. Ma poi, quatta quatta, se ne resta per conto suo, fregandosene dei giudizi altrui. Noi siamo gente che ne ha viste di tutti i colori. Impossibile descriverci senza cadere nella banalità dei luoghi comuni.

187

– Prima che tu dica qualcosa, voglio spiegarti che l'ascia di guerra è stata sepolta da un po'. Sono stata io a prolungare alcuni atteggiamenti di rabbia e gelosia, e me ne scuso. Ma da oggi, ti prometto, Antonio, non sarà più così.
– Come mai questa bontà? Lo fai perché hai paura che io stia per andare all'altro mondo?
– Dài, non scherzare. È che non voglio che tra noi ci siano incomprensioni residue.
– Io non ho mai cominciato, sei stata tu a… Anche se ne avevi tutte le ragioni.
– Lo so. Ma dimentica, e andiamo avanti.
– Comandi, signor capitano!
Sorride, eppure dallo sguardo lo vedo preoccupato. Prende un tè e qualche biscottino, poi manifesta l'intenzione di andare via perché ha altro da fare.
Ci lasciamo con l'impegno che andremo a stretto giro a fare quell'esame.
– Veramente lo farò io, mica tu.
– Sarà la stessa cosa – aggiungo. – Ti stringerò la mano, stupido. Lo so che te la fai già sotto…
Va via, e mentre lo osservo di spalle penso che mia figlia non avrebbe potuto avere un padre migliore.

L'incontro tra Valerio e Bianca mi sorprende. Dal primo istante in cui lui le ha stretto la mano, lei si è comportata come una signorina ben educata (e dopo tanti miei sforzi avrei dovuto aspettarmelo). Composta, garbata, attenta. Lo ascolta e lo interrompe ogni tanto facendo qualche domanda.
Intanto io e Leo parliamo dei nostri progetti, seduti a un tavolo vicino. Ripartirà domani, ma solo per pochi giorni. Mi dice che i preparativi per il film sono oramai completati, manca

solo che arrivino in città gli attori e il regista. Quest'ultimo è un francese che vive a Roma. Uno di quei tipi che fa parlare l'anima. È un professionista stimato anche in America, e so che in questa avventura ci metterà tutta la sua arte, oltre alla pazienza che necessita.

– Conosce la storia di tua sorella, e vorrà parlare con te di alcuni dettagli. Non è un problema, vero?

– No, affatto, anzi. Sarò ben lieta di dargli il mio aiuto.

– Una domanda, Flora. Tu mi ami?

– Rispondi prima tu – dico, per prendere tempo.

– Io sì, ora più che mai. Voglio vivere con te, voglio portarti a Roma, voglio che tu e Bianca vi trasferiate a casa mia...

– Ehi, calma. Voglio, voglio, voglio. Io qui ho la mia vita, te l'ho già detto. Andiamoci piano...

– È un no?

– È un «Aspettami, dammi tempo».

– Quanto tempo? – mi chiede con un'urgenza che sa tanto di entusiasmo da adolescente.

– Come faccio a saperlo adesso? – ribatto sconsolata.

Non voglio parlare con Leo dei problemi di salute del mio ex. Non sarebbe giusto, sono informazioni troppo personali. Antonio potrebbe rimanerci male. Non piacerebbe nemmeno a me che lui parlasse dei fatti miei con un'altra donna.

E poi c'è il bar, il mutuo che ho contratto per metterlo su, la ricerca di un eventuale acquirente, mia madre che non sta bene, la scuola di Bianca...

La guardo, mentre parla con Valerio, e spero che la mia storia con Leo non le nuoccia, che non le crei turbamenti. Ho fatto tanto perché crescesse serena, anche quando i problemi, per colpa del mio ex, mi cadevano sulla testa come una valanga di fango. Ho difeso la priorità del suo equilibrio sopra i miei interessi e la mia stessa dignità. Ecco perché l'ho tirata tanto per le lunghe prima di dire ad Antonio che doveva andarsene di casa. E poi credo che le cose compiute in fretta si sgretolino presto.

Quando Bianca si alza, pronta per abbracciare Valerio, si è fatto tardi, sono già le otto. Non ho voluto interrompere il loro discorso, la vedevo appassionarsi ai vari passaggi, rapita ed estasiata dalle parole che via via si trasformavano in realtà davanti ai suoi occhi. Dall'espressione del viso mi sembra soddisfatta e perfettamente consapevole dell'importanza di questo faccia a faccia con Valerio.

– Mamma, la zia era davvero speciale.

– E tu le assomigli – prosegue il francese.

Posso piangere, o mi dite che sono la solita romanticona? Solo qualche lacrima, su. E dura poco.

Ho pensato per un attimo che Giovanna fosse qui con noi, che ci stesse guardando. L'ha voluto lei questo incontro. Ne sono certa più che mai. Ha fatto in modo che tutti i tasselli si avvicinassero, uno a uno, mettendoci insieme come una famiglia. Valerio è un uomo splendido. Lo prego di salutarmi sua moglie e i suoi figli.

– Chissà, magari tu e Bianca verrete a trovarci.

– Eh già, chissà, sarebbe bello.

– Sì, mamma, a Parigi! Mi piacerebbe un sacco!

– Potremmo farci un pensierino per la fine dell'anno scolastico – le dico.

– Magari! Allora cercherò di essere promossa. – E mi fa una smorfia.

Le ho dato un buffetto sulla guancia, minacciandola di tagliarle i viveri in caso contrario.

Intuisco dalle parole di Valerio che anche sua moglie è felice di questo nostro rendez-vous. È gratificante sapere che ci sono persone che hanno a cuore la serenità degli altri anche senza conoscerli. E solo per rispettare il loro passato. Trovo tenera tanta sincerità in una coppia. Nascondere ciò che abbiamo vissuto ai nostri partner, significa avere dei buchi neri. Vuol dire non avere mai amato. Pentirsi di ciò che si è stati. Non mi fido di chi si protegge per abitudine. Alcuni lo fanno per non essere sorpresi nelle proprie debolezze, non sapendo che sono invece queste a renderci unici, umani.

Quando vanno via tutti, mi avvicino a Mauro, ho voglia di parlare con lui. Lo trovo abbastanza malmesso (va già avanti da un pezzo in questo stato).

– Che succede, Mauri? – Lo chiamo così perché mi piace quella "i" finale che mi distingue dagli altri. Una confidenza di cui solo io ho l'esclusiva.

– Cosa vuoi che succeda? La mia vita non ha pace.

– Dài, ti prego, non metterla su questo piano. Che cosa c'entra la "tua vita" adesso? Se va male una storia, non possiamo dire che andrà male tutto e per sempre, o sbaglio? Guarda me. Chi lo avrebbe mai detto?

– Il tuo è stato un colpo di fortuna che capita di rado, e te lo meriti alla grande, Flora. Ma a noi comuni mortali tocca la feccia. Vuoi sapere l'ultima? Ricordi quell'impiegato di banca di cui ti ho parlato spesso, e che una volta è venuto qui per bere un aperitivo?

– Certo! Il biondino con la Smart. La parcheggiava sempre in doppia fila.

– Esatto! Be', ieri sera, dopo aver fatto l'amore, mi ha detto che non se la sente di lasciare la famiglia, perché i suoi figli sono ancora piccoli e lui…

– Ok, capito. E lui si sente in colpa, e… Sai qual è la verità,

caro mio? Che molti uomini non hanno il coraggio di confessare alla propria moglie «Sono gay, amo uno che è maschio come me, e non me ne vergogno. So che ti creerò un dolore nel dirlo, ma non possiamo vivere per l'eternità aggrappati a una bugia, perché i nostri figli in futuro ne soffrirebbero il doppio. Per cui, cerca di accettare la verità e auguriamoci di farci meno male possibile». Questo dovrebbe ammettere il tuo amato bancario alla sua dolce metà, ma credo che non lo farà mai. Lascia stare...
– Scusami, con tutti i problemi che hai, mi ci metto pure io...
Piange furiosamente, e si stringe a me come se fossi sua madre. Abbiamo quasi la stessa età, ma adesso provo per lui un sentimento davvero materno. Vorrei curargli le ferite, ridargli fiducia nel mondo, nell'amore, e invece rimango in silenzio a sostenerlo, qui dietro al bancone, tra tazzine di caffè da mettere in lavastoviglie e bottiglie di prosecco appena aperte. E prego affinché il mio amico prima o poi incontri l'uomo giusto.
Per fortuna in questo momento c'è un attimo di tregua al locale. Sembra la scena di un film strappalacrime. Non gradirei proprio ricevere domande del tipo «Si sente bene il ragazzo? Ha bisogno d'aiuto?». Tanto, quasi sempre è curiosità fine a se stessa, e pettegolezzo pronto da essere riportato ad altri ficcanaso fuori di qui.
Serenella, sorprendendomi per la sua provvidenziale discrezione, si è messa a pulire i tavoli ancora sporchi, canticchiando una canzone di Biagio Antonacci.
Non so se è il caso di sorriderci sopra, ma in questo momento mi sento la protagonista di un *Via col vento 3.0*. Un'eroina metropolitana strattonata dalla violenza dei venti del destino, e mai che spiri quello buono. Eccetto Leo, e la fortuna di averlo incontrato (che si è rivelata come una vincita milionaria al lotto), penso che Dio, quel Dio in cui fingo di non credere, mi stia

mettendo alla prova da troppo tempo, ma che ora con eguale forza voglia dirmi: «Coraggio, ci siamo quasi».

– Ecco, ora si sdrai e stia tranquillo, non sentirà alcun fastidio. Forse un po' di bruciore quando il liquido entrerà in circolo. È lo stesso radiologo che ha fatto la TAC a me l'anno scorso. Si ricorda perfettamente dei miei problemi causati da una brutta sinusite e oramai felicemente superati, e tra una parola e l'altra che dice io infilo qualche "ok", "infatti" e "certo", giusto per non apparire scorbutica. Penso ad Antonio. All'ago che vedo sul dorso della sua mano e al liquido che tra un po' gli penetrerà dentro, permettendoci di sapere qualcosa di più preciso sul suo stato di salute. In luoghi come questo si prende la distanza da mille cose futili.

Dopo un po' è pronto per entrare dentro e io mi sposto in corridoio. L'agitazione c'è, la paura anche, spero almeno di essere riuscita a mantenere il controllo e a non fargli percepire ciò che provo.

Di ritorno è silenzioso. Sono io a raccontargli qualche sciocchezza per stordirlo e non farlo preoccupare.

Mi chiede se il dottore abbia detto qualcosa in più oltre a quel «Dobbiamo verificare alcune immagini e poi le faremo sapere». Gli rispondo di no. Invece non è così. Ho chiesto al dottore il permesso di essere io a dirgli come stanno le cose. Antonio ora non sarebbe in grado di sostenere uno stress così forte.

– Torneremo per ritirare il referto e poi decideremo di conseguenza. Tranquillo. – Questa è la frase che mi è sembrata più inoffensiva per tamponare l'emorragia di paura che gli ho letto negli occhi.

Credo che ogni persona, in certi momenti drammatici, sappia dentro di sé come stanno le cose, ma forse evita di urlare e disperarsi per generosità nei riguardi di chi gli sta vicino e gli vuole bene.

Adesso vorrei piangere, vorrei fermare l'auto in mezzo alla strada e dare sfogo alla mia rabbia. Vorrei urlare che non è giusto, vorrei maledire non so chi. Vorrei. Ma, come tutte le volte in cui ho desiderato qualcosa di più grande di me e mi è stato impossibile ottenerlo, desisto.

SECONDA PARTE

15

A distanza di cinque mesi da quel feroce responso sono qui, dietro al bancone. Servo un caffè a un signore distinto che lavora in un'agenzia assicurativa poco distante dal bar. Mi chiede «Come va?», rispondo «Bene». Vedo nei suoi occhi una malcelata perplessità. Fa parte di quel nutrito gruppo di clienti che sanno stare al loro posto.

Mauro è giù in cucina, prepara panini, e Serenella arriverà più tardi. Alla fine ai villaggi turistici ha rinunciato. Roba da ragazzine. E lei ha già trent'anni.

Stamattina, di buon'ora, mia madre mi ha invitata per un caffè, e piangeva. Sono passata a salutarla. Dice che non ci meritiamo tutta questa sofferenza. Che Dio fa le cose storte.

– Mamma, dov'è Dio, tu lo vedi? Io no. Non l'ho mai visto da queste parti. Deve essersi distratto, oppure vuole qualcosa di preciso da noi. E cavoli, però, potrebbe dircelo di cosa si tratta! Se mi apparisse anche un solo istante, glielo farei vedere io di cosa sono capace. Gli mostrerei che malgrado tutto non mi ha messa ko.

– Figlia mia, non bestemmiare, altrimenti non saremo più degne di pregare per i nostri morti.

– Cosa? Chi non è degno? Ma non ti basta tutto quello che abbiamo passato fino a oggi? Ti prego, non farmi certi discorsi. Ora devo andare. Antonio mi sta aspettando.

– Come sta? Soffre ancora? E la morfina gliela fate? – mi

chiede, addolorata per non essersi ammalata lei al posto suo.
– Mamma, sta come immagini. Oramai, o dorme o si lamenta. È solo questione di tempo.
La crudeltà delle mie parole non l'ho usata a caso. Voglio che si renda conto una buona volta che Antonio non è uno di quei malati che hanno speranza. Deve sapere che da qui a poco io sarò vedova. Vedova, perdio! Che orrore.

Entrano altri clienti e continuo a servire. Ho sintonizzato la radio su una frequenza che diffonde solo musica romantica. Non fa per me. A cosa mi serve una canzone come quella che sta passando in sottofondo, se non ad avvilirmi di più?
Quanto mi piaceva fino a tre mesi fa! Ed Sheeran e Beyoncé che intonano questa dolce melodia, con parole che adesso suonano così terribili per me: *Piccola, sto ballando al buio, con te tra le mie braccia. A piedi nudi sull'erba, ascoltando la nostra canzone preferita... Ora so di avere incontrato un angelo in persona.*
No, no, basta. È troppo.
Cambio frequenza. Meglio la musica classica. E forse non va bene nemmeno così. Scelgo un canale d'informazione, almeno le notizie non hanno sentimento.
Ma cosa sarebbe tollerabile per me adesso?
C'è qualcosa che potrebbe farmi stare meglio?
Sì, un miracolo.
Come li scelgono lassù quelli che li meritano? In base a quali caratteristiche?
Antonio non è stato un marito perfetto, è vero. Ma è un brav'uomo, una persona perbene, un padre meraviglioso. Non ha mai fatto del male a nessuno, se non a se stesso.
– Potrei avere un latte macchiato freddo? – mi domanda una donna mai vista prima.

– Certo, arrivo. – Metto sul bancone la spremuta che ho appena preparato per un ragazzo tatuato dalla testa ai piedi e procedo.
– Lei è Flora, vero? – mi chiede la donna.
– Sì. – La guardo incuriosita.
– Sono l'aiuto regista del film che... Lei ci ha fornito i cestini.
– Ah, bene, sono felice di incontrarla, anche se ammetto che non mi ricordo del suo viso. Sono venuta solo due volte sul set ed è passato un bel po' di tempo. Sa, per me è un momento difficile.
– Sì, me ne ha parlato Leo. Mi dispiace.
– Già. Doveva essere una bella avventura, e invece è andata com'è andata.

Il ragazzo che ha bevuto la spremuta paga e va via. Rimaniamo sole, io e...
– Claudia, scusa, pensavo lo sapessi. Che sbadata! Possiamo darci del tu, vero?
– Certo, mi fa piacere e sono contenta che abbiate raggiunto il vostro traguardo. Ci tenevo più di ogni altra cosa a partecipare con la mia presenza, ma come ti ho detto ho avuto tanti momenti difficili ultimamente... – dico amareggiata.
– Non parlarmene se non ne hai voglia, ci sono dispiaceri che cambiano il corso dell'esistenza.
– Esatto, è così – ammetto senza doverci pensare un attimo.
– E Leo come sta? – aggiungo subito dopo.
– Più o meno bene. Domani verrà in città, lo sapevi?
– No, e come mai?
– Deve incontrare qualcuno. Un problema personale.
– Ah, capito.

Veramente non ho capito. Credo che sia una risposta diplomatica per non dirmi la verità.

199

– Comunque, – prosegue Claudia un po' impacciata – sappi che il film è bellissimo. Credo che sia la più bella produzione di Leo, fino ad ora. Alla fine ci siamo commossi tutti, in particolare Valerio.

– Ci credo! Lui amava molto mia sorella, l'ho capito parlandoci.

– Tua sorella? – mi chiede, piuttosto sorpresa.

Mi rendo conto di aver fatto una gaffe, ma oramai non posso più tirarmi indietro.

– Sì, la protagonista della storia nella realtà era mia sorella. E il progetto cinematografico è nato dalla volontà di Valerio, il fratello di Leo, di portare sullo schermo la loro storia d'amore tormentata.

– Quanto sono stati insieme? – mi domanda.

– Non lo so, ma penso un anno.

– E perché dopo non si sono più parlati?

– Come "perché"?

– Sì, nel film, la scena finale lascia la possibilità di immaginare un futuro aperto.

Rimango stordita. Non so rispondere. Grazie alla sensibilità di Valerio e alla bravura degli sceneggiatori è nata una storia che non viene macchiata da una conclusione macabra restituendo a mia sorella la dignità e la leggerezza che avremmo voluto per lei.

Ho le vertigini. Sono costretta a sedermi. Non mi aspettavo una notizia tanto bella. La sua uscita di scena non sembrerà nemmeno tragica. Spiego a Claudia ciò che non conosce, le racconto della corsa in motorino. Lei resta con gli occhi spalancati. La supplico di non dire a Leo ciò che le ho rivelato, per non rovinare la sorpresa che di sicuro voleva farmi, e ci salutiamo con la promessa che prima o poi ci rivedremo.

– Be', a questo punto mi aspetto di vederti seduta in platea la sera dell'anteprima. Manca poco per finire il lavoro di post-produzione, e poi credo che andremo alla mostra cinematografica di Venezia. Dopodiché il film sarà pronto per le sale.
– Spero di poterci essere, chissà… – rispondo.
Leo. Quanta amarezza mi porta oggi il suono del suo nome.
Dalla mattina in cui Antonio si è sottoposto a quella stramaledetta TAC, non ho più pensato a noi, alla nostra storia. Gli ho spiegato che il mio compito era quello di assistere mio marito e di stargli vicino. Non lo chiamo più nemmeno ex. L'ho giurato davanti a Dio che nei momenti bui ci sarei stata sempre, "nel bene e nel male", ricordo come se fosse accaduto ieri. E ora che il male vuole inghiottirsi un altro pezzo della mia famiglia, eccomi qui, a fare il mio dovere. Non mi importa più se quel Dio esiste, o se è solo una spudorata invenzione per illudersi di avere qualcuno a cui gridare pietà. Ho giurato che mi sarei presa cura di quest'uomo, e così sarà.

Passo le giornate a casa dei suoi, visto che le cure in ospedale erano diventate oramai un blando palliativo, facendomi vedere al bar quando riesco a staccarmi dalle sue mani che mi stringono forte. Incredibile, ma Antonio non ha ancora perso la sua energia.

E devo pensare a Bianca, che è ridotta uno straccio. Ho tirato avanti con le bugie per qualche settimana, poi anche la psicologa mi ha consigliato di farle capire che suo padre si è ammalato gravemente. Il giorno in cui gliel'ho detto abbiamo pianto insieme, ma scuotendola subito dopo le ho imposto di farsi coraggio.

– Non ho che te, amore mio. Dobbiamo combattere insieme, qualunque cosa accada – le ho detto, lei mi ha abbracciata. Mi ha chiesto di non andare a scuola per una settimana, e poi ha ricominciato più aguerrita che mai. Vuole essere promossa per il suo papà.

Antonio negli ultimi giorni è stato malissimo. Il suo corpo è diventato quello di un ragazzino tutto ossa. Gli dà fastidio qualunque rumore, anche il più impercettibile. La morfina è l'unica compagna che lo aiuti. Non so se sia un bene o un male che Bianca continui con le visite, perché potrebbe rimanere sciocata nel sentirlo gridare. Capitano questi momenti da incubo. E lo choc è anche mio, solo che io, arrivata sino a qui, non rispondo più al dolore come gli altri. Lascio che mi attraversi senza oppormi. Mi chiederò magari più avanti a quanto ammonti l'entità dei danni.

Cos'altro potrebbe sconvolgermi ancora?

Mesi fa ero una donna arrabbiata e delusa per la fine del proprio matrimonio. Pensavo di essere sfortunata perché mio marito andava a letto con altre, e il mio stupido orgoglio mi portava a provare rancore per lui, per la sua superficialità.

E, pensate un po', avevo incontrato, dopo anni dalla mia separazione, un uomo che mi aveva convinta a credere un'altra volta nella magia dell'amore. Ero quasi arrivata a quello stadio di felicità che tutti vanno cercando e ogni volta che ci ripenso, mi sembra che sia accaduto mille anni fa. Una favola, per certi versi, una storia da film. Ma... a metà del viaggio è arrivato un altro botto a sconvolgermi la vita. E di nuovo mi sono trovata coinvolta in una ennesima tragedia che sembra non volersi staccare più da me.

Va bene, mi arrendo, ma prima di lasciarmi sopraffare dalla disperazione, voglio portare a termine due compiti fondamentali: accompagnare con serenità mio marito verso la fine e fare in modo che Bianca resista a quest'urto terribile, mantenendo fiducia nel domani. Ho paura che cambi il suo modo di guardare al futuro, perché come è normale che sia, non accetta l'idea di perdere suo padre.

Sul mio comodino in camera, Bianca ha poggiato un piccolo rosario che le ha dato nonna Marta.

– Che cosa ci devo fare, Bianca?
– Pregare, mamma.
– Vuoi che lo faccia davvero? Lo sai come la penso al riguardo.
– Penso che Gesù ci ascolterà – dice lei. E non vuole sentire altre ragioni.
– Se me lo chiedi tu, pregherò – rispondo sfiorandole il mento con un dito.
– Grazie mamma, e se preghiamo in due sarà ancora meglio.
– Certo, amore – la rassicuro.

Stasera vuole che le racconti per la centesima volta come io e suo padre ci siamo conosciuti. E salta fuori, immancabilmente, a mo' di coniglio dal cilindro, la storia di lui e di quella insopportabile stupida che gli andava dietro senza vergogna. Era una gara fra me e lei, anche se io non amavo competere per principio. E a Bianca piace pure ascoltare dei nostri viaggi segreti per fare l'amore. Non è che io scenda nei particolari, ci mancherebbe, le faccio solo capire che tra noi la passione è sempre stata forte. Ripercorrere tanta vita, tanto ardente furore, credo le dia l'illusione che tutto possa ribaltarsi, e che suo padre possa tornare di nuovo in perfetta forma tra noi.

– Ma tu lo ami ancora papà?
– Certo che sì. Non ho mai smesso. Ero solo arrabbiata.
– E ora sei arrabbiata o lo hai perdonato? Dimmi la verità, non ci rimarrei male.
– Vuoi la verità, piccola?

– Sì – mi risponde attenta.
– Anche quando dicevo di essere arrabbiata, sotto sotto ero felice di vederlo qui a casa nostra. Mi è sempre piaciuto trovarmelo tra i piedi, però con lui fingevo di essere infastidita. Noi donne siamo strane. A volte facciamo intendere il contrario di ciò che pensiamo. Forse abbiamo bisogno di conferme.
– Che bello, mamma. Era questo che volevo sentirti dire.
– Ora però mettiti a dormire, e non pensiamo alle cose brutte. Io pregherò come mi hai chiesto di fare. E intanto aziona la macchina dei sogni, cuoricino mio adorato, te ne auguro tanti e tutti belli.

Bianca si addormenta non appena esco fuori a fumare. Il pacchetto che avevo nascosto quando avevo deciso di togliermi il vizio sta per finire. Non mi sento in colpa. L'alternativa era cominciare a bere, o darmi al consumo smoderato di cibo. Le droghe, per esperienza personale, mi fanno schifo, e hanno distrutto indirettamente la mia vita. E non solo la mia. Per cui, visto che piangere non serve a molto, accetto di intossicarmi con qualche sigaretta. E poi di piagnucolare non ne posso più. Ho versato troppe lacrime per una sola vita, cominciando a sedici anni.

Seduta sulla sdraio, che non metto in cantina nemmeno d'inverno, mi godo questo gelo che mi rinfresca la pelle. Ho i brividi ovunque, ma sento che non mi dà fastidio; anzi, ne avevo bisogno. Il freddo sul viso mi sveglia da un torpore che mi è estraneo, e da una rabbia che mi sta pietrificando. Davanti ai problemi non avverto più ansia. Non me ne frega più niente se i fornitori chiedono il pagamento della merce e io sono in ritardo, o se il responsabile della banca dove ho aperto un fido mi telefona più volte al giorno, tanto non rispondo. E non risponderò fino a quando Antonio non sarà... Non so cosa sarà. Non so quanto tempo durerà questa agonia. Non so. Ma gli altri dovranno aspettare, e se vorranno portarmi in tribunale, per espropriarmi anche questa casetta, sono pronta. Eccomi qua. Semmai andremo a vivere da mia madre.

Mi sono comportata sempre come un soldatino, sono stata fin troppo precisa e onesta, maniacale direi, nel rispetto delle scadenze, e nel mantenere fede agli impegni presi. Ora basta. Ora c'è solo il pensiero di Antonio e della sua sofferenza.

Chissà cosa fa Leo, se mi pensa, se gli è rimasto dentro qualcosa di me. Abbiamo fatto giusto in tempo ad annusarci, capire che tra noi poteva nascere una bella storia d'amore. E quando mi ero convinta che potevo fare il salto, che il vuoto sotto era stato colmato da una presenza benefica, ed era perciò tutt'altro che pauroso, il patatrac.

È stato tremendo sentirsi dire che non era giusto, e che forse non ero mai stata innamorata di lui. Però alla domanda «Tu cosa faresti al posto mio?» non ha risposto. E quei silenzi con cui mi ha punita quando sono andata a trovarlo sul set non me li meritavo. Mi ha salutata come se fossi trasparente, come se avessi voluto io tutto questo.

Valli a capire gli uomini. Un giorno ti giurano amore eterno, e quando sei nei guai non sprecano un solo minuto per aiutarti. Anzi, avanti un'altra.

Già, Emma. Quell'odiosa signora bon ton che era vicino a lui e non lo lasciava un attimo, controllando come un'esperta anche il lavoro del regista, mi è stata antipatica da subito. Mi guardava con aria di sufficienza, quasi avesse visto una zingara chiedere l'elemosina al semaforo. Che necessità c'era di portarsela dietro anche sul set? Me l'ha fatto apposta. Per farmi pentire della mia scelta. Come se avessi avuto un'alternativa.

Sento le onde sbattere sugli scogli. Il rumore che arriva fino al terrazzo mi agita. Fumo l'ultima sigaretta. Dopo avrò bisogno di bere anche un bicchierino di grappa. Guardo il cellulare e rileggo i messaggi che Antonio mi ha inviato nelle ultime settimane. Ci sono tanti grazie e decine di faccine con i cuori al posto degli occhi. Quando le sofferenze diventano troppe si ritorna bambini. Abbiamo un unico desiderio: sentirci amati, il resto non conta. Scompaiono arroganza, presunzione, rancori e incomprensioni, insieme a ogni altro sentimento di cui non si può essere orgogliosi. Una purificazione prima dell'addio, una salita lenta verso la santità. Anche gli uomini la conoscono. E non è vero che i santi sono stati tutti perfetti. Nella loro vita, l'ho letto in diversi libri, molti hanno commesso vari tipi di peccato. E cosa sarebbe la vita stessa se rimanesse immacolata dall'inizio alla fine? Una noiosa esperienza di cui nessuno vorrebbe sapere. Il peccato, sempre che possa essere definito tale, non è altro che la dimostrazione che l'uomo ha più d'una possibilità di scelta.

Impossibile per me dormire stanotte.

Torno in camera rinfrescata dal freddo che mi ha pizzicato braccia e gambe, poi mi allungo accanto a Bianca. La sfioro, e strofino i miei piedi sulle lenzuola per riscaldarli. I suoi sussulti di bambina spaventata mi fanno tenerezza. Siamo sole, figlia mia. Dobbiamo arrampicarci su questa salita, e non sarà un'esperienza facile. Dammi forza tu, perché io ne ho già consumata tanta. Lo so, ti chiedo troppo. Alla tua età dovresti pensare a quali jeans vanno di moda, e se il più figo della classe guarda te oppure un'altra. Invece le tue giornate passano da una visita a tuo padre ad asciugare le lacrime a me che non smetto mai di piangere, oppure a fare coraggio ai tuoi nonni. Non sarà sempre così, lo giuro. Per ora ci siamo impantanate. Verranno giorni migliori, dovranno venire, figlia cara. La speranza non è una concessione, ma un benefit che il destino ci deve.

Siamo in fila su un strada che tutto l'anno pullula di traffico. Bianca accende la radio e ritorna Adele.
– Ti piace questa canzone? – le chiedo aumentando il volume.
– Così così. Troppo triste – afferma lei.
– A me piace un sacco. Mi ricorda Leo.
– Non me ne importa – risponde risentita.
E si gira dandomi le spalle, con la scusa di guardare fuori dal finestrino.
– Ehi, tu, che ti è preso? Ti ho detto una cosa senza importanza. No, non è vero. Io a Leo ci tenevo.
– Non mi sembra giusto che parli di lui mentre papà sta male.
– L'ho detto così, senza pensarci sopra. La canzone mi…
– Basta, basta. Non voglio sapere niente di lui.
– Ok. Colpita e affondata. Ripeto, era solo per raccontarti un ricordo di mesi fa.
– Scusa, mamma, non volevo, però di Leo non mi importa più nulla. Ora voglio solo che papà guarisca.
– Certo, Bianca, capisco perfettamente, ma prima di chiudere il discorso ci tengo a dirti che io mi ero innamorata sul serio di questa persona. Voglio essere onesta fino in fondo con te.
– Ma ieri hai detto che ami ancora papà.
– Sì, e te lo ripeto se vuoi, ma vedi…
– Allora sei bugiarda. Oppure confusa.
– No! No e poi no! – sottolineo esasperata. – Né l'una, né l'altra cosa. Prima di incontrarlo non avrei mai pensato che io e tuo padre ci saremmo ritrovati in una situazione come quella

che stiamo vivendo adesso. E avevamo già chiuso per sempre con il nostro matrimonio. Lo voleva anche papà, credimi. Cosa potevo fare, allora? Tu stessa mi dicevi che sembravo una donna priva di sentimenti, che ero fredda come una statua di marmo.
– Ma io lo dicevo perché speravo che ti saresti rimessa con papà.
– Sì, ma poi hai anche detto che Leo ti era simpatico.
– Infatti, però...
– Eh, già. Però. Però c'è da aggiungere che nel frattempo io avevo capito che potevo amare ancora. Tuttavia, quando è cambiata la nostra realtà, non ho esitato a fare un passo indietro.
– Spiegati meglio, mamma, ami papà o pensi ancora a Leo?
– Tuo padre lo amerò per sempre, ma di un amore – come posso dire... fraterno, familiare, ecco. E Leo era...
– Se dici "era", significa che è finita anche con lui.
– Esatto, per sempre. Forse, se gli avessi chiesto del tempo per concentrarmi su tuo padre, mi avrebbe pure aspettata, ma non sarei stata serena io. E dunque, a questo punto, non è più un mio problema.

Davanti all'istituto scolastico trovo mio suocero poggiato al muro di recinzione che ci aspetta. Mi preoccupo. Il cuore mi salta in gola. Aspetto che mi dica che... ma avrebbe potuto telefonare, e invece non ho trovato alcuna chiamata. Abbasso il finestrino, mentre Bianca scende per salutarlo, e balbetto un «Ciao, tutto bene?» che sa di bugia, di mistificazione.

È lì per un semplice saluto a sua nipote.

L'anno scolastico sta quasi per finire, e fuori i ragazzini si divertono a combinare scherzi, fanno baldoria, sono felici. L'estate è in arrivo. Nessuna tragedia, dunque. Per poco non mi è preso un colpo. Le lascia un KitKat tra le mani e si congeda.

– Vuoi un passaggio? – gli chiedo.
Accetta. Rimaniamo qualche istante fermi, senza parlare. Con le mani sullo sterzo, mi sfogo per tutte le volte che davanti a mia suocera non ho potuto piangere. Ma non avevo detto che non volevo più ricorrere a questa insopportabile pratica? Sembra che io non riesca a mostrare i miei sentimenti in altro modo. Franco resta in silenzio qualche istante ancora, poi mi fa un discorso terribile.
Quando lo lascio nei pressi di casa, so perfettamente che non abbiamo speranze. Manca poco a quel momento atroce a cui, per reciproca solidarietà, decidiamo di non dare un nome.
È Bianca il mio primo pensiero. È giusto che veda suo padre in queste condizioni? E se le rimanesse per la vita un ricordo doloroso di lui?
A chi posso chiedere quale sia la soluzione meno traumatica? Ne ho parlato all'inizio con la psicologa, ma ora non ho più la dovuta lucidità per affrontare nuovi incontri e sedute snervanti. Queste sono scelte che vanno fatte col cuore. Non posso demandare a nessuno una responsabilità così ardua.
Decido di chiederlo a lei. Ha quindici anni, e una testa che viaggia alla velocità della luce.
Nel pomeriggio, sedute in cucina, davanti a un tè caldo, mia figlia mi sorprende per la sua saggezza. Mi dice, senza troppi giri di parole, che desidera rimanere al fianco del suo papà fino a quando... Poi silenzia la voce.
Dio, dove sei? Perché mi hai lasciata sola in questo deserto che mi sta prosciugando il sangue? Ehi, tu, ascoltami! Parlo con te. Sembra che ti stia divertendo. Cosa vuoi, giudice ingiusto che non sei altro? Passi per tutte le volte che ho dovuto piangere io, per colpa del tuo menefreghismo, ma mia figlia no, non puoi contemplarla in questo crudele disegno.

Perché anche lei? Perché? Che ti ha fatto? Perché le stai portando via suo padre?

La cerco, la raggiungo nella sua cameretta al buio. È stesa sul letto e singhiozza. Mi adagio accanto a lei mentre trema e sussulta. La abbraccio. Mi respinge. Vuole rimanere sola. E vuole che chiuda la porta.

Torno in cucina e chiamo mia madre. La informo delle ultime novità.

Resta muta e mi sembra di parlare con un'entità lontana.

– Passo a prenderti più tardi. Andiamo a trovare Antonio.

– Va bene, figlia mia, ti aspetto.

16

La mattina del funerale di mio marito, in città c'è un sole spudorato. E vento. Un vento fortissimo. Da noi è un soffio familiare: per le strade c'è quasi sempre questo alito prepotente. Scompiglia i capelli e trasmette inquietudine a chi c'è l'ha già dentro. Mentre agli altri talvolta fa persino piacere. E il vento sa essere gentile quando fa caldo. Oggi infatti in città la gente non ha bisogno di sventolarsi per strada come fa di solito. Noi invece siamo coperti da capo a piedi, e abbiamo troppo dolore addosso per accorgerci di quello che ci accade intorno. Potrebbe arrivare un terremoto e spaccare in due la Sicilia, ma rimarremmo fermi in contemplazione della bara in cui giace Antonio. Io e Bianca lo salutiamo lasciandogli una rosa rossa per eterno ricordo del nostro amore. Sento la sua mano fredda e rigida. Mi sconvolge la rabbia che mi trasmette, e la sua disperazione.

Al cimitero non c'è ancora la foto di Antonio. Nessuna va bene per noi. In una è troppo pallido, nell'altra è con gli occhiali da sole, e in un'altra ancora è seduto in moto e non si può ritagliare.

Ho chiuso il bar per dieci giorni. Durante la nostra tragedia Mauro si è messo a disposizione, garantendomi che avrebbe mandato avanti lui la baracca aprendo anche il giorno seguente al funerale.

– Non pensarci nemmeno – gli ho risposto seccata. – Non

è morto un cane, è morto mio marito nonché padre di mia figlia. – C'è rimasto di stucco. Voleva essermi d'aiuto e invece ha fatto una gaffe.

L'ho rassicurato subito dopo, era il minimo, pregandolo anzi di scusarmi. Sono esausta. Le notti al capezzale di Antonio, gli ultimi giorni di tormento perpetuo, le crisi di Bianca, e mia madre che non si alza più dal letto metterebbero KO chiunque. Non dormo da mesi. Non so come faccio a resistere. Se non sono crollata ancora è perché mi tiene in piedi la rabbia.

Il ritorno alla vita di sempre mi lascia indifferente. Guardo i clienti che entrano ed escono e invidio la loro normalità. Quanto mi piacerebbe preoccuparmi di minuzie come la temperatura di un cappuccino o il fastidio di alcuni semini rimasti accidentalmente dentro una spremuta di agrumi. Eppure è proprio la mia quotidianità, senza che me ne accorga, a salvarmi da un dolore che non riesce a sbranarmi del tutto.

Serenella nel frattempo si è fatta castana. Dice che essere bionda le portava sfiga. Ecco di cosa ho bisogno: di una sana dose di superficialità. Di persone che non mi rimbambiscano ancora con le loro condoglianze o frasi di circostanza preparate col vocabolario. I primi giorni mi dedico all'ascolto dei discorsi sconclusionati della mia collaboratrice.

Una dopo l'altra le giornate passano senza entusiasmo, e arriviamo ad agosto. Dopo la metà del mese, che io detesto perché ogni località di vacanza è presa d'assalto, porto Bianca in montagna. Mi sembra un buon compromesso. Piaceva ad Antonio, piace anche a me, e suscita tanta curiosità in mia figlia.

Quindici giorni senza separarci un attimo. Quindici giorni di pace e silenzio. Ho letto due libri, Bianca si è pure abbronzata, e ha fatto anche in tempo a fare amicizia con delle coetanee molto simpatiche. Prima di partire si scambiano gli indirizzi, con la promessa di ritrovarsi da qualche parte. Che bella la loro età.

Ricordo che anche io dispensavo bigliettini con il numero di telefono e l'indirizzo scritto in stampatello a tutte le adolescenti che venivano in vacanza da noi al mare.

Al nostro ritorno, i soliti preparativi per la scuola, il bar che riapre, e le conosciute noie.

Dentro alla buca delle lettere trovo una busta beige il cui mittente è la L.S. Production. La apro e trovo l'invito per l'anteprima del film. Il primo ottobre ci sarà l'evento a Roma. Tremo. Da quanto tempo evitavo di pensare a lui. Certo, l'istinto c'era, ma con ostinata volontà cercavo di mettere da parte la tentazione.

Tra le mani quel cartoncino scritto in corsivo mi fa un effetto strano. Una vita fa, verrebbe da dire, e invece è stato ieri. Ancora vibro per quell'amore interrotto.

Rinunciare all'anteprima sarebbe come tradire Giovanna. E presentarsi col vestitino elegante sarebbe come ammettere: «Mi sei mancato Leo, e mi manchi ancora».

Prendo tempo.

Dopo una settimana ricevo una telefonata da Claudia, l'aiuto-regista.

– So che sei stata invitata, verrai?

– Penso di no – rispondo. L'ho deciso sul momento. Per non dare l'impressione della poveretta che non aspettava altro.

– Leo se ne dispiacerà.

– Non importa. Non me la sento. Sono accadute troppe cose. E poi…

– Ma, Flora, questo film è anche tuo.

– Lo vedrò al cinema – ribatto.

– Non sarebbe la stessa cosa, – aggiunge lei – e secondo me sbagli, scusa se insisto.

– Ho fatto tanti sbagli, cosa vuoi che cambi se nella lista ne aggiungo un altro?

– Mi sei simpatica, non immagini quanto. Se ti avessi conosciuta prima, giuro, oggi saremmo vere amiche.

– Grazie, Claudia. Onorata, e salutami...

– Non chiedermi favori che non posso permettermi. Leo ci tiene a invitarti di persona. La mia telefonata è solo una formalità. So che verrà lui per dirtelo a quattr'occhi. Però acqua in bocca, per favore. Altrimenti...

Ho detto che non me ne importa nulla che venga lui per convincermi ad andare all'anteprima. Quando prometto, poi mantengo. E non ci andrò. Oltretutto dovrei prendere un aereo per andare a Roma, lasciando Bianca qui da sola. Anche se mia figlia non è mai sola.

Quante scuse mi sto raccontando?

Già, Bianca. È arrivato il momento di dirle che Leo ha prodotto un film che parla della storia d'amore tra Valerio e sua zia. E fin qui non ci sarebbe niente di strano. Lo stordimento le arriverà quando dovrò raccontarle della droga, e dei ricatti che le faceva Giuseppe. E ha già avuto un trauma grande quanto il mondo da così poco tempo. Devo farlo, non posso procrastinare. Nel nostro rapporto non è contemplato un tradimento.

Finalmente un momento lieto arriva a riscattare tanto buio nei miei giorni.

Mauro si è fidanzato "ufficialmente". Il fortunato è un personal trainer che si è trasferito qui perché ama il mare, e che dopo tanto girare l'Italia ha trovato nella nostra graziosa città il luogo ideale. Si presenta a noi con un sorriso pieno di gioia, e tanta tenerezza negli occhi.

– Evviva! – urlo senza inibizioni. – Era l'ora.
Amedeo mi stringe la mano e mi dice che ha tanto sentito parlare di me.
– Mi dispiace, signora, per la sua...
– Grazie, Amedeo, ma ti prego, diamoci del tu.
– Sì, ecco, non sapevo se...
– Qui il "lei" è vietato – ordino, e sorrido.
La mia gioia è incontenibile, e aggiungo che lui e Mauro sono invitati a casa nostra per una cena. Dobbiamo festeggiare. Il momento è di quelli che meritano di stappare di una bottiglia.
– Per voi domani va bene?
– Sìì – rispondono all'unisono.
Era l'occasione che aspettavo per concedermi qualche ora in compagnia. Un po' di svago è proprio quello che mi ci vuole. E lo faccio soprattutto per Bianca.

Quando la sera mi sorprende ai fornelli, intenta a preparare la ricetta che più amo, ovvero la parmigiana di zucchine, mia figlia mi domanda incuriosita chi ho invitato a cena e quando dovrebbero arrivare gli ospiti, visto che adesso è già tardi per accogliere qualcuno. Rispondo che i preparativi sono per il giorno dopo, e le racconto di Amedeo e Mauro. Non la vedevo con un'espressione così lieta da mesi. A lei è sempre piaciuto il mio collaboratore, e gli vuole bene.

– Mamma, ma i gay possono avere figli?
– C'è chi sceglie di averli, ricorrendo a una mamma "esterna", e c'è chi decide di non farli nascere perché non se la sente. Per me vanno bene tutti e due i modi di pensare. Non spetta a noi giudicare.
– Io ho sentito tante critiche e non capisco perché – aggiunge lei, perplessa.
– È un discorso delicato, amore mio. In ogni caso, come

facciamo noi a impedire a una persona di desiderare di prendersi cura di un bambino, anche se per evidenti motivi non può generarlo? Le mamme e i papà non sono solo quelli che ti mettono al mondo facendo l'amore.

– Se io fossi omosessuale vorrei avere un figlio lo stesso – mi dice con la sua ingenuità disarmante.

– Lo vedi? Quindi per te sarà difficile trovarti nei panni di fustigatrice dei desideri altrui. Brava, Bianca, mi piace come la pensi.

Prepariamo una torta insieme, e in questo istante rivedo una luce che credevo perduta per sempre. Nel nostro piccolo nido familiare siamo tornate a essere una madre e una figlia che trascorrono il tempo occupandosi di faccende casalinghe. Gesti semplici che si riscoprono importanti solo quando li hai persi nella tempesta di dolori più grandi, e ritrovandoli ne vieni affascinato al punto tale da bramarli. La normalità che ognuno dovrebbe tenersi stretta come il più ambito dei tesori.

Finiamo di preparare la cena per i nostri amici che è quasi mezzanotte. Un *bip* inaspettato rompe il silenzio in cucina.

Come stai? Sei sempre nei miei pensieri. Leo.

Leo, caro, sapessi quanto lo sei tu. Vorrei rispondere, e invece spengo il cellulare.

Sono passati due giorni dal suo messaggio, e non ha scritto più niente.

Dovevo aspettarmelo, no?

Ignorare un saluto non è stato educato da parte mia. Gli ultimi contatti prima di questo, erano avvenuti dopo il funerale. In quei messaggi mi faceva sapere che mi era vicino e che, se avessi avuto bisogno di lui, c'era.

Anche allora avevo evitato di rispondergli. Per paura di apparire superficiale. Antonio era stato seppellito da poche ore e io mi facevo consolare dall'uomo che voleva prendere il suo posto? Suvvia! Solo una spudorata avrebbe ceduto.

Nonostante tutto, però, Leo mi suscita ancora forti emozioni. È stato l'unico uomo con cui ho fatto l'amore a parte Antonio. Fra noi c'era una complicità intensa, una forte attrazione fisica. Dimenticandomi del mio essere donna, ho seppellito insieme a mio marito anche il diritto di credere nel futuro.

Mi passa davanti, come in una scena al rallentatore, il momento in cui Antonio se l'è trovato al bar che parlava con me. D'istinto mi ha chiesto chi fosse, e non sembrava convinto della mia risposta. Gli è uscita fuori una gelosia nei miei riguardi che non aveva mai manifestato prima.

Le ultime ore di lucidità le ha spese per dirmi che sono stata una brava moglie e una madre perfetta, e che avrei dovuto continuare così, per il bene di Bibi. Lui adorava chiamarla così. Altro non ha detto. Ah, sì, ha aggiunto che era consapevole che avrei sempre fatto le scelte giuste. In me aveva fiducia. E io onorerò questa stima, non permettendo a nessun altro uomo di avvicinarmi. Lo farò soprattutto per la tranquillità di nostra figlia.

Il tran tran dello scorrere dei giorni mi porta ad accompagnare mia madre dal medico. Questa volta si tratta di un forte mal di gola che non le è passato nemmeno con la cura di antibiotici.

Discorrendo del più e del meno, il dottor Mazza mi chiede come sto.

– Credo bene, ma non dirmi di sottopormi a esami perché non ne ho voglia. Se proprio dovrò morire, lo farò inconsapevole di quello che mi tocca.

– Dài, non scherzare. Hai una figlia e una madre di cui prenderti cura.

– Già. Infatti è per loro che resisto.

– Flora mia, dovresti avere più attenzione per la tua salute. Lavori troppo e... – interviene mia madre.

– Mamma, ti prego, non ricominciare.

– La sente, dottore? – ribatte lei. – Vuole decidere tutto da sola, e non mi permette di parlare.

Le visite al dottor Mazza sono un intermezzo che mi fa bene. Lui mi conosce da quando ero ragazzina. Mi ha vista malata di pertosse, mi ha accompagnata in ospedale per un attacco di appendicite, che poi si è rivelata essere quasi una peritonite, mi ha accudita quando piangevo per Giovanna e non dormivo la notte, e ha cercato per me il miglior specialista quando, poco dopo il parto, mi trovarono un tumore benigno alla tiroide. Per fortuna niente di grave.

Non potrei nascondergli nulla. E le nostre chiacchierate, in quella stanza così familiare, hanno effetti migliori di una seduta dallo psicanalista.

Ha detto che ha trovato mia madre migliorata nell'umore. Più combattiva e forte. Sarà stata l'ennesima mazzata ricevuta. Non è che le disgrazie ci pieghino e basta. A volte sollevano rivolte.

Invito mamma a restare stasera a cena, ci saranno anche Amedeo e Mauro.

– Amedeo? Chi è Amedeo?

– È il nuovo fidanzato di Mauro. Un tipo davvero simpatico, sai?

– Un altro?

– Un altro. Mamma, l'amore non si trova come il pesce al mercato. E a volte lo compri e scopri che è pure andato a male.

– Ma lui va sempre al banco sbagliato!

Mi strappa una risata. E poi, timida timida, sorride anche

lei. Evvai! Un altro gol: ho fatto illuminare di nuovo gli occhi di mia madre.

La coppia si complimenta con Bianca per come ha apparecchiato la tavola. Devo dire che sono orgogliosa dei suoi progressi. Fino a un anno fa, ogni qualvolta la pregavo di darmi una mano in casa, evitava volentieri di aiutarmi, adducendo sempre delle scuse discutibili. A stento si rifaceva il letto prima di andare a scuola, ma ora fila tutto liscio e mi sembra più responsabile. Non significa che io intenda sfruttarla, ma solo farle capire che abbiamo eguali diritti e doveri. E so che le servirà per il futuro, quando non ci sarò più io a risolverle i problemi di tutti i giorni. Prego affinché non le venga in mente di trasferirsi altrove a studiare; tuttavia, qualora dovesse accadere, non potrei impedirglielo.

E ancora c'è in ballo quel desiderio di seguire il sogno di sua zia. Studiare all'Accademia nazionale d'Arte drammatica a Roma. Sarò pronta a darle il mio sostegno economico e morale, ma poi dovrà fare tutto da sola. Mi angoscia già l'idea di un suo distacco. Lo ammetto mormorandolo a me stessa: lei non dovrà mai sapere che soffrirò per la sua partenza. Non ripeterò lo stesso canovaccio che avevo studiato per trattenere mia sorella.

Durante la cena mia madre fa un sacco di domande ai due innamorati. Lo so che a lei una coppia gay provoca ancora, pur non volendolo, un antico rigurgito di inquietudine e curiosità. Ma verso la fine, quando ho già messo la torta in tavola, chiede la parola per fare un discorso di cui sono all'oscuro. Ho paura. Temo che dica qualcosa di antipatico e addio amicizia con Mauro.

– Ragazzi, non dovete dimenticare un dettaglio importante. La giovinezza non dura in eterno. Perciò, se vi amate, fate le cose per bene. Sposatevi e non cercate altro in giro. Tanto, se uno cerca, troverà sempre qualcun altro più interessante. Ma poi cosa resta? Il vuoto. Io vi auguro di sapervi accontentare, e di godervi la vostra serenità insieme.

Sui nostri volti compare l'emozione per un augurio così gentile, sincero. Amedeo si alza per primo e si avvicina commosso per ringraziarla. Si avvicina a lei e piange. La ricopre di baci. Li raggiunge Mauro, e insieme diventano un concentrato di sorrisi e lacrime.

Bianca si volta verso di me ed esclama: – Amen, mamma, amen. – Però è esaltata anche lei per questo fuoriprogramma eccezionale. – Evviva la nonna! Brindiamo a lei e alla sua salute!

Oramai pensavo che Giuseppe Contino, alias "Peppe scheggia" per la velocità con cui scorrazzava in moto per le vie della città, si fosse perso nei meandri dei bassifondi che frequentava. L'ho visto due sole volte in vita mia, dopo la morte di Giovanna, e in entrambi i casi ho evitato di avvicinarmi, anche se il desiderio di sputargli in faccia è sempre stato forte.

Entra nel mio bar, accompagnato da una donna molto volgare, e va dritto al bancone da Mauro, mentre la signora si guarda intorno. Sta studiando il locale, forse cerca...

– Scusi, dov'è la toilette? – mi chiede aggiustandosi i capelli color miele.

Ha lo sguardo liquido e distaccato. Le indico la porta passandole la chiave. Non so come io riesca a frenare l'istinto di raggiungere Giuseppe e prenderlo a pugni. Resto ferma alla cassa, pietrificata. Lui finisce di bere il suo caffè e si avvicina. Mi fissa. Non dice una parola.

– Cosa ha preso? – La voce mi esce a stento.

– Caffè corretto. Scusa... ma...

– Sono io. Quanto tempo – dico fredda.
– È tuo il bar? – Mi dà del tu e io non gradisco.
Rispondo col giusto distacco:– Sì. E lei, come mai da queste parti?
– Sono passato a salutare i miei. Come state? Sua madre, suo padre? – ha il coraggio di dire. Finalmente ha capito che deve darmi del lei.
– Mia madre sta bene, mio padre è morto da un po'. Ha finito di soffrire. Lei dovrebbe saperlo che non abbiamo mai smesso di stare male per Giovanna.
Ritorna la donna che era con lui, e cerca di capire cosa ci stiamo dicendo. Chiede: – Tutto ok, amore? – Sembra imbambolata nel guardarlo. Una geisha adorante.
– Tutto a posto, gioia. Va bene, ora andiamo. Arrivederci signora.
– Addio. E spero che non capiti mai più di rivederla nel mio locale.
Mentre vanno via, la bambola inespressiva si volta ripetutamente, cercando di interpretare quanto ho detto.
Chissà che cosa le sta raccontando lui adesso. Esperto com'è nel montare chili di frottole, potrebbe anche averle confidato che sono una sua ex spasimante delusa.
Rivederlo è stato terribile, come ripercorrere in un solo attimo tutte le nostre sofferenze.
A Mauro dico la verità, perché siamo soli, mentre Serenella prepara i panini in cucina. E dopo che ho concluso il racconto di questa storia assurda, concentrata in poche frasi, lui sospira e abbassa lo sguardo.
– Non avrei mai immaginato, mamma mia, Flora.
– Eh! Succede anche questo alle persone perbene, caro Mauro.

Faccio pochi passi e suona il telefono.
Leo.
Rispondo?
No.
Evito.
E, proprio in questo momento, quella canzone riaccende i ricordi.

– Mauro, perché sintonizzi sempre la radio su questa maledetta frequenza? La odio con tutta me stessa.
– Cosa? – mi chiede da dietro il bancone. – Ma sei tu che ascolti lo stesso programma da anni!
– Va bene, non fa niente. Però, almeno, aumenta il volume.

Adele, e la sua voce. Adele che mi fa tremare i polsi, e anche qualcos'altro.

Se lo dico al mondo, non dirò mai abbastanza, perché non sarà detto direttamente a te e questo è esattamente ciò che ho bisogno di fare se finisco insieme a te...

Esco a fare una passeggiata, voglio andare al mare.

Lungo la litoranea incrocio poche auto. A quest'ora sono tutti a pranzo con le famiglie. Bianca dopo la scuola è andata a casa della sua compagna di banco, e rimarranno da lei per fare i compiti..

Percorro più o meno venti chilometri e arrivo in quel borgo di pescatori dove mi ha portata Leo tanto tempo fa. O poco. Non saprei. Il tempo si confonde.

L'aria è fresca. Eppure si sente lo strascico dell'estate.

Scendo dall'auto e comincio a camminare. Davanti alle onde impetuose di questo mare azzurro, e all'orizzonte senza fine, piango. Piango perché in fin dei conti, e me lo ripeto ancora una volta, ho attraversato indenne le mie tempeste.

Sono ancora qui.

Dio, mi vedi?
In fondo sono solo un po' ammaccata. E ti ringrazio per quello che ho. Che è tanto. Ho mia figlia in salute, mia madre che malgrado le sue lamentele tira avanti e mi dà coraggio, e ho suoceri che mi rispettano. Il lavoro non manca, e credo di stare bene. Sì, Dio, ti ringrazio, perché poteva andarmi peggio.
Ora sei contento di avermi fatto dire questo?

Alle mie spalle sento una presenza, qualcuno che si muove. Mi giro, e vedo una donna anziana che cerca di dirmi qualcosa. Ha i capelli scomposti, il volto solcato da rughe, ed è vestita di nero. Noto che ai piedi porta scarpe piuttosto consumate.
– Bello, eh? – mi urla.
Con tutto questo vento le sue parole si perdono nell'aria.
– Sì, bellissimo. Il mare è la mia passione.
– Mio marito faceva il pescatore. Quante volte mi metto qui ad aspettarlo.
Sembra uscita dalle pagine di un libro. Un'eroina di tempi lontani.
– E ora dov'è? – chiedo.
– È morto.
– Mi dispiace – sospiro.
– Eh! Signora mia, è la vita – risponde serena.
– Anche mio marito è morto. Da poco, ed è dura.
– Già vedova, così giovane? Che dolore deve essere stato per lei. Le faccio le mie condoglianze.
– Grazie. – E senza correggere la domanda, gliela faccio così come l'ho pensata: – Ha detto che aspetta suo marito, che vuol dire? Mi aiuti a capire.
– Vengo a cercarlo nel posto che più amava. Sento che è ancora qui, a lui piaceva mettere i piedi nella sabbia.

– Sarebbe stupendo anche per me credere nei legami con l'Aldilà, ma ho tanti dubbi, purtroppo.

– E perché? – mi domanda contrariata.

– Perché non ho mai avuto prove.

– Le prove sono dentro di noi, e solo nel cuore troviamo le risposte che cerchiamo.

Non ha dubbi questa donna, e lascia a me l'onere di insinuare che si sbaglia.

– Mi scusi se sono stata dura, ma sono anni che cerco di trovare il mio equilibrio. E...

– Nessuno può aiutarla a raggiungere questo scopo. Ma se lei avrà fiducia nell'amore, vedrà che tutto si sistemerà...

– Grazie per il conforto. Oggi ne avevo bisogno – le dico piangendo.

– Lei non deve perdere mai la speranza. Perché quando si scende all'inferno, poi si diventa più forti. Nessun dolore è mai inutile.

Si congeda subito dopo, perché vuole rimanere sola. Non ha ancora concluso il suo rituale. Si allontana di qualche metro e la vedo concentrata a guardare il cielo. La invidio. Invidio la sua costanza, la sua fede, la sua fiducia, e la volontà di proseguire in un dialogo che non vacilla nemmeno davanti alla solitudine. Quello tra lei e il marito deve essere stato un grande amore.

E il mio verso Antonio lo era? Non ho dubbi. E quello di Antonio nei miei riguardi? A tratti, ma sempre vero, anche se macchiato da errori infantili.

Di che sostanza era fatto il nostro legame? In uno dei nostri ultimi dialoghi, dopo aver chiesto ai suoi di lasciarci soli, si è dichiarato pentito di tanti fraintendimenti. Le sue scappatelle non sono state altro che incidenti di percorso nel nostro viaggio consumato insieme.

"Incidenti", li ha definiti così. E ora io devo digerire quelle parole. Immaginando una colonna che ha subito ammaccature, ma che è sempre in piedi, solida, pronta ad accogliere altri colpi, semmai ne dovessero arrivare.

La sagoma di quella donna vestita di scuro a mano a mano si sfoca, e io risalgo sulla Panda di tante battaglie.

Nel viaggio di ritorno mi arriva un messaggio sul cellulare.

È Bianca che mi avvisa che sta per tornare a casa.

Tra un po' arrivo anch'io, le scrivo, desiderando più di tutto stare con lei.

Dopo essermi abituata alla sua costante compagnia, questa estate, ho capito che il tempo migliore lo trascorriamo insieme. Vorrei vendere il bar, inventarmi qualcos'altro. Ma poi chi ci manterrebbe? Non possiamo certo campare con la misera pensione di mia madre. Né in questi anni sono riuscita a mettere da parte granché. I miei pochi risparmi sono stati prosciugati dai debiti per mettere su il locale. E Antonio, non ha lasciato niente, poveretto.

Avviso Mauro e Serenella che non tornerò al bar, che si occupino loro della chiusura. Ne parleremo domani.

Prima di andare a casa passo da mia madre.

È lì con le sue paturnie, ma sembra che tutto proceda come al solito.

Rientro piuttosto stanca e trovo Bianca che gioca con Pulce. Questo esserino ci fa proprio bene. Riesce a scaldarci il cuore.

Lo porto giù per fare un giro, e camminando tra i vialetti del quartiere rifletto sull'importanza di avere qualcuno da amare. Che sia un cane, un figlio, un amico, non importa: ma non si può vivere senza amore. Ho detto una banalità? Ah, se tutte le banalità fossero così sincere e concrete.

Ecco perché mi reputo, malgrado tutto, una persona fortunata. Perché al di là dei miei drammi, posso ancora abbracciare qualcuno, guardare due occhi che hanno bisogno del mio aiuto, e aspettare una carezza che so che potrebbe arrivare.

Col denaro costruiamo castelli, ma se non sono abitati restano pietre fini a se stesse. Materia che il tempo consumerà. Invece quella donna vicino alla spiaggia portava scarpe vecchie e quattro stracci ed era serena.

Prepariamo la cena e Bianca mi parla di un ragazzo che le piace.

– Come si chiama? – chiedo.

– Alberto – mi risponde.

– E Mattia, che fine ha fatto?

– Chi?

– Mi avevi parlato di un certo Mattia, tempo addietro in macchina.

– Ma no, quella è una storia vecchia, e lui è un cretino.

– E questo Alberto, invece? È in classe con te?

Saperla innamorata di un ragazzo più grande mi farebbe stare in pensiero. Già si affacciano ipotesi sinistre.

– No. Ha un anno più di me.

Per fortuna, penso, non è ancora maggiorenne. La notizia mi rincuora.

– E lui ricambia il tuo interesse? – chiedo en passant.

– Sì, mi ha scritto una bellissima mail ieri sera.

– E cosa dice? Me la leggi? – Ora tento di fare l'amica complice, ruolo che non mi si addice, ma capisco che è l'unica strada.

– No, mamma, non pensarci proprio.

Me lo aspettavo questo diniego, era prevedibile che volesse mantenere per sé i suoi segreti amorosi. Però in questa sua voglia di indipendenza non avverto una minaccia. Il fatto è che senza Antonio le mie responsabilità pesano il doppio. Decidere da sola, sapendo che c'era suo padre, era un conto, ma farlo senza di lui è pesantissimo. E anche se lui era carente su alcuni aspetti pratici, mi faceva sentire protetta. C'era sempre per Bibi, e quando lo chiamavo anche in piena notte per un'emergenza, dopo pochi minuti era dietro la porta. Aveva fallito, semmai, la sua missione di buon marito. Povero Antonio. Ora mi manchi tanto.

– Mamma, che fine ha fatto Leo? – mi domanda all'improvviso mia figlia.

– Perché mi chiedi di lui?

Definirmi scossa per la sua uscita non renderebbe l'idea.

– Così. Non ne hai parlato più.

– Non ce n'era motivo.

– Sarei curiosa di sapere che fa.

– Mi è arrivato un invito per un film che ha prodotto. Ricordi? Te ne aveva fatto cenno lui.

– Ah, sì.

– Ecco... C'è parte della mia vita raccontata in quella pellicola, vorrei che lo sapessi. Se ti va ne parliamo.

– Tua? Cioè?

– Ripercorre la storia d'amore tra zia Giovanna e Valerio. E quindi, inevitabilmente, ci sono anche io dentro.

– Davvero? Ma è una figata, mamma! Non immaginavo che ne avrebbero tratto un film.

– Sì, non te ne ho voluto parlare al tempo, perché in realtà oltre all'amore tra loro due, viene descritto anche altro. E non sono temi facili.

– E cosa, scusa? – mi chiede incuriosita dal mio dire e non dire.

Non vorrei affrontare il problema così su due piedi, ma rimandare non servirebbe a nulla. Di tori presi per le corna sono specialista.

– Zia Giovanna, per colpa di quel Giuseppe (ricordi che ti ho parlato di lui?), era entrata in un giro sbagliato. Frequentava persone non proprio perbene. Può succedere. Ecco perché non sono riuscita a dirtelo dall'inizio. Mi dispiace…

– Mamma, non capisco, spiegati meglio.

– La zia Giovanna era vittima della droga.

Silenzio.

Angoscia che si è presa il suo momento di gloria.

Sento solo il respiro di Pulce e il rumore delle sue unghie che grattano il tappeto.

– Mamma, scherzi?

– No, Bianca, è la verità, ed è anche spiacevole.

– E allora perché devono raccontarlo in un film? Non va bene. Così tutti sapranno. Parleranno male della zia.

– Non è così. Gli sceneggiatori hanno raccontato la sua bella personalità e la sua grande sventura.

– E tu che ne sai? Magari ti hanno detto bugie.

– Se vuoi controllare di persona vieni con me all'anteprima.

– No, no, no. Non mi interessa.

Scappa via e si rintana nella sua camera.

Credo di avere sbagliato ancora.

I dubbi di Bianca non sono infondati. Che ne so io di come abbiano descritto la personalità di mia sorella? Sono stata solo due volte sul set, e ho letto a sprazzi la sceneggiatura. Potrebbero averne tratto un insieme abominevole per fare colpo sul pubblico. Per me sarebbe uno choc.

Trascorro la notte pensando a questo, procurandomi degli incubi. Sogno che sto annegando, e che Giovanna è poco distante da me. Tento di salvarla, ma non ci riesco. La vedo perdersi tra i flutti e rimango da sola a nuotare, cercando di capire dove sia finita. Poi sento che sto per svenire e mi sveglio.

Non ho più sigarette. Bevo un whisky e l'alcol mi graffia la gola.

Esco sul terrazzo. Una nave passa lontano. Chissà chi trasporta. Immaginare vite diverse, lontane anni luce dalla mia, mi è sempre piaciuto. È come giocare con dei pupazzetti e sistemarli a mio piacimento, scegliere per loro professioni e storie personali. Qualche volta, eccedendo, mi spingo più in là e intreccio storie d'amore, ai limiti del credibile, però belle e vergognosamente desiderabili.

Dopo qualche minuto Bianca esce dalla sua stanza e mi fa prendere un colpo. Si affaccia in silenzio con la sua camicia da notte a pois. Infreddolita, si siede sulle mie gambe.

– Amore, che ci fai qui? È notte fonda, torna a dormire.
– E allora tu, mamma? Perché non sei a letto?
– Io penso, e mi è passato il sonno.
– Anche il mio si è nascosto sotto al materasso. Mamma, volevo dirti che mi dispiace per quello che ti ho detto prima, scusami.

Me lo dice visibilmente pentita.

– Non preoccuparti, figlia mia.
– Parli come la nonna?!
– Sono sua figlia, cara – esclamo sorridendo. E sfrego le mie mani sulle sue braccia per procurarle un po' di calore.
– Ci ho pensato mentre ero a letto – spiega – e credo che invece dovremmo andarci all'anteprima.
– Davvero, lo vorresti?

Ripeto la domanda per accertarmi che non sia un desiderio passeggero. Questa ennesima prova di saggezza da parte di mia figlia mi toglie un dubbio fastidioso.

– Sì.
– Allora andremo. Sai che mi stuzzica l'idea di questo viaggio insieme a Roma? Mi sono rimangiata la mia promessa, e sono contenta. Comincio a buttare giù il muro del mio stupido orgoglio.
– Dillo a me! Così non andrò a scuola.
– Ma che dici? La proiezione sarà di sabato sera, e domenica già torneremo a casa.
– Allora non vengo – conclude sorniona.
– Allora vieni, invece, e ora decido io! Punto.
Ci addormentiamo come d'abitudine: il mio corpo intrecciato al suo, e sento di essere la madre più felice del mondo.

Stamattina passano a salutarmi i miei suoceri. Al bar c'è la confusione tipica delle prime ore della giornata. Non escono di casa dal giorno del funerale di Antonio. Guardo negli occhi Franco e vedo la stessa espressione di mia madre: il nulla. Un vuoto che puoi comprendere solo se l'hai provato. La crudeltà delle mancanze. Un luogo desertico che inghiotte le migliori intenzioni. E se ne frega delle tue debolezze. Ti divora e basta. Marta, invece, la tengono in piedi gli psicofarmaci. È sempre affettuosa e gentile. Sa sopravvivere, ed evita di farsi compatire. Mi chiedono di Bianca, di mia madre, si preoccupano per me. Li rassicuro. Glielo devo.
Al netto degli screzi coniugali con Antonio, che restavano perlopiù segreti tra me e lui, ma poi neanche tanto, ho sempre cercato di proteggerli da ogni dispiacere, come meglio ho potuto. E loro, con sapiente discrezione, se ne sono stati in disparte, soffrendo in silenzio. L'ho capito dopo.
Siamo una famiglia, nel bene e nel male. E tale resteremo, nel ricordo di chi non c'è più. Anche a loro parlerò del film, ma

non adesso. Nei prossimi giorni magari, prima che arrivi nel nostro cinema storico. Devo loro anche questo.

Mentre parliamo, arriva Amedeo in tenuta da lavoro. È stretto dentro a una tuta che dà risalto ai suoi bei muscoli giovani e forti. Lo guardano sbalorditi, e lo stupore cresce quando lui si avvicina al bancone per baciare Mauro. Spiego ai miei suoceri con le dovute cautele i rapporti tra il mio collaboratore e il suo nuovo boyfriend, e intimiditi fanno gli auguri alla coppia.

Ce n'è ancora di strada da fare per due gay che si amano. Non è cattiveria, solo stupore. Tutto qui. Almeno spero. Altrimenti bisognerebbe chiamarlo Nuovo Medioevo, e questo non è più ammissibile nel terzo millennio.

Quando se ne vanno, scappo a prendere Bianca a scuola.

La trovo che piange in un angolo poco distante dall'istituto. Nel giro di pochi secondi mi sento il cuore in gola. Scendo dall'auto prima che lei raggiunga me, sostando in terza fila.

– Che ti è successo?

Non risponde. Ignora le mie domande e piange ancora più forte. Mi passa davanti e sale sulla Panda, lo sguardo fisso sui piedi.

Silenzio.

– Bianca, non farmi preoccupare. Che è successo? Dimmi, ti prego.

Non parla. Piange e basta.

– Bianca, per dio, dimmi qualcosa, mi stai facendo morire.

– È colpa di Alberto.

– Il ragazzo di cui mi parlavi ieri?

– Lui. Proprio lui. È uno stronzo.

– Ma come, in poche ore è diventato uno stronzo?

– Sì, gli piace un'altra.

– Cosa stai dicendo? Non ci credo. Dài, magari hai frainteso.

Ricomincia a frignare. Sto per esplodere dalla rabbia.
– Vuoi spiegarmi con calma, per favore – insisto, perché non so che altro fare.
– Mi ha detto che non se la sente di fidanzarsi con me, che sono troppo infantile. E quindi ha scelto un'altra ragazza.
– Ok. E allora mandalo a quel paese. Non ha capito niente di te, se ha detto queste stupidaggini. E poi a me sembra che non sia sincero e che voglia giocare con più carte.
– Io non sono una carta!
– È un modo di dire, Bianca. Solo un modo di dire! Significa che è uno a cui piace prendere in giro le persone. Se lo avessi davanti gliene direi quattro.
– Ma che dici? Tu non devi intrometterti, capito?
– Non lo farei mai. È solo che certi comportamenti mi fanno infuriare.

La prima reazione è questa, ma considero, subito dopo aver parlato, che si tratta di due adolescenti che provano ad affacciarsi nel complicato universo delle relazioni sentimentali. Dovrei essere più clemente. Smorzare i toni.

Lungo il tragitto il pianto lamentoso di Bianca è triplicato. Già. È la sua prima esperienza d'amore. Benvenuta nel mondo degli innamorati, figlia mia. Comincerai a superare i tanti ostacoli che ti aspettano lì fuori. Però non doveva capitare adesso. Non ora che sei provata dal trauma della morte di tuo padre. Eppure, riflettendoci con più calma, mentre parcheggio sotto casa, potrebbe anche farle bene una "distrazione" come questa. Se solo immaginasse che le auguro di patire per problemi d'amore, pur di non vederla soffrire per il suo lutto, mi prenderebbe a pugni. Invece io vedo oltre, per esperienze vissute.

Preparo una carbonara veloce e dopo aver apparecchiato ci mettiamo a tavola. Accanto ho un fantasma. Bianca non parla.

È sottoposta al suo primo martirio amoroso, e chissà quanto durerà questa romantica *Cavalleria rusticana*. Per tirarla su la aggiorno sul viaggio che a breve faremo a Roma. La vedo disinteressata. Rincaro la dose, sventolando la possibilità di uno sfrenato shopping. Si illumina all'improvviso. Quindi mi implora di portarla in quelle catene di negozi con la musica a palla e un profumo sgradevole che evapora tra gli stand dei vestiti. Non mi alletta l'idea, tuttavia acconsento. Ha le palpebre arrossate e gonfie di delusione. E sulle guance il colorito si è fatto scuro come un succo di melograno.

La giornata finisce con noi che guardiamo la televisione sul divano. Verso mezzanotte si accuccia di fianco a me stringendomi, e si addormenta sfinita. La sveglio dopo pochi minuti, invitandola a trasferirci in camera.

Nel tragitto di pochi metri, prima di entrare in bagno per lavarsi i denti, mi confida disperata che ha nostalgia di suo padre.

– Mi manca, mamma.

Sento crollare la fiducia in me stessa. Per questo suo bisogno non ho rimedi. Antonio manca pure a me, ma non glielo dico per evitare che ricominci a piangere.

Ci infiliamo nel letto e, anche se non fa freddo, ho i brividi.

L'indomani mi sveglio con un forte mal di gola. Ho qualche linea di febbre. Maledetta influenza anticipata, non mi avrai. Malata o no, arriverò a Roma, non sconvolgerai i miei piani.

Telefono a Mauro, che mi risponde con la sua proverbiale dolcezza: – Se hai bisogno di me, arrivo. E per il bar stai tranquilla, ci siamo io e la sciroccata.

Subito dopo sorride: la smorfia che immagino gli sia comparsa sul viso è riuscita a oltrepassare la cornetta.

Resto a letto e scrivo un messaggio a Leo.

Ho deciso di venire. Lo faccio per mia sorella.
Immediatamente la risposta.
Grazie. Ti aspetto. Mi manchi.
Ti prego, non mettermi a disagio. Tra noi è finita.
Dovevo scriverlo, e subito dopo ammetto di essermi raccontata una frottola. Non è quello che vorrei, però l'ho promesso a me stessa, per onorare l'amore che ho provato per mio marito. Ma che cosa significa?
Antonio non mi ha mai chiesto un simile supplizio.
Lo faccio per Bianca, allora, mi sembra la scusa più logica, e mi rigiro nel letto inquieta. Aspetto la risposta. Ma il display del telefono non emette più alcuna luce.

Non andare al lavoro mi dà una leggera ebbrezza. Avere del tempo per me, senza l'assillo dei vari impegni, è una manna dal cielo.
Lo desideravo da tempo. Sto quasi rivalutando questa influenza fastidiosa, giro per le stanze in ciabatte e vestaglia, come se fossi un'ospite che sta studiando le abitudini e i gusti di quelli che abitano in questa casa. Osservo gli oggetti, accarezzo le foto, e mi passano davanti le mie storie di donna. Una sedia, un candelabro, i pavimenti scelti con tanta cura, un plaid lasciato su una poltrona. Ogni immagine mi riporta a scene familiari di quando c'era Antonio.
Era sempre allegro. E invece io mi lamentavo per tutto. Non era mai abbastanza ordinato, mai attento a non sporcare, e io la povera Cenerentola costretta a pulire con il poco tempo che aveva a disposizione.
Quante litigate per un po' d'acqua gocciolata per terra dal lavandino.
Sono stata davvero una brava moglie? Lui ha detto di sì,

tra una parola stentata e l'altra. L'avrà fatto per pietà? Per non lasciarmi sensi di colpa?

Oggi faccio fatica ad assolvermi. Lui mi tradiva, è vero, ma da parte mia quante mancanze dovrei addossarmi?

Fuori piove. Uno di quei temporali che ai giorni nostri chiamano "bombe d'acqua". È arrivato improvviso, violento. La pioggia si è trasformata in grandine in pochi secondi. Quando ero bambina mi nascondevo nell'armadio per la paura. E anche alla mia età, quando cominciano questi flash violenti nel cielo, mi sento irrequieta, un po' come gli animali.

Rivaluto tuttavia in questo momento l'istinto della paura, e il desiderio di proteggersi. Se per esempio mia sorella avesse avuto timore di rimanere invischiata in qualcosa di grave per lei, forse oggi sarebbe ancora tra noi.

Torno in camera e prendo dall'armadio il mio "contenitore delle meraviglie". Quello che tengo da parte come una reliquia preziosa.

Lo apro e cerco Giovanna. Ripenso alle parole della signora che ho incontrato al mare, vicino alla spiaggia. Se ha detto la verità, dovrei sentire mia sorella vibrare qui intorno. Il suo amore dovrebbe trasmettermi un po' di pace.

Un tuono scuote il silenzio. La prima foto che mi viene incontro, e che adesso stringo tra le dita, mi mostra Giovanna sul motorino. Guardo meglio e vedo che porta al collo una catenina con un ciondolo identico a quello che mi ha regalato Bianca per il mio compleanno. Un cuoricino rosso. Non ricordo di averlo mai notato prima. Possibile che mi sia sfuggito un dettaglio così evidente, dopo aver consumato gli occhi sopra questa immagine?

Chissà se poi, dopo l'arrivo di Antonio, Giovanna è più contenta, e se stanno parlando di noi. Magari, per assurdo, se la stanno pure ridendo, e cercano di mandarci dei segnali per testimoniarci la loro amicizia sbocciata in cielo.

Ma che dico? Sono impazzita? Non è da me concedermi il lusso del dubbio. L'Aldilà non esiste. È un'invenzione per poveri sciocchi.

Già. E come mai adesso sento sulla mia pelle dei brividi improvvisi? È lei, lo so, e mi sta sussurrando che c'è. Ha solo cambiato sostanza. Ora è l'alito evanescente di quello che è stata.

Ti sento, sorella mia, e ti vedo con gli occhi del cuore. Imparare a farlo permette di catturare l'essenziale. E ringrazio ancora quella donna per avermi fatto riflettere, in pochi istanti, una di fronte all'altra, senza sermoni, senza cattedre, e senza la supponenza di chi pensa di sapere più degli altri.

Seduta sul bordo del letto, con quella foto in mano, piango.

Sono stanca, Giovanna, aiutami. Ho resistito fin qui. E non ho fatto pesare a nessuno la mia croce, portandola in silenzio. Anche al bar sorrido, il più delle volte, e se mi chiedono come sto rispondo: «Bene, grazie». Ma ora basta. Te lo chiedo per me, ma soprattutto per Bianca e per mamma: fa' che cambino le cose.

Fuori diluvia. Il vento ha fatto sbattere l'anta di una finestra. È caduto un vaso poggiato su una mensola di fianco. Lancio un urlo, pensando che sia entrato qualcuno in casa. Controllo. Tutto in ordine, a parte le schegge di ceramica sparpagliate per terra. Le recupero con l'aiuto di una scopa, e poi rimetto al suo posto la scatola magica. Sono gelosa dei miei ricordi, anche se qui nessuno, a parte Bianca, potrebbe allungare le mani nel mio armadio.

Guardo l'orologio. Si è fatto tardi. Tra mezz'ora mia figlia uscirà da scuola. Non c'è torto peggiore da fare a uno studente che ha trascorso cinque ore in classe affamato che farlo aspettare a lungo prima di offrirgli un pasto caldo. Apparecchio con cura la tavola, tiro fuori dal frigo un sugo semplice di pomodoro preparato il giorno prima e lo metto a scaldare, intanto sbatto due uova nel piatto. Oggi frittata con mozzarella e prosciutto.

Aspetto che Bianca suoni alla porta. Non appena si siederà, le mostrerò sul tablet la prenotazione dei nostri biglietti aerei e, a seguire, le foto del B&B che ho riservato per questa due giorni romana che mi alletta come un viaggio alle Seychelles. Il bed and breakfast che mi ha convinta a cliccare sull'offerta si trova vicino al Vaticano, così domenica mattina potremo partecipare alla messa a San Pietro. Non vedo l'ora di passeggiare con Bianca per le strade della capitale. Un viaggio d'amore tra madre e figlia: ce lo meritiamo proprio, dopo tanto soffrire.

Nell'attesa del suo arrivo, chiamo Mauro per sentire com'è andata stamani.

L'incasso è stato generoso. Meglio, così potrò pagare alcuni fornitori impazienti. Serenella mi saluta in sottofondo, e mi chiede se ho bisogno di farmaci. Avrà pure i suoi difetti, ma è sempre generosa e disponibile.

Quindi chiamo mia madre, che mi informa che stasera andrà al cinema con un'amica. Me ne rallegro, visto che capita di rado di sentirla così pimpante.

Bianca è in ritardo. Mi sembra strano.

Compongo il numero del suo cellulare e squilla a vuoto. Riprovo. Niente. Ha smesso di piovere. Forse è per strada e non sente la suoneria in mezzo al traffico. Lo seppellisce distratta nella tasca dello zaino, malgrado io le abbia ripetuto mille volte di non farlo, per evitarmi ansie. Almeno lo tenesse nella tasca dei jeans. Che brutta abitudine. Non mi dà retta, e prima o poi mi manderà al camposanto. Mi parlo addosso. Esorcizzo la paura che le sia accaduta una disgrazia.

Ma perché dovrei essere agitata, poi? È solo un ritardo di venti minuti, rispetto alla solita tabella di marcia. Può capitare un imprevisto.

La richiamo. Sempre squilli a vuoto.

Ora è troppo! Non è possibile che non le sia venuto in mente di avvisarmi. Non lo fa mai. Bianca!

Riprovo, riprovo, riprovo. E allora telefono a scuola. Il bidello mi informa che a causa del brutto tempo per strada c'è un traffico micidiale, e anche gli autobus sono rimasti bloccati. È possibile che abbia deciso di tornare a piedi.

Già, ecco, mi dico. Sarà così.

Arriverà inzuppata da capo a piedi e io le dirò che non è questo il modo, che da domani, se non la vedo con il cellulare a portata di mano, glielo requisisco e non se ne parla più.

È passata un'ora. Squilla il telefono di casa e io penso che sia qualche noiosa signorina di un call center che vuole vendermi un abbonamento, o chi se ne frega cosa. Vorrei non rispondere, vorrei.

– Pronto? Sì, sono io. Dove? Cosa? Dov'è adesso? Come sta? La prego, mi dica come sta! No, voglio saperlo adesso! Sì, adesso.

Davanti al pronto soccorso dell'ospedale c'è un'ambulanza che ha appena scaricato una barella. Mi fiondo lì accanto. Ma perché, poi? Bianca è già dentro. Mi hanno chiamato da lì. Farfuglio un impasto di «Scusi, mia figlia, devo correre da lei», all'infermiera all'ingresso, e vedo doppio. Anzi, ho la vista annebbiata e vago come una folle senza una meta. Dopo qualche minuto mi attacco a un giovane medico, seguendolo con l'affanno dell'agitazione. Supero un percorso a ostacoli dove gli impedimenti sono barelle, parenti che si lamentano, anziani su sedie a rotelle che aspettano infermieri troppo occupati, e bambini urlanti in braccio ai loro genitori. Il dottore è gentile, e capisce il mio attacco isterico. Cerca di tranquillizzarmi. Ho ancora la maglia del pigiama, e ho infilato i pantaloni di una tuta che ho trovato sulla poltrona in camera.

Non ricordo nulla. Solo una voce che mi diceva che Bianca ha avuto un incidente. Poi il black-out dell'anima.

Voglio sapere. No, non voglio sapere. E se...

Meglio crepare prima.

Ma mia figlia ha bisogno di me, devo essere forte. Se morissi adesso, lei non avrebbe più una mano da stringere, una voce da ascoltare. La mia, l'unica che avrà sempre accanto.

Lei è viva e sta bene. Questo devo pensare. Punto. Ora incontro una donna.

– Dottoressa, sono la madre...

Lei mi guarda e mi chiede di seguirla.

Mi accompagnano in una stanza.

La vedo. C'è. Respira. Mi guarda.

Piango.

Parlo con il personale, ascolto il medico che la sta visitando, e mi accerto dell'unica notizia che cerco. È in sé. Vigile. Sta bene, tutto sommato. Forse ha il gomito fratturato.

Mia figlia è viva, e io sono rinata oggi.

Giovanna, ora ho capito cosa volevi dirmi.

Dopo una settimana di dolori su tutto il corpo, dovuti alle contusioni e alla frattura al gomito, Bianca riprende il colorito di sempre. Quel viso con gli occhi cerchiati non lo conosco, non mi appartiene.

Siamo in camera sua, e mi chiede di prepararle un brodo di pollo.

– Mamma, hai più sentito Leo?

– No. Non è il momento di parlare di lui.

– Perché? – mi chiede dispiaciuta.

– Perché evidentemente Dio non voleva che ci incontrassimo. Ora è chiaro il suo progetto.

– Vuoi dire che Dio ha permesso che io cadessi dallo scooter di Alberto per impedirci di andare a Roma?

– Voglio dire che doveva andare così. L'ho chiamato il giorno stesso e l'ho avvisato. Mi dispiace, ecco tutto.

– Mamma, non ci credo.

– Forse non era il nostro tempo, e forse è mancata la connessione. Io con i miei problemi e lui con i suoi impegni importanti. E poi che futuro avremmo avuto insieme? Non è aria di sogni a occhi aperti. Io devo fare i conti con la mia realtà. E basta.

Bianca dovrà sottoporsi a sedute di riabilitazione tutti i giorni, e fra una cosa e l'altra nell'ultimo periodo al bar ci sono stata poco.

Serenella comincia a sentire la stanchezza dei turni forzati, e io non posso demandare a lei e a Mauro la gestione di un locale che ha varie problematiche, e che necessita della presenza di almeno tre persone.

Chiedo soccorso a mia madre, e dopo due ore lei è già a casa nostra. La sua presenza per me è ossigeno. Mi permette di recuperare il tempo che ho impiegato per curare mia figlia.

Il primo giorno al bar mi pesa. Ho perso parte della mia velocità. Sarà la stanchezza. Saranno gli sforzi per tenere i dispiaceri ben nascosti nella fossa del mio orgoglio. Arrivo a casa distrutta.

Sono tentata di chiamarlo. Vorrei raccontargli di me. Di ciò che mi dispiace aver perso. Ma forse reputo di non meritare la soddisfazione di quei "vorrei" che mi urlano dentro. Non li ho mai meritati. O non sono stata abbastanza brava nel portarli a compimento?

Leo, mi manchi. È tutto assurdo, ma non posso negare che sei ancora dentro di me. Scrivo questo messaggio e poi lo cancello.

Accompagno a letto Bianca, mi assicuro che mia madre non abbia bisogno di aiuto, e resto fuori in terrazzo a godermi un po' d'aria fresca. Fredda, anzi.

Il temporale ha lasciato una macchia scura nel cielo. Ora le navi non ci sono, tuttavia le cerco. Mi fanno compagnia nei momenti tristi. Il mare cupo mi affascina. Lo vedo come un bellissimo mistero di cui tutti parlano, ma che nessuno conosce fino in fondo: quella potenza che tiene al riparo dai curiosi. Simile a ciò che sono io, per certi versi.

17

Dopo qualche settimana Leo ricompare sul mio cellulare. Ha cercato di rispettare la mia volontà, ed è stato ai patti. Per me invece è stato un inferno, perché pur sapendo che tra noi non potrà cambiare nulla, non posso impedirmi di desiderare che mi cerchi ancora. Sotto sotto, ho sempre la speranza che continui a lottare per noi. Masochismo o presunzione?

Mi scrive per avvisarmi che tra non molto ci sarà la tanto attesa proiezione nella nostra città. L'ha definita "nostra", e mi è sembrato strano, ma, distratta come sono, dimentico che Messina è anche casa sua. Ama questa città, quanto l'amo io, anche se è stato costretto a lasciarla quando era ragazzo. Succede a molti che si sono allontanati dalla terra in cui sono cresciuti, e per quanto strano possa apparire è così: il loro legame alle radici si rinforza di giorno in giorno con l'intensità di un grande amore che non si è potuto vivere. E Leo di legami rimasti in sospeso se ne intende.

Trascorro l'attesa nel più totale rimbecillimento. È tornata in me quell'ansia da incontro ad alto tasso di emozione. Rispolvero un'inquietudine quasi benefica. La vena romantica di quando vivevo la mia storia con Leo c'è ancora. Si era solo appisolata per il troppo dolore. La respingo con tutte le mie energie. Non c'è posto nella mia vita per altro che non siano mia figlia, mia madre e il mio lavoro. E mentre mi dibatto tra queste forze contrapposte, arriva il grande giorno.

Sì, ora tutti ne parlano. Sanno che il film *Qualcosa di noi* è la storia di mia sorella, di Valerio Stasi e anche la nostra.

Giuseppe, quel disgustoso essere che ha rovinato la vita a Giovanna, è stato sostituito da un Andrea sconosciuto. Un regalo di Leo, ci teneva a farmelo sapere. Così come la scelta di un finale aperto.

Ho preparato mia madre qualche giorno fa, raccontandole il passato di sua figlia, senza omissioni. All'inizio si è agitata, piangeva. Mi ha detto che non voleva saperne di andare al cinema per farsi criticare dai nostri amici. Le è venuto un forte mal di stomaco, e non la smetteva più di asciugarsi gli occhi con uno dei suoi fazzoletti ricamati.

È stato come ricevere pugni violenti in faccia. Ma Bianca, dopo averla stretta a sé, è riuscita a farla stare meglio. Con lo stratagemma di una tranquilla chiacchierata, ha centrato il colpo. E nel giro di pochi minuti ha dissolto i suoi dubbi atroci.

Ho giurato a mia madre che non avrei mai permesso che Giovanna venisse rappresentata come un personaggio ridicolo, in una versione morbosa che non le assomiglia. In realtà non conosco che alcuni passaggi della sceneggiatura, però ho la certezza, o meglio la speranza, che abbiano fatto buon uso dei miei ricordi. Ma solo in quella sala buia mi sarà rivelato se ho fatto bene a fidarmi di Leo.

Dai suoi messaggi intuisco che il pubblico nei giorni scorsi ha accolto con grande interesse la pellicola e, anzi, a Roma e a Milano alla fine della proiezione è partito un lungo e appassionato applauso. E lo stesso, già a fine estate, era accaduto anche al Festival di Venezia.

Bianca ha ancora il gesso che le immobilizza parte del braccio fratturato, ma ringraziando Dio non ha avuto altri strascichi dall'incidente. E pensare che quel giorno era salita sullo scooter di Alberto perché lui voleva parlarle, mostrandosi pentito della decisione di non impegnarsi in un fidanzamento vero e proprio. Si era ricreduto subito dopo, rinnegando qualunque interesse per altre ragazze, e le aveva anche chiesto di fare un giro per chiarirsi. Ora sono due piccioncini alle prese con i primi battiti del cuore e le prime liti per assestarsi come coppia. Mi fanno una tenerezza incredibile.

E non posso evitare di pensare alle uscite iniziali con mio marito. Anche io mi sentivo in balìa di un sentimento troppo forte, con cui lottavo tutti i giorni.

Oggi Alberto è venuto a casa nostra per stare un po' con Bianca. È ancora ammaccato e pieno di lividi sulle braccia.

Pensare a mia figlia come una donna in divenire, non so... non sono pronta. Potrei passare per una madre ottusa o poco moderna, ma non credo di essere l'unica a farsi sopraffare da certi timori. Solo che pochi hanno voglia di ammetterlo.

Risento nelle orecchie il suono dei suoi teneri gorgheggi, quando apriva gli occhi e mi cercava. Il suo odore meraviglioso di neonata. Quel profumo che mi sconvolgeva i sensi ogniqualvolta la prendevo in braccio e la sua piccola testolina mi sfiorava il collo. Difficile spiegare cosa si provi, ma la nascita di un figlio sovverte per sempre l'ordine delle cose.

Di Bianca amo tutto, ma se dovessi scegliere tra le tante qualità che possiede, ammetto che mi inorgoglisce il suo disinteresse verso l'insana voglia di sopraffare il prossimo. E tra l'avere una figlia arrogante, che conquista vittorie a suon di vittime, e una che soccombe con gentilezza, preferisco la seconda opzione, benché temibile. Lo so, soffrirà molto, ma almeno avrò la certezza di avere messo al mondo una persona perbene.

Per l'occasione della serata che ci attende, ho comprato un vestito all'ultima moda. Attillato e senza maniche, color porpora, e con delle pinces all'altezza della vita. Non ne avevo nell'armadio, perché per atavica abitudine preferisco i jeans alle mise impegnative. Per intenderci non sono il tipo da borsetta con marchio ben in vista. Bianca si è complimentata con me per la scelta. L'ho fatto per Giovanna, più che altro. Sarò io a rappresentarla in quella sala.

Mamma invece indosserà un vestito blu che ha usato per i matrimoni di due nipoti. Parsimoniosa com'è, ha preferito non buttare via i soldi acquistando un vestito che poi avrebbe riposto nell'armadio. Era tutta fiera di questo stratagemma quando me l'ha mostrato: il frutto della sua abilità in materia di economia domestica.

Il tempo oggi vola.

Centrifugata dall'ansia, guardo l'orologio e scopro di aver consumato il pomeriggio in uno stato di trance dovuto all'attesa di questa serata. Sono già le sei e trenta, e alle otto dovremo essere puntuali davanti all'ingresso del cinema.

Ci siamo.

Passo in camera e provo il vestito con un paio di sandali molto fru fru che avevo acquistato tempo fa per una folle notte in discoteca, e poi con un paio di décolleté scure ed essenziali. Scelgo queste ultime.

Ripeto più volte a Bianca di uscire dal bagno perché è tardi. Nel corridoio ci incrociamo guardandoci negli occhi. Il lampo creato dai nostri pensieri ci spinge ad avvicinarci.

– Mamma, ti voglio bene.

Stringimi, amore, stringimi. Anche col gesso ricoperto di

disegni che avvolge il tuo braccio. Stringimi forte. Tra pochi minuti vivremo un'emozione troppo grande.

Quasi pronte per uscire, Pulce ci abbaia a qualche centimetro dalla porta. Vorrebbe seguirci. Stasera non è possibile. Lo lasciamo lì, mentre ancora emette rassegnato i suoi ultimi guaiti. Per la rabbia so già che al nostro ritorno ci farà trovare una macchiolina gialla sul tappeto in salotto. Lo perdono ogni volta. Non ho il coraggio di rimproverarlo quando mi guarda con quegli occhioni teneri.

Saliamo in macchina, Bianca accende la radio. La prima frequenza in cui ci imbattiamo sta mandando via etere la vecchia colonna sonora di un film che ho apprezzato tantissimo. In pochi istanti le note di *At Last*, interpretata da Etta James, mi accarezzano le orecchie. La canto anche io a squarciagola, e Bianca mi osserva esterrefatta.

– Mamma, sei bravissima. Dovevi fare la cantante, altro che barista!

Canto, e di tanto in tanto mi volto a guardare il nostro mare. Stasera più che mai la mia città mi sembra l'unico posto dove potrei vivere. Sì, lo so, abbiamo tanti guai, ma le piccole lucine del porto e il fascino di questo stretto non hanno eguali al mondo. Sarò presuntuosa, e lo sono, ma crescere tra queste vie, contornate da bellezze gloriose, ha contribuito a rendermi quella che sono.

Siamo arrivate all'inizio della strada dove abita mia madre. Lei è già lì che ci aspetta nella semioscurità. Un saluto al volo e di corsa verso la meta. Ci promettiamo a vicenda che nessuno potrà rovinarci un'occasione così unica. Un espediente per obbligarla a godersi lo spettacolo senza farsi intossicare da altri pensieri.

Davanti all'ingresso riconosco i volti di tanta gente. Clienti del bar, amici, parenti alla lontana, Serenella, la mia estetista, gli insegnanti di Bianca, e persino la preside dell'istituto, cugini e colleghi che hanno altri bar e amici dei miei. Poi intravedo visi sconosciuti, che con il loro sorriso mi fanno intendere di essere qui per Giovanna. Un affetto che stordisce. Ci sono anche i miei suoceri. Solo pochi giorni fa, mentre li informavo del contenuto della storia, mi hanno fatto capire che non se la sentivano di fare un'uscita in grande stile, e invece... Vederli qui mi procura una dolce ebbrezza. È come se Antonio fosse ancora con noi. E penso che possa essere davvero così, cercando di eliminare il residuo dei dubbi con cui sono eternamente in lotta.

Mamma si intrattiene con degli amici che frequentava anni fa, quando ancora faceva vita di coppia e usciva con papà insieme a loro. Parla, abbraccia, la vedo serena. Sono troppo emozionata per dirle quello che vorrei, però confido nel suo intuito lungimirante. E Bianca si aggira tra gli invitati mostrando il suo sorriso da fatina, e un braccio troppo ingombrante per passare inosservata. Sprigiona energia pura. La mia luce. La mia vita. E Alberto, più in là, osserva lei e mi saluta con un sorriso timido. Il loro amore appena sbocciato mi suscita tanta tenerezza.

A pochi passi da me, Sandra mi soffia un bacio col palmo della mano. È il nostro codice di comunicazione, quello della vera amicizia. Alcuni rapporti hanno bisogno di poco per stabilire una vicinanza.

E poi lo vedo.
Leo.
Davanti a me.
Mi fermo.
Ci abbracciamo.
Non sapevo ci fosse anche lui.

Pensavo che avrebbe evitato, e che mi sarei ritrovata Claudia a darmi il benvenuto. Mi sbagliavo.

È solo, e mi prega di presentargli mia madre. Bianca ci raggiunge e si salutano come due vecchi amici. Gli chiede di suo fratello. Risponde che Valerio è tornato a Parigi. Troppe emozioni in pochi giorni.

– La nonna dov'è, amore? – chiedo a mia figlia, in modo da accontentare Leo.

– Non lo so, l'ho persa di vista. Vado a cercarla – mi dice dandomi subito le spalle.

Leo non mi permette di finire la frase che comincia con «Forse era meglio se...».

Interrompe il mio discorso all'istante, non prima di avermi chiesto perché Bianca abbia il braccio ingessato. Gli racconto dell'incidente. Quindi lui continua con quello che vuole farmi sapere: – Non voglio ascoltare queste stronzate, dài, ti prego Flora. Sono mesi che aspetto di incontrati. Mi manchi, mi manchi da morire. L'hai capito o no che ti amo?

– Scusa, è che... Come vedi non uso più i "ma".

– Questo mi lusinga, significa che ti ho lasciato qualcosa. Però smettila, per favore. Lascia che le cose accadano. Non farti fregare dalla paura.

– Leo, non mi sembra il posto giusto per parlare di noi.

– Infatti, lo faremo con calma domani.

Appare come una minaccia, ma io so che è soltanto un grido disperato. Lui lo è quanto me.

Mentre ci scambiamo opinioni contrastanti, intravedo tra le varie mise da concerto alla Scala il passo lento di mia madre. Si avvicina a noi. Mi guarda come se avesse raggiunto una meta ambita, con l'aria di capire chi sia il tipo vicino a me. Temo che lo abbia intuito dal primo istante: si vede lontano un miglio che io e Leo non siamo solo due amici che si scambiano un saluto innocente.

– Mamma, finalmente eccoti qui! Vorrei presentarti Leo. È il produttore del film.

Tra loro l'intesa è naturale. Nei minuti che seguono, lui cerca di spiegare a mia madre tutto il lavoro necessario per la realizzazione del progetto, di cui Giovanna è la protagonista indiscussa. Lei lo ringrazia, confidandogli la sua agitazione. E con una tenerezza amorevole, Leo cerca di tranquillizzarla, promettendole che vedrà sullo schermo una storia molto delicata e romantica.

– Giovanna era così, signor…
– Nessun signore, la prego. Solo Leo. Ne sarei onorato.

Mamma gli sorride, e lui salutandola si congeda anche da me.

– Ci vediamo dopo – mi dice, seguendomi con lo sguardo fino a quando la folla non inghiotte la sua sagoma.

Da lontano io e mia madre notiamo quattro braccia che si agitano. Sono quelle di Amedeo e Mauro. Mentre invito i miei amici ad avvicinarsi, cerco di non perdere di vista Bianca.

Leo intanto è tornato nel foyer per parlare con l'uomo che era venuto tempo fa al bar con il contratto per la fornitura dei pasti. L'ho riconosciuto all'istante. Dovranno mettere a punto gli ultimi dettagli, immagino. Non so come funzioni la macchina dello spettacolo, ma suppongo che ogni particolare abbia la sua importanza.

I miei angeli custodi stasera sono elegantissimi. Coi loro vestiti sartoriali e la cravatta scura, sembrano due modelli di *Vogue*. Mamma li osserva e fa i complimenti a entrambi. Felici come due bambini al luna park, ora Amedeo e Mauro la abbracciano e le sussurrano qualcosa all'orecchio.

Ritorna Bianca e mi confessa che è felice per me. Mi lascia senza fiato.

– Felice, perché? Ehi, furbetta, dimmi la verità.
– Perché penso che a te Leo piaccia ancora, non è vero, mamma?
– Non ha importanza adesso – rispondo. Ma poi, in fin dei conti, ha detto la verità.

Intuisco che una quindicenne è in grado di fare analisi più complesse di quelle di un adulto, magari dopo lunga riflessione. Mi spiazza. E sono costretta a rivedere alcuni punti su cui lei ha disinnescato il freno, sollevandomi dall'incombenza di continuare a mentire a me stessa.

Mia madre, incuriosita da tanto parlottare, pretende di conoscerne il motivo. Non resisto, non so dire bugie, e non volendo contrariare Bianca, che mi ha consigliato di raccontare tutto anche a lei, ammetto i miei sentimenti.

Mauro e Amedeo accennano ad allontanarsi, forse si sentono di troppo, ma io insisto affinché rimangano. Ascoltino pure, non ho segreti. Con loro poi, che mi hanno sempre fatta sentire una di famiglia.

Parto dal nostro incontro al bar e arrivo velocemente al momento in cui Leo mi ha confessato di essere venuto in città per girare un film. Il ronzio del chiacchiericcio intorno mi impedisce di parlare con chiarezza e con voce distesa. Mamma potrebbe fraintendere il senso di ciò che dico. Ma lei è troppo sveglia, ed è capace di tradurre uno sguardo in pochi secondi... Ne consegue un silenzio sinistro. Cerco nei suoi occhi un'espressione che mi indichi come si sente adesso. Ancora silenzio. Dubito che sia contenta della mia parziale confessione. Starà pensando ad Antonio, e a quello che potrebbero dire i miei suoceri venendo a conoscenza di quell'intima amicizia.

Intanto Franco e Marta si avvicinano a noi pericolosamente. Prendo la situazione in mano procedendo verso la sala. Ci spostiamo tutti insieme per non disperderci durante la ricerca dei posti. Dopo aver chiesto aiuto a due gentili maschere, troviamo i nostri cognomi su poltrone in terza fila color rosso fuoco. Il mio vestito sarà inghiottito da tante fiamme, rischiando di confondersi con il tessuto delle sedie.

Mi volto indietro e vedo una sala gremita. E mancano ancora trenta minuti all'inizio.

Leo ci passa davanti e controlla che ognuno di noi sia seduto sulla poltrona assegnata. Ci spiega il perché della sua preoccupazione: accade spesso, durante questi eventi, che i soliti furbastri si impadroniscano di posti riservati ad altri. Sembra agitato anche lui stasera. Dopo essersi assicurato che tutto proceda per il meglio, mi fa notare che anche la galleria è al completo.

È così inspiegabile quello che provo. Mio suocero, seduto alla mia sinistra, mi stringe la mano e mi sussurra di essere emozionato come non mai. Anche Marta, sua moglie, ha gli occhi lucidi. Mia madre invece non parla più. Non so se è per quello che le ho appena confidato su me e Leo o se per l'agitazione dell'attesa. Bianca per fortuna è la meno ansiosa tra noi, e non fa altro che salutare dalla sua postazione e promettere «Ci vediamo dopo» a tutti i suoi amici sparsi un po' ovunque. Si sente la regina del mondo con Alberto che le sta di fianco.

Comincia la proiezione.

Buio in sala.

Accarezzo le spalle di mamma e le stringo la mano. Sento che trema. Ha bisogno di me.

Eccola la nostra Giovanna, una ragazza come nessuno avrebbe mai potuto trovare più simile a lei. Intensa ed eterea allo stesso tempo. E di una bellezza inarrivabile. Nessun'altra attrice poteva sostenere questo ruolo se non quella scelta da Leo e Valerio.

Trascorrono i minuti e compare anche Andrea/Giuseppe. Un tuffo nel loro passato che non fa più male. Come vivere una catarsi in diretta. E poi c'è Valerio. Sofisticato e sensibile. Gli scorci del nostro mare, i piccoli borghi marinari non lontano da qui.

Io nella pellicola sono la più silenziosa. Ero così, in effetti. E l'amore che nutrivo per mia sorella è mostrato con una grazia soave. I miei genitori in queste scene sono amabili e comprensivi, come lo sono stati nella vita di tutti i giorni.

Ma come hanno fatto gli sceneggiatori a trasformare in poesia tutte le informazioni che avevano a disposizione? La capacità di raccontare è ciò che invidio a coloro che hanno la fortuna di scrivere, di tradurre in parole i sentimenti delle persone.

Dio, è pazzesco: siamo proprio noi.

Nel secondo tempo piango, piange mia madre e piange la platea all'unisono, che con emozione assoluta segue i trascorsi di una ragazza sfortunata, intuendo il valore sociale di una storia che appartiene a molti.

A tratti un silenzio toccante e tragico. E a seguire arrivano momenti in cui la storia suscita persino qualche risata. Un saliscendi di eccessi, tipico della complessità della vita.

Siamo quasi alla fine. Al momento in cui Giovanna decise di andare a fare "quel giro maledetto", e alle sue conseguenze drammatiche. Non c'è traccia dell'accaduto.

Nella scena che stiamo guardando lei decide di restare a casa. Affranta per la sua lite con Andrea/Giuseppe, e al contempo fiduciosa per l'imminente fuga programmata con Valerio, se ne va a dormire. L'indomani, non appena i raggi di un delicato sole primaverile fanno capolino dalla finestra, lei apre la porta di casa ed esce per fare una passeggiata. Dopo aver camminato un po', si ferma in un campo di girasoli e allarga le braccia. In controluce, adesso, non vediamo il suo viso, ma i lunghi capelli che fanno disegni nell'aria.

Nel silenzio della campagna, Giovanna intona il crescendo armonioso di una melodia dolcissima. La canzone che più amava. Ecco, è tornata la ragazza di sempre. Ce l'hanno restituita nella sua naturale vocazione alla libertà. Ora potrà volare lontano. E quello che accadrà dopo non avrà alcuna importanza. Resteranno per sempre il ricordo del suo coraggio e della volontà di uscire dall'inferno in cui era inciampata.

Ai titoli di coda rimaniamo fermi sulle nostre poltrone per scaricare una tensione durata troppo a lungo. La mano di mia madre è ancora stretta saldamente alla mia. Non riesce a staccarsi da me. Finché mi dice: – Grazie, figlia cara. E ringrazia anche Leo per aver dato dignità a tua sorella. Non lo dimenticherò mai. Ora posso andarmene felice all'altro mondo.

È provata. Esprime gratitudine ai presenti, ma vuole tornare subito a casa. Sente il bisogno di far sedimentare in solitudine tutte le emozioni vissute stasera. Per me e Bianca vale lo stesso. Una scarica di adrenalina che alleggeriremo al calduccio del nostro letto.

Poco prima che la calca ci si avvicini, Leo ci chiede se vogliamo andare a cena con lui. Intuisce in pochi istanti che è meglio salutarci lì. E per me ha un'ultima richiesta: – Vorrei vederti domani. – Me lo dice all'orecchio. Acconsento. Non sarebbe possibile perderci ancora, senza esserci chiariti una buona volta.

Davanti casa di mamma, mentre ci salutiamo ancora provate ma felici e dopo che lei ha baciato Bianca, si volta verso di me per dirmi: «Il signor Leo mi piace. È proprio un uomo perbene». Con queste parole mi ha appena manifestato la sua benedizione.

Quando Leo si presenta al bar, trova solo Mauro a dargli il benvenuto.

Io sono a scuola da Bianca, per ringraziare i professori di essere venuti ieri tutti insieme al cinema e anche la preside, e uno dei bidelli, che di solito la sera non esce mai. Un bel regalo.

Torno felice dal mio giro, e lo trovo seduto a un tavolino che mi aspetta. Abbiamo tanto da raccontarci, e non so se i miei argomenti gli piaceranno.

Non è più tempo per noi. E l'orgoglio non c'entra nulla stavolta. Su questo limite cerco di porre rimedio da un pezzo, perché ho capito che non fa bene e voglio liberarmene.

Si tratta invece di Antonio, della sua malattia, di mia madre, di mia figlia, dei miei obblighi, e dell'impossibilità di un rapporto a distanza. Sono realtà che non posso trascurare. Lo amo, è vero, ma doveva accadere in un altro tempo. In questo non è proprio possibile. I miei sensi di colpa non sono capricci, hanno un corpo di verità, sincero e nobile.

Gli offro un caffè, e Mauro fa di tutto per non lasciarci percepire la sua presenza. Siamo distanti da lui, tuttavia il bisogno di tenere segreto ciò che ci stiamo dicendo, mi impone di parlare a bassa voce. Sto per cominciare la mia lunga confessione e Leo mi blocca.

– Flora, ascolta, c'è qualcosa che non sai.

– Qualunque scusa sia, sarà sempre ininfluente davanti alla morte di mio marito e al mio amore per lui.

– Allora era solo sesso tra noi, fingevi?

– No. Non darmi della superficiale.

– Vedi che sei d'accordo con me.

– In quell'ospedale ho capito che Antonio mi amava, e che gli devo rispetto.

– Il rispetto non verrebbe meno, anche se decidessi di stare

con me. Voi avevate chiuso. Lui aveva già deciso di andare per la sua strada.
– Sì, però...
– Però? Dài, continua.
– Però...
Mi interrompe: – Antonio ha voluto incontrarmi. E sono stato da lui in ospedale.
– Ma che dici? Antonio ti conosceva appena. Quando vi siete visti qui, ricordava di averti incontrato qualche volta in passato, e che avevate degli amici in comune. Non dire frottole, non te lo permetto. E abbi pietà almeno della sua memoria.
– Fammi finire, per favore.
– Va bene, continua, ma non tenermi sulle spine. Mi sembra che tu oggi voglia darmi il colpo di grazia.
– Possiamo uscire fuori da qui? Mi sento osservato.

Il desiderio di andare fino in fondo è troppo forte. Informo Mauro che ci allontaniamo qualche minuto. In pochi istanti ci accomodiamo su una panchina di fronte al bar. C'è il sole, e io tremo per il dolore di quei ricordi.

– Sono andato da lui perché voleva parlarmi – continua Leo.
– Di cosa, perdio? Non ci sto capendo più niente.
– Se continui a interrompermi capirai sempre meno. Dunque, sono andato in ospedale perché Antonio mi aveva telefonato, pregandomi di raggiungerlo. Aveva trovato il mio numero tramite un amico comune. Puoi chiedere informazioni, se non mi credi. Si chiama Luciano e andava a scuola con lui, è il figlio di un vecchio collaboratore di mio padre. Quando mi sono presentato nella sua stanza, ho capito che sapeva di noi. Non chiedermi come abbia fatto, credo che sia stato il suo intuito a suggerirglielo. Tuo suocero è rimasto fuori, in attesa. Anzi, credo che ieri sera, quando mi ha visto, abbia ricostruito tut-

to quanto. Era lì quel giorno, pronto a intervenire se Antonio avesse avuto bisogno. Posso dirti che tuo marito era un uomo eccezionale. Mi ha parlato dei suoi errori, delle sue mancanze, e mi ha rivolto delle domande. Finalmente mi sono spiegato il perché del tuo grande amore nei suoi riguardi. Gli ho confessato di sentirmi di troppo tra voi. Alle mie obiezioni, lui ha risposto che non dovevo pensarci affatto, che ero fuori strada, e che dovevo amarti e lottare per noi. Ciò che non aveva saputo darti lui potevo offrirtelo io, con sincerità e lealtà. «Amala» mi ha chiesto, quasi supplicandomi. «Amala e falla stare bene, se lo merita. Di lacrime ne ha versate fin troppo nella vita. Ora è giusto che cominci a sorridere.»

– Chi mi dice che non sia una storia inventata per portarmi dalla tua parte? Antonio era un tipo riservato, e non amava parlare dei propri sentimenti con altri.

– Pensi che io possa arrivare fino a questo punto per convincerti? Non mi stimi affatto allora.

Ho evitato di manifestare il mio punto di vista.

Ma Leo ha continuato, fregandosene del mio silenzio.

– Il giorno dopo il nostro incontro, ha voluto che ritornassi da lui, e mi ha dato questa. Si era fatto un'idea di me e voleva che lo sapessi, ma soprattutto desiderava che ci credessi tu. Era consapevole che la sua malattia non gli avrebbe permesso di vivere a lungo. E immaginava anche che avresti avuto delle resistenze nei miei confronti. Ti conosceva bene, a quanto vedo.

– Cos'è? – chiedo turbata.

– Leggila: è una lettera per te, da parte sua.

– Non posso crederci. Una lettera per me da parte di Antonio? Ma come ha trovato la forza per scrivere se stava malissimo?

– La forza di chi è disperato supera di gran lunga quella di chi ha muscoli ben allenati. E poi mi ha sorriso, come se...
– Come se? – ho chiesto.
– Come se mi avesse letto dentro.

Stravolta da questo racconto, ripenso agli ultimi giorni trascorsi con Antonio a casa dei suoi. Al dolore di Bianca, a mia madre che gli stringeva la mano, a Marta e a Franco che non parlavano più, e a Sandra, Mauro, Amedeo, Serenella, al dottor Mazza che veniva a trovarlo durante quelle giornate vissute in apnea. Persino Sonia mi ha telefonato, per manifestarmi il suo dispiacere profondo. Aveva saputo della nostra tragedia da Mauro.

Ed ecco che ora, tornando indietro, traduco la ragione per cui Claudia, l'aiuto regista, il giorno in cui è passata a trovarmi al bar, è stata alquanto vaga nell'accennarmi che Leo sarebbe venuto in città per fare visita a qualcuno. Ha detto solo che si trattava di un problema personale. Lì per lì ho pensato che fosse una balla per nascondermi il vero motivo del suo breve raid.

Ho la lettera tra le mani. La grafia di Antonio scorre incerta sul foglio. Il mio sguardo la riconosce e mi commuovo. Fremo al pensiero di divorare con gli occhi ogni sua parola, ogni virgola, ogni segno della sua verità. Il patrimonio che ha voluto lasciarmi.

Prima di affondarci dentro con tutto il mio essere, contenendo a fatica l'emozione che provo, prego Leo di starmi vicino. Più vicino ancora, ecco, mettiti qui, non spostarti. Non so se avrò la forza di leggerla fino all'ultima riga. È solo un modo di dire, perché sono consapevole di arrivare alla fine e poi rileggerla mille altre volte ancora.

Vita mia,

prima di tutto perdonami. Ho fatto tanti sbagli con te, non volevo. Pensavo di essere il padrone del mondo, invece ero solo egoista e non ti ascoltavo. Però a modo mio ti amavo...

Interrompo la lettura, piango.

Queste lacrime sono il risultato del mio pentimento. Sono stata troppo esigente, mai tollerante, e lui ne soffriva.

Riprendo la lettura.

Eravamo troppo giovani e inesperti, e questo è stato il vero problema tra noi. Mi sono fatto fregare dalla mia insana voglia di sentirmi più amato, compiacendo l'interesse di altre donne. E cosa è rimasto di quelle storielle? Niente. Poi, col tempo, ho capito che non potevo più riprendermi la tua fiducia, e ho continuato a sbagliare, fallire, cadere e rialzarmi. Anche la mia incapacità di mettere un punto fermo nel lavoro ha fatto la sua parte. Mi sono perso, ma tu non c'entri niente. Tu sei una donna meravigliosa. E la madre migliore che potessi desiderare per Bibi. Siete e sarete per me un tesoro prezioso. Ora, però, non continuare a dare forza al tuo lato più intransigente, quello che ti vuole sempre troppo seria e responsabile verso i guai di tutti. È arrivato il momento di lasciarti andare e di pensare a te. Ti ho vista insieme a Leo. Ho sofferto, non lo nascondo. Ma poi ho capito che siete fatti l'uno per l'altra. Lasciati amare, liberati dai tuoi tanti condizionamenti mentali. Prova a seguire l'istinto per una volta. Lo so, lo sento che Leo ti piace. E tu piaci a lui. Non c'è niente di strano. So che avrò poco tempo qui, e non condanno nessuno, nemmeno Dio. La mia strada arrivava fino a questo punto. Ti lascio la nostra piccola come pegno d'amore. Per il futuro però ti chiedo di proseguire con nuovi propositi, il sorriso prima di tutto. Fai che le persone vedano di te questo splendido e meraviglioso modo che hai di sorridere. Tu gioisci anche con gli occhi, e sei bellissima quando ti esprimi così. Ti ordino di non voltarti mai più indietro. La paura non aiuta a vivere. Ci saremo io e Giovanna a proteggervi, stai tranquilla. Arrivato fino a qui, so con certezza che nessuno va via senza lasciare un po' di sé nel cuore dei suoi affetti. E ora, amore mio, vai, corri da Leo. Dopo averlo conosciuto non potrei essere più felice di saperti insieme a un uomo che capisce la vita e sa cos'è il rispetto. Pensa a nostra figlia, mi raccomando, e sorridi. Te lo ripeto, perché è quello che voglio che sia.

Tuo per sempre,
Antonio.

Leo mi abbraccia e io piango ancora.

Sto deludendo le ultime volontà di mio marito, ma so che se lui fosse ancora qui capirebbe il mio stato d'animo.

Solo per oggi, amore, solo per oggi voglio trasgredire ai tuoi preziosi consigli e soffrire ancora per te. Da domani proverò a mettere in atto la tua, nostra rivoluzione. In questo momento davvero non posso, perdonami.

Leo mi saluta sulla soglia del bar.

Non dobbiamo dirci altro.

Saranno il tempo e la volontà a segnare il percorso che ci attende.

Sono provata, Dio sa quanto!

Già, Dio. Alla fine siamo diventati amici, e sento che ora sono più serena. Vorrei osare dicendo: felice. Ma felice non è ancora la definizione esatta.

Andrò a prendere Bianca a scuola e chiederò a lei di illuminarmi. Le farò leggere la lettera di suo padre.

Voglio, sì, è importante che lei la stringa tra le mani. Che sia informata di ogni parola e che sappia chi era l'uomo con cui ho voluto metterla al mondo. E domani per noi avrà un sapore diverso, meno amaro sulla bocca.

Ma ripenserò con nostalgia a tutte le volte che ho pianto.

Perché l'ho fatto per amore.

Come potrei mai pentirmi?

No, non succederà.

Piangere per me è quel momento in cui la verità prende il sopravvento e sfonda tutte le porte, anche quelle serrate con forza. Piangete, lasciatevi andare, guardatevi dentro, e non rimpiangete nulla.

Della stessa autrice

CATENA FIORELLO

Picciridda

romanzo

GIUNTI

Rilegato con sovraccoperta - pp. 256 - euro 16,00

Catena Fiorello

Picciridda

Cosa può mai accadere a una bambina, una *picciridda* per dirla nel dialetto locale, che nei primi anni Sessanta vive in un minuscolo villaggio di pescatori, Leto, lungo la costa tra Messina e Catania? Può accadere, ad esempio, che i genitori si trovino costretti a emigrare in Germania in cerca di fortuna e che decidano di portare con sé solo il più piccolo dei due figli, affidando "la grande", pur sempre *picciridda*, alla nonna paterna. È la storia di Lucia, l'indimenticabile protagonista di questo romanzo, a cui l'idea di essere figlia di emigrati non va per nulla a genio. Come tutti i bambini che non hanno fortuna, lei è «figlia della gallina nera» e questo significa una vita di sacrifici e rinunce. Lo sa bene. Lo dicono tutti. Lo ripete la nonna, così burbera e austera da essersi guadagnata il nomignolo di *Generala*. Ma col passare dei mesi, l'esistenza di Lucia si popola di persone e di affetti: le zitelle Emilia e Nora, l'amica del cuore Rita, la *Massara* Donna Peppina... Ci sono anche gli uomini, misteriosi e taciturni, un mondo da cui stare alla larga (come dice sempre la nonna) o tutto da scoprire (come sente Lucia). E proprio uno di quegli uomini nasconde un terribile segreto a cui Lucia si avvicina sempre più, ignara di ciò a cui va incontro...
Attraverso la voce incredibilmente autentica di una bambina, Catena Fiorello ci regala un romanzo profondo e toccante, che ci parla con intelligenza e passione della sua terra e della sua gente.

ROMANZO

CATENA FIORELLO

L'amore
a due passi

tascabili

GIUNTI

Brossura - pp. 288 - euro 7,90

Catena Fiorello
L'amore a due passi

Da anni Orlando Giglio, il temuto "Gendarme" del condominio di via Mancini numero 8, studia le abitudini della sua dolce ossessione, Marilena Moretti, nota in gioventù come "la Brigantessa". La segue nell'esiguo tragitto tra l'ascensore e il portone del palazzo, la osserva mentre sale le scale e chiacchiera con i vicini di casa, aspettando il momento buono. Sono entrambi vedovi, entrambi soli, anche se hanno figli, durante una delle estati più torride di tutti i tempi... Dovranno scattare due allarmi in piena notte e sbiadire i fantasmi del passato e del presente, perché Marilena accetti l'invito di Orlando a partire per un'avventurosa vacanza alla conquista del Salento. Ma cosa potrà offrire la punta estrema della Puglia a "due vecchie carampane" come loro? Riusciranno a superare incolumi la notte della Taranta, punti dall'entusiasmo di una giovinezza ritrovata?

Con il ritmo incalzante di una pizzica, Catena Fiorello racconta le suggestioni degli ulivi e delle masserie salentine, la luce e la generosità del più profondo Sud, ma soprattutto il potere salvifico di un sentimento capace di sovvertire ogni legge, a ogni età... e in qualunque situazione.

Stampato presso Elcograf S.p.A.
Stabilimento di Cles